HAYMON taschenbuch 262

Die Drucklegung erfolgte mit freundlicher Unterstützung der Abteilung Kultur und Bildung der Stadt Linz und der Direktion Kultur des Amtes der Oberösterreichischen Landesregierung.

MIX
Papier aus verantwortungsvollen Quellen
FSC® C083411

Auflage:
4 3 2 1
2021 2020 2019 2018

HAYMON tb 262

Originalausgabe

www.haymonverlag.at

ISBN 978-3-7099-7884-9

Umschlag- und Buchgestaltung nach Entwürfen von himmel. Studio für Design und Kommunikation, Innsbruck / Scheffau – www.himmel.co.at
Umschlag: Eisele Grafik · Design, München
Umschlagabbildung: Archiv der Stadt Linz
Satz: Da-TeX Gerd Blumenstein, Leipzig
Autorenfoto: privat

Gedruckt auf umweltfreundlichem, chlor- und säurefrei gebleichtem Papier.

Thomas Buchner

Donaudämmerung

Ein Krimi aus dem Jahr 1939

Thomas Buchner

Donaudämmerung

1
Freitag, 13. Mai 1938, 11 Uhr

Im Großen und Ganzen war Leopold Keplinger gerne Polizist. Schon als Kind, als er mit den Buben aus der Eisenhandstraße in der schütter verbauten Umgebung der Kasernen ‚Räuber und Gendarm' gespielt hatte, war er, der Poldl, der Ordnungshüter gewesen. Bereits mit sieben Jahren war ihm klar geworden, dass er Polizist werden wollte.

Damals musste er eine Mutprobe bestehen, um – wie zuvor seine älteren Brüder – von Häuptling Dunkler Blitz, das heißt vom Rennhofer Ferdl, in den Stamm der Sioux aufgenommen zu werden. Poldl sollte aus einer vor der Greißlerei Schierhuber stehenden Kiste zwei Äpfel stehlen. Zuvor hatte schon der Scheuringer Sepp, der ein halbes Jahr jünger war als Poldl und ungeschickt obendrein, diese Aufgabe mit Bravour erledigt, weshalb es auch ihm als ein Leichtes erschien, die Äpfel zu entwenden. Doch als er in einem passend scheinenden Moment die Hand nach der Kiste ausstreckte, trat ein Polizist aus einem dunklen Hauseingang und ließ ihn mit eisenhartem Griff erstarren. „Mach keinen Schmarrn!", hatte der großgewachsene Mann mit dem stechenden Blick gebrummt und dem vor Angst schlotternden Poldl eine Ohrfeige gegeben, wie er sie selbst von seinem Vater nicht gekannt hatte. In den Stamm der Sioux wurde Poldl dennoch aufgenommen, nachdem er gewissermaßen als Ersatz für den missglückten Apfeldiebstahl dem Trafikanten Kowacek mit der Steinschleuder eine Scheibe eingeschossen hatte.

Die Ohrfeige und der stechende Blick hatten in Poldl den Wunsch reifen lassen, selbst einmal für Ruhe und Ordnung zu sorgen. Sein Vater, ein einfacher Schweißer in der Schiffswerft, hatte nach anfänglichem Zögern den Berufswunsch seines Sohnes akzeptiert. Nach der Angelobung schließlich, als Poldl das erste Mal in Uniform heimkam, meinte er sogar Tränen in den Augenwinkeln des Vaters gesehen zu haben. Das war der Moment, in dem auch die Mutter stolz auf ihn war – sie, die immer Angst hatte, dass ihrem Lieblingssohn etwas zustieß.

Poldl mochte es, in seinem Revier auf Streife zu gehen und von den meisten respektvoll gegrüßt zu werden. Es machte ihm auch nichts aus, in der Nacht in dunklen Kellerlokalen nach dem Rechten zu sehen und auffällige Subjekte zu kontrollieren. Natürlich war nicht alles Sonnenschein, und auch die Bezahlung ließ zu wünschen übrig. Er hätte etwas mehr Geld nötig gehabt, aber weniger für sich, als vielmehr, um seiner Familie aushelfen zu können.

Aber im Großen und Ganzen gefiel es Poldl, Polizist zu sein. Wie den meisten seiner Kollegen war ihm daher der Anschluss Österreichs an Deutschland recht gewesen. Endlich hatte man das Gefühl, es werde nun tatsächlich etwas gegen die Arbeitslosigkeit getan. Dass die Leute zu wenig Geld und zu viel Zeit hatten, war ja schuld an den vielen Diebstählen, die bei Poldl und seinen Kollegen ein Gefühl der Machtlosigkeit erzeugten. Auch war es ihm gar nicht unsympathisch, nun tatsächlich so durchgreifen zu dürfen, wie man es in den Reihen der Polizei schon lange gefordert hatte. ‚Waffengleichheit mit der Unterwelt', lautete das Schlagwort, das auch in den Gängen der Linzer Polizeidirektion populär war.

Endlich hatte man die Mittel in der Hand, um wirksam gegen die Kriminellen vorgehen zu können, und die ganze Stadt schien – von wenigen Ausnahmen abgesehen – nur darauf gewartet zu haben. Dachau war ein Ort, an dem sich manches abspielte, das man lieber nicht so genau wissen wollte. Aber viele Polizisten sahen zunächst einmal das Praktische daran, denn es ließ sich mit einem Konzentrationslager recht wirkungsvoll drohen, was auch dem Poldl durchaus behagte.

Ausgerechnet heute fühlte sich Leopold Keplinger nicht recht wohl. Erstens einmal, weil es ein Freitag war, der auf den 13. fiel. Von seinem Onkel mütterlicherseits hatte er ein Quäntchen Aberglauben geerbt. Der Onkel hatte mit dem Verweis auf allerlei unheilvolle Symbole und Konstellationen seine erstaunliche Unfähigkeit in alltäglichen Dingen zu kaschieren getrachtet. Dem Poldl war auch eine übergebührliche Scheu vor schwarzen Katzen und kaputten Spiegeln eigen. An sich trachtete er danach, an einem Freitag, den 13. keinen Dienst zu machen, aber diesmal war ihm das nicht gelungen. Ein weiterer Grund für sein Unbehagen hatte unmittelbar mit dem Anschluss zu tun: Er hatte sich an seine neue grüne, dem reichsdeutschen Standard entsprechende Uniform noch nicht gewöhnt. Besonders der Tschako drückte ganz gehörig auf den Kopf, zumal an warmen Tagen wie diesem. Der dritte Grund für sein Unwohlsein lag in unmittelbarer Zukunft, denn am Sonntag war Muttertag. Bis dahin war im Hause Keplinger wenig Wert darauf gelegt worden, aber seitdem in den Zeitungen häufiger auf die Bedeutung des ‚Ehrentags der deutschen Mutter' hingewiesen wurde, wollte natürlich auch Poldls Mutter geehrt werden. Das passte ihm gar nicht, zumindest heuer nicht, wo er doch mit seinem Bruder Peter und einem Freund eine Radpartie unternehmen wollte.

So zerbrach sich Keplinger den Kopf über einen möglichen Ausweg aus dieser Zwickmühle und war demgemäß nicht recht bei der Sache. Dabei hatte er gerade an diesem Freitag eine besondere Aufgabe: Generalfeldmarschall Hermann Göring, Beauftragter des Vierjahresplans, wurde in Linz erwartet, um den Spatenstich für das geplante, nach ihm benannte Hüttenwerk im Südosten der Stadt vorzunehmen. Auf dem fahnengeschmückten Gelände tummelten sich bereits seit dem Morgen zahlreiche Formationen der Hitlerjugend, der SA, der SS und anderer Parteigruppierungen. Poldls Aufgabe war es, gemeinsam mit anderen Schutzpolizisten für Ordnung und besonders für die Sicherheit des mächtigen Mannes zu sorgen. Tagelang waren er und seine Kollegen instruiert worden, wie dies zu bewerkstelligen sei. Hauptsächliches Augenmerk war auf die Vermeidung unvorhergesehener Zwischenfälle zu legen. Obwohl in den beiden vergangenen Monaten tüchtig gearbeitet wurde – wie Major Schallert, der Kommandeur der Schutzpolizei, in seinen einleitenden Worten betont hatte –, gebe es nach wie vor „verbohrte Sozialisten“ und Anhänger der „Systemregierung“, die nicht begreifen wollten, dass ihre Zeit endgültig vorbei war. Alles, was auch nur ansatzweise als Terror betrachtet werden könne, sei bereits an der Wurzel zu packen und auszurotten. Poldl hatte seufzen müssen, so oft hatte Schallert das Wort „radikal“ in den Mund genommen. Andererseits aber – hatte Schallert weiter ausgeführt – seien spontane Beifallskundgebungen der anwesenden Volksgenossen nicht zu behindern. Immerhin solle dem befreiten Volke die Gelegenheit gegeben werden, einem der größten Männer Deutschlands Dank für die Erlösung vom „Schuschniggjoch“ abzustatten.

Die Uniformierten hatten einander ratlos angeblickt. Wo endete eine spontane Beifallskundgebung und wo begann ein unvorhergesehener Zwischenfall? Darüber hatten die Instruktionen geschwiegen und Poldl hoffte, dass die Zeremonie schnell und ohne gröbere Vorkommnisse vorübergehen würde. Tatsächlich sollte Göring ja auch noch das Flugfeld in Hörsching eröffnen, allzu lange würde er sich in Linz nicht aufhalten.

Bereits Stunden vor dem eigentlichen Festakt strömten hunderte Menschen auf das Gelände. Eine Kapelle spielte das ‚Horst-Wessel-Lied', gefolgt von ‚Es zittern die morschen Knochen' und dem ‚Radetzky-Marsch'. Poldl versuchte, volksnah und ordnungsstiftend zugleich zu erscheinen, ganz im Sinne der Anweisungen. Tatsächlich mochte er keinem der vielen Menschen, die nach St. Peter-Zizlau kamen, zutrauen, dem Reichsfeldmarschall etwas anzutun, nicht einmal den hiesigen Bewohnern, deren Dorf schon bald dem Erdboden gleichgemacht sein würde.

Bei der Zufahrt zum Festgelände brausten plötzlich ‚Heil'-Rufe auf. Poldl konnte von seinem Standpunkt aus nichts erkennen, aber offenbar näherte sich Görings Konvoi dem riesigen Kran-Bagger, auf dem die Ansprache gehalten werden sollte. Man hatte der Zeitung entnehmen können, dass der Bagger extra aus Essen herangekarrt wurde. Poldl sah wenig, sein Blick hatte der Menschenmenge und nicht dem Generalfeldmarschall in seinem Rücken zu gelten. Allerdings war ihm trotz aller Muttertagsgrübelei doch bewusst, an einem historischen Moment teilzuhaben. Ein Mikrophon quietschte und aus den Lautsprechern quoll blechern die Stimme eines Mannes, die Poldl nicht zuordnen konnte. Die ‚Heil'-Rufe ebbten ab, der Mann in seinem Rücken sprach von der neuen Zeit, die angebrochen sei, und Ähnlichem, dem Poldl nicht mehr folgen konnte, weil er es in den letzten Wochen schon zu oft gehört hatte. Den Menschen vor ihm mochte es ähnlich gehen, manche unterhielten sich gedämpft mit ihren Nachbarn, manche blickten sich um. So wie Poldls Mutter konnten wohl manche nicht glauben, dieses Dorf binnen kürzester Zeit verschwinden zu sehen.

„Und stinken wird's, wenn die da erst einmal die Fabrik hingestellt haben“, hatte sie erst gestern wieder gejammert.

Poldl musste lächeln. Wovor sich die Mutter da nur wieder fürchtete! Natürlich würde es zu bemerken sein, wenn da erst einmal dieses Werk, noch dazu in den geplanten Ausmaßen, stehen würde, aber was galt das gegen den Aufschwung, den Linz damit nahm?

„Und überhaupt“, hatte er der Mutter entgegnet, „wo der Führer Linz so gern hat, wird er doch die Stadt nicht ruinieren.“

Poldl, immer noch lächelnd, wurde von einigen Leuten vor ihm böse angeschaut. Sofort bemühte er sich, wieder ausdruckslos, aber wachsam dreinzublicken, ganz so, wie er es sich im Laufe seiner bisherigen Polizeilaufbahn angewöhnt hatte. Die Leute hatten sich verändert, ihre Haltung war strammer, die Augen waren erwartungsvoller geworden. Auch die Stimme in Poldls Rücken kam nun von jemand anderem. Das musste Göring sein.

„Hier wird sich dies Werk dehnen“, führte der Feldmarschall aus, „und dann einmal Kunde bringen von dieser gewaltigen Zeit. Wo heute noch blühende Wiesen sich dehnen, wird dann dieses Werk stehen.“

Da dehnte sich aber manches bei dem dicken Hermann! Poldl erschrak. Scherze verboten! Heute mehr denn je! Er lenkte sich mit einem Blick auf die ältere Frau ab, die unmittelbar vor ihm stand und versunken den Worten des Feldmarschalls lauschte. Ob auch sie am Sonntag geehrt werden würde? In ihrer Hand hielt sie einen Strauß Frühlingsblumen, der wohl auf dem Weg zum Festplatz auf einer Wiese mit besonderer Sorgfalt gepflückt worden war. Für die ältere Frau in dem abgetragenen Mantel schien bereits heute ein Ehrentag zu sein. Es dauerte nicht lange und der Feldmarschall hatte geendet. ‚Heil'-Rufe brandeten wieder auf, und eine Kapelle intonierte das ‚Deutschlandlied'.

Unweit von Poldls Platz war alles für den nun vorgesehenen Spatenstich vorbereitet. Ein neuer Spaten stak in einem Erdhaufen neben einem quadratischen Feld mit gelockerter Erde. Fotografen und Zeitungsredakteure drängten sich zwischen Poldl und seinem uniformierten Nebenmann vorbei, um den historischen Moment besser in den Blick zu bekommen. Ein Journalist der ‚Tages-Post', den Poldl von mehreren Einsätzen her kannte, nickte dem Polizisten zu. Einige Zuschauer nutzten die Gunst der Stunde und versuchten ebenfalls, zu Feldmarschall Göring vorzudringen. Poldl bemühte sich, keine Lücke zwischen sich und den benachbarten Schutzpolizisten entstehen zu lassen, doch ein ungehobelter Kerl rammte ihm das Stativ einer Filmkamera mit der Aufschrift ‚Fox Wochenschau' in die Kniekehlen. Poldls Beine knickten ein und er sackte zu Boden. Einige nützten das Loch in der Kette und drängten sich an ihm vorbei. Nur mit Mühe konnten sie von rasch herbeigeeilten Schutzpolizisten daran gehindert werden, Göring zu nahe zu kommen. Im Aufrappeln konnte Poldl erkennen, wie es einer Frau doch gelang, sich zum Feldmarschall durchzuschlängeln. Es war jene Alte, die unmittelbar vor Poldl gestanden war. Sie streckte dem neben ihr wuchtig wirkenden Göring die Blumen hin, Kameraobjektive nahmen beide in den

Fokus, und als Göring den Strauß mit einem breiten Grinsen entgegennahm, schlug die Frau gar ihre Arme um ihn. Das rasch aufeinanderfolgende Klicken der Fotoapparate bannte die Szene. Poldl riss die Augen auf. War das nun einer jener Zwischenfälle, die zu unterbinden seine Aufgabe gewesen wäre? Ein paar Polizisten wollten die Frau wegziehen, doch Göring, dem mittlerweile die Uniformmütze vom Kopf gerutscht war, winkte lachend ab und drückte nun seinerseits der Alten einen Schmatz auf die Wange.

Poldl hätte sich ohrfeigen können. Bei seinem bisher wichtigsten Einsatz versagte er! Wutentbrannt rappelte er sich auf. Grimmig dreinblickend, versah er den restlichen Dienst.

Am Nachmittag, als die Schutzpolizisten auf ihren Saurer-Lkws wieder in den Kasernenhof einbogen, hatte sich Poldl immer noch nicht beruhigt. Was, wenn die Frau eine Kommunistin gewesen wäre? Wenn sie Göring vor laufender Kamera ermordet hätte, und das, wo der Tumult ausgerechnet durch seinen Fehler entstanden war? Die Kameraden klopften ihm aufmunternd auf die Schulter.

„Ist noch mal gut gegangen“, murmelte einer.

„War ja nicht deine Schuld“, meinte der Horak Franz. „Schau, am End ist's vielleicht sogar eine Verwandte von ihm!“, lachte er.

Poldl wollte nicht recht daran glauben, aber die Anteilnahme seiner Kameraden rührte ihn. Auch Oberleutnant Rittner, der am Abend den Appell im Kasernenhof abnahm, erwähnte die Szene nur am Rande. Dies beruhigte Poldl aber nicht vollends. Was, wenn Göring empört war über den Umstand, dass eine ältere Frau einen Polizeikordon durchbrechen und mit ihm auf Tuchfühlung hatte gehen können? Was, wenn in diesen Minuten schon ein Mann aus Görings Stab den Linzer Polizeipräsidenten aufforderte, den – wie es nun oft zu hören war – schlappen Ostmärkern Dampf zu machen? Was, wenn Polizeipräsident Plakolm seinerseits wiederum den Kommandeur der Schutzpolizei für die Maßnahmen verantwortlich machte?

Den restlichen Tag war Poldl in Gedanken und antwortete auf Fragen nur einsilbig. Am Abend stocherte er lustlos in seinem Essen und das, obwohl die Mutter sein Lieblingsgericht gekocht hatte. Auch nachdem er ins Bett gegangen war, wollte ihm sein Malheur nicht aus dem Kopf gehen.

So verbrachte Poldl ein paar schlaflose Nächte. Wirklich beruhigen konnte ihn erst der Wochenschaubericht über die Spatenstichfeier im Kino. Da waren doch tatsächlich ausgerechnet jene Bilder ausgewählt worden, auf denen zu sehen war, wie die Menge den Ring der Uniformierten durchbrach und er am Boden lag! Poldl erbleichte. Kurz kam ihm der Gedanke, den Polizeidienst zu quittieren, als er die sich überschlagende Stimme des Kommentators hörte: „*Kaum zu bändigender Jubel der befreiten Ostmark*“ und „*Auch diese Frau weiß, wem sie für die Befreiung der Ostmark zu danken hat*“. Verhaltenes Gelächter im Kinosaal, als dem grinsenden Göring die Uniformmütze zu Boden fiel. Die Frau, die rechts neben Poldl saß, lächelte entzückt und stieß ein „Nein, so was!“ hervor, und sein Nachbar zur Linken flüsterte ihm zu: „Der Hermann ist halt wirklich einer von uns!“

Allmählich begann es, Poldl zu dämmern: Sein Missgeschick war den Propagandaleuten sogar recht gewesen, eine spontane Beifallskundgebung, die den ‚dicken Hermann‘ noch leutseliger wirken lassen sollte. Er atmete erleichtert auf. Vor Freude wollte er die

Frau neben sich küssen. Er wartete den Hauptfilm mit Kristina Söderbaum nicht mehr ab und beschloss, sich stattdessen in einem Gastgarten ein Bier zu leisten. Leopold Keplinger fühlte sich so beschwingt wie lange nicht. Vergessen war seine Angst vor Hermann Göring, vergessen die Gedanken an ein Ende seiner Laufbahn. Die neue Zeit, sie konnte kommen.

2
Sonntag, 13. August 1939, 13 Uhr

Wirklich wohl fühlte sich Kriminalassistent Adolf Ertl in der Südtirolerstraße 8 nicht. Er zögerte kurz, klopfte dann aber kräftiger als nötig, so als könnte er sich damit überzeugen, hier das Richtige zu tun. Dabei glaubte er, nein er *wusste*, es war ein Fehler, an einem Sonntagmittag mit einem Strauß Blumen vor der Tür der Postratswitwe Bremstaller zu stehen. Es war falsch, ganz und gar falsch, denn Ernestine Bremstaller, bei der er mehrere Jahre lang Untermieter gewesen war, hatte ihm das Leben zur Qual gemacht. In seiner Erinnerung bestand diese Zeit vor allem aus quälend langen Abenden im muffigen, mit staubigen Nippesfiguren vollgestopften Salon bei lauwarmem Tee und Likör. „Konversation treiben", hatte das die Bremstaller genannt, doch dabei war es nur darum gegangen, möglichst blutrünstige Details aus der Polizeiarbeit Ertls zu erfragen, bevor das Gespräch regelmäßig zu einem endlosen Monolog der Witwe über Weitsicht und Güte ihres verstorbenen Postratsgatten ausartete.

Umso rascher wollte er es hinter sich bringen. Noch einmal klopfte er. Das Geräusch hallte dumpf im Stiegenhaus nach, in dem, abgesehen von seinen knarrenden Schuhen, nur gedämpfte Straßengeräusche zu hören waren. Alles wegen Klara!, dachte Ertl grimmig. Alles für Klara!, dachte er mit dem Anflug eines Lächelns.

„Es gehört sich", hatte Klara gemeint, „du hast vier Jahre bei ihr gewohnt. Sie weiß ja gar nicht, was aus dir geworden ist."

Wenn sich Klara etwas in den Kopf setzte, war an Debattieren nicht zu denken, so viel hatte Ertl in dem einen Jahr ihrer Ehe gelernt.

„Und außerdem ist das kein Beinbruch, du gehst zu ihr und lädst sie für nächsten Sonntag zu einer Kaffeejause ein. Sie kann sich die Inge anschauen, ist zufrieden und geht wieder." Seufzend hatte er das schlafende Kind in der Wiege angeblickt. Wollte er seine Tochter wirklich der alten Bremstaller aussetzen, wenn es auch nur für ein paar Stunden und unter Aufsicht wäre?

„Na, komm schon, Dolferl", hatte Klara augenzwinkernd nachgesetzt und mit dem Handrücken über seine Wange gestreichelt. „Immerhin hat sie dafür gesorgt, dass dich keine andere bekommt. Schon allein dafür muss ich ihr noch Danke sagen."

Diesem Augenzwinkern war Ertl zum ersten Mal beim Wohltätigkeitsball der Linzer Fleischhauer verfallen, zu dem ihn sein Kollege Haslinger geschleppt hatte. Vor gut drei Jahren war das gewesen, und Ertl hatte es binnen einer halben Stunde geschafft, Haslingers Schwester die Füße blutig zu tanzen und ein ganzes Glas Bowle auf seinen Anzug zu schütten. Die Fleischhauergesellen, an deren Tisch Ertl zu sitzen gekommen war, hatten laut lachend jedes Missgeschick des jungen Kriminalbeamten kommentiert. Nur eine der jungen Frauen am Tisch hatte ihm ein aufmunterndes Lächeln geschenkt, das ihn nicht beschämte, und ihm zugezwinkert. Drei Stunden später hatte er gewusst, dass die junge Frau Klara Drabek hieß und der imposante Mann, der sie immer wieder um die Schulter fasste, ihr Bruder war. Drei Tage später hatten sich im Café Derflinger erstmals ihre Hände berührt und drei Wochen darauf waren sie offiziell miteinander gegangen. Schließlich hatte ihn ihr Zwinkern vor den Traualtar geführt.

Es hatte auch heute nichts von seiner Wirkung auf den Kriminalassistenten eingebüßt, weshalb er nun vor der Türe seiner ehemaligen Zimmerwirtin stand. Aus der Wohnung war nichts zu hören. Vielleicht hatte sich die Bremstaller ja hingelegt. Im Stiegenhaus war es angesichts des hochsommerlichen Wetters stickig. Auf seinen Schläfen bildete sich Schweiß. Er klopfte noch einmal. Als sich immer noch nichts rührte, holte er ein Notizheft hervor, riss ein Blatt ab und schrieb darauf ein paar Zeilen. Als er es in den Spalt zwischen Tür und Türstock stecken wollte, bemerkte er, dass sich die Tür leicht bewegte. Sie war, ganz gegen die Gewohnheit der ängstlichen Frau, nicht geschlossen. In Ertl wurde der Kriminalist wach.

Der kleine Gang der Wohnung war dunkel. Ertl erkannte sofort wieder den Geruch nach Bohnerwachs, Naphthalin und verbrauchter Luft, der in der Wohnung hing. Er stolperte fast über eine Falte im weinroten Läufer. Beim Versuch, sich abzustützen, riss er die Messingschale vom Vorzimmerschränkchen zu Boden. Mit einem dumpfen Klirren landete der Schlüsselbund Bremstallers auf dem Teppich. Das mulmige Gefühl in der Magengegend verstärkte sich.

„Frau Bremstaller?", fragte Ertl mit gedämpfter Stimme in das Dunkel der Wohnung hinein. Vielleicht war sie nur rasch zur Nachbarin gegangen? Er verwarf den Gedanken sofort wieder. Auch wenn sie nur auf einen

Sprung zur Frau Schoiswohl geschaut hatte, hatte sie den Schlüssel stets mitgenommen. Sie ging nicht einmal in den Keller, ohne zuvor die Wohnung sorgsam abzusperren. Vielleicht war sie unwohl, das schwüle Wetter der letzten Wochen machte manchen zu schaffen.

„Frau Bremstaller?“, fragte Ertl noch einmal, diesmal mit festerer Stimme. Ratlos stand er im Vorraum. Er wagte es nicht, an die Schlafzimmertür zu klopfen. Auch als er noch in der Wohnung gelebt hatte, hatte er es peinlichst vermieden, nur einen Blick in dieses Zimmer zu werfen. Zu deutlich waren ihm die feixenden Gesichter seiner Kollegen vor Augen gestanden, die ihm immer wieder ein Verhältnis mit der Bremstaller angedichtet hatten.

Er klopfte an die geschlossene Küchentür. Auch das ganz anders als üblich, dachte Ertl. Die Zimmerwirtin war stets darauf bedacht, von der Küche aus möglichst alle Bewegungen ihrer Untermieter verfolgen zu können. In Ertl stiegen wieder jene Gefühle hoch, die nach dem Auszug von ihm abgefallen waren wie ein schwerer Mantel: Angst und Wut. Nie hatte er heimkommen können, ohne von der in der Küche – wie er sicher war: zum Schein – hantierenden Bremstaller bemerkt und über seinen Tagesablauf ausgefragt zu werden.

Zögernd öffnete er die Tür. Er sah Ernestine Bremstaller auf einem der alten, weiß lackierten Sessel sitzen. Sie hatte ihm den Rücken zugewandt, und er konnte erkennen, dass die rüschenbesetzte Schürze, die sie in der Küche zu tragen pflegte, an einem Haken neben dem Herd hing. Und noch etwas war anders als erwartet: Frau Bremstaller saß nicht aufrecht („Gerade wenn man älter ist, hat man als Witwe eines Postrats auf Haltung zu achten, Herr Ertl! Man hat schneller eine Nachrede, als man glaubt!“), sondern schräg vornübergebeugt. Ihre Augen fixierten den zur Hälfte aufgegessenen Guglhupf auf der Kredenz. Eine Fleischfliege vermochte sich nicht zwischen der Mehlspeise und den Augen der Frau zu entscheiden und surrte gemächlich hin und her. Ernestine Bremstaller lebte nicht mehr, und die Blutlache am Boden deutete auf einen vorzeitigen Tod hin.

Ertl sollte diese Szene in den folgenden Wochen hunderte Male rekapitulieren. Was ihn ärgerte, war der Umstand, dass ihm zunächst weder die beiden Teller mit Kuchenbröseln noch das Messer auf dem dunkel gebeizten Boden aufgefallen waren. Was er stattdessen als Erstes bemerkte, war die Schnapsflasche auf dem Tisch. Das passt doch nicht, dachte Ertl, als er wie angewurzelt in der Küchentür stand. Die Bremstaller trank doch keinen Schnaps! Wo war der giftgrüne Likör, mit dem sie ihn jahrelang malträtiert hatte, wo die Gläser? Suchend blickte er sich um, so als gerate die Szenerie erst mit Pfefferminzlikör in Ordnung.

Ertl vermochte später nicht zu sagen, wie lange er so in der Küche gestanden war und sich über den Schnaps gewundert hatte. Er fürchtete, in Ohnmacht zu fallen, hielt sich aber mit dem Gedanken an seine Pflicht als Beamter auf den Beinen. Und für seine Pflicht hielt er zu diesem Zeitpunkt zwei Dinge: die Kollegen zu verständigen und ihnen zu versichern, Bremstaller nicht selbst umgebracht zu haben.

3
Sonntag, 13. August 1939, 13 Uhr 30

„Also Pepi, wennst glaubst, dass wieder mit dem Schippel rennen musst, bitteschön, aber beschwer dich nachher nicht, dass das ein Geld kostet und man eh nix hat davon!“

Josef Steininger fühlte sich auf der sonst so behaglichen Küchenbank unwohl. Gerade hatte er es sich nach dem sonntäglichen Braten gemütlich gemacht. Den vom Frühschoppen durchschwitzten Kragen hatte er bereits vor dem Essen abgenommen, nun hing auch das Oberhemd über der Rückenlehne des Sessels, die oberen Hosenknöpfe waren geöffnet und die Pantoffeln abgestreift. Alles war für den Mittagsschlaf bereit.

„Nichts ist einem vergönnt!“, schimpfte er, freilich nur in Gedanken. Nicht einmal jetzt konnte man seine Ruhe haben. Akkurat jetzt fing die Mizzi schon wieder mit der Parteimitgliedschaft an. Wie ein Schulbub, der seine Hausübungen nicht gemacht hatte und dafür vom Lehrer zum Katheder zitiert wurde, war er sich in den letzten Wochen daheim vorgekommen. Hatte er das nötig? Musste erst immer und immer wieder deutlich gemacht werden, wer hier das Geld nach Hause brachte? Das ungeduldige Geschirrklappern seiner Frau ließ ihn erneut um seinen gemütlichen Nachmittag bangen.

„Müssen wir das ausgerechnet jetzt besprechen?“, startete er einen zaghaften Versuch, dem Gespräch zu entkommen.

„Wann denn sonst? Bist ja nie da! Entweder habts wieder wo wen zum Verhaften oder du bist beim Stammtisch. Grad zum Essen und zum Schlafen bist noch daheim.“

„Eh gscheiter so“, brummte er.

„Wie bitte?! Was sagst?!“

„Nix. Mein Gott, Mizzi, kann ich da was dafür, dass ich so viel arbeiten muss? Wo wir doch keine Leute mehr haben! Der Strasser, der Haslinger, alle weg! Arbeit über Arbeit gibt's. Und wen krieg ich dafür? Eine ganz Junge, die nicht einmal Kriminalistin ist. Aus Wien noch dazu!"

„Also Pepi, wenn du glaubst, ich lass mich mit dir jetzt wieder auf einen Disput wegen der neuen Kollegin von dir ein, dann hast du dich geschnitten. Die wird schon was können. Und nur weil dir eine Frau nicht hineinpasst, brauchst nicht Zeter und Mordio schreien."

Steiningers Personalsorgen waren in der Tat nicht übertrieben. Nach dem durch die Nazis erzwungenen Ausscheiden der beiden Kriminalbeamten Strasser und Haslinger, der Pensionierung Lampelmaiers und dem Wechsel Sedlaks zur Gestapo war der Personalstand der Linzer Kriminalpolizei arg zurückgegangen. Nach langem Drängen Steiningers hatte ihm Polizeipräsident Plakolm schließlich Verstärkung zugesagt. Vorerst aber sollte Steiningers Gruppe mit dem von der Asservatenkammer zur Kriminalpolizei versetzten Franz Heumader sowie der jungen Kriminalassistentin Anna Rabitsch das Auslangen finden. Rabitsch hatte sich ihre ersten Sporen bei der Sittlichkeitsabteilung der Wiener Kriminalpolizei verdient und war „aus persönlichen Gründen", wie es geheißen hatte, nach Linz gekommen. Persönliche Gründe waren Steininger grundsätzlich suspekt. Ein Polizist hatte keine persönlichen Gründe zu haben. „Wo käme man denn da hin, wenn ein Beamter persönliche Gründe hätte?", hatte er seinen Vorgesetzten, den Polizeipräsidenten, gefragt. Der aber hatte nur abgewunken. Steininger fühlte sich schon mit dem schwerhörigen Heumader nicht wohl, auch wenn dieser in erster Linie den Innendienst zu übernehmen hatte. Über den weiblichen Zuwachs in der Abteilung war Steininger noch unglücklicher. Gegenüber Plakolm und seiner Frau klagte er über die mangelnde Erfahrung dieser Rabitsch. Tatsächlich aber war die von ihm vage empfundene Verpflichtung, sich in Gegenwart einer Frau weniger ungezwungen zu verhalten als bisher, der eigentliche Grund seiner Ablehnung.

„Aber eigentlich musst eh du schauen, wie du mit der Frau zurechtkommst. Mir geht's jetzt um was ganz anderes."

Steininger schaute bekümmert. Er hatte die Personalsituation nur ins Gespräch gebracht, um seine Frau von einem noch unangenehmeren Thema abzulenken: seiner angestrebten Mitgliedschaft bei der NSDAP. „Also, Mizzi. Ich steh die ganze Woche im Geschirr. Ist's zu viel verlangt, wenn ich wenigstens einmal in der Woche eine Ruh haben möcht?"

„Ganz und gar nicht! Mir tät das auch einmal gefallen! Komm mir selber schon vor wie ein Ochs", kam es giftig von der Abwasch zurück. „Mir wird die Hausarbeit auch nicht einfacher! Bin schließlich nicht mehr die Jüngste." Wie um ihre Worte zu unterstreichen, seufzte sie und stemmte den rechten Arm in den Rücken. „Das Kreuz hört und hört nimmer auf zum Wehtun", klagte sie. „Helfen tut auch keiner."

„Ja, soll *ich* vielleicht abwaschen?" Steininger war empört.

„Warum nicht. Soll schon vorgekommen sein, dass ein Mannsbild seiner Frau ein bisserl hilft."

„So weit kommt's noch!" Steininger schnaufte empört. Sein Bärtchen begann zu jucken. Gleich nach dem Anschluss hatte er sich beeilt, seinen Schnurrbart zu stutzen, um auch ohne ein demonstrativ am Revers angeheftetes Parteiabzeichen sein Einverständnis mit den neuen Verhältnissen zu demonstrieren. Doch recht wohl wollte er sich mit dieser reduzierten Barttracht nicht fühlen. In der Nacht vor der Volksabstimmung am 10. April 1938, die den vier Wochen zuvor erfolgten Anschluss absegnen sollte, war Steininger von einem Alptraum heimgesucht worden: 99 Prozent der Österreicherinnen und Österreicher hätten nicht für, sondern gegen den Anschluss gestimmt. Die Wehrmacht samt SS und Parteifunktionären verließen das Land wieder und Schuschnigg blieb an der Macht. Sämtliche Hitlerbartträger wurden verhaftet und eingesperrt. In riesigen Hasenställen drängten sie sich ängstlich und mit bebenden Nasenflügeln aneinander. Nur wenige entkamen, indem sie sich glattrasierten. Ausgerechnet Steininger aber war jeder Versuch misslungen, sich das Bärtchen abzunehmen: Kaum legte er das Rasiermesser weg, wuchs es in Windeseile wieder nach. Seit dieser Nacht juckte der Bart stets dann, wenn er in einer unangenehmen Situation steckte oder er sich aufregte. Erregt rieb er sich über der Oberlippe.

„Was soll ich denn noch alles machen?“, rief er. „Ich bin schließlich und endlich der, der hier arbeiten geht.“

„Und deswegen meinst, du musst zu den Nazis gehen?“

„Ja glaubst ich mach das aus reiner Gaudi? Wenn's nach mir ginge, wär ich in Pension und müsst mich um den ganzen Krempel gar nimmer kümmern.“

Seine Frau blickte ihn skeptisch an.

„Wie oft soll ich dir das noch sagen, Mizzi“, unternahm Kriminalkommissar Steininger einen letzten Versuch, seinen Mittagsschlaf zu retten. „Ich *muss* ja praktisch dazugehen.“

„Müssen tust? Sterben musst.“

„Jetzt stell dich nicht blöder, als du bist, Mizzi! Du weißt ganz genau, dass ich da nicht auskomm. Als Staatsdiener bin ich quasi in einer Zwangslage! Noch dazu in meiner Position. Da hat man ja gar keine Wahl. Wo sogar der Portier vom Präsidium dabei ist. Seit dem 36er-Jahr schon!“

„Der Anzengruber? Ich hätt mir gedacht, das ist ein Heimwehrler.“

„Ja, schon auch. Das heißt, das ist er nur gewesen wegen der Tarnung. Damit keiner nicht weiß, dass er ein Nationalsozialist gewesen ist, immer schon. Zumindest seit s’ die Roten verboten haben. Und überhaupt bin ich ja praktisch der Einzige, der noch nicht dabei ist!“

„Eins versteh ich nicht, Pepi. Dein Lebtag lang bist bei keiner Partei gewesen. Nicht einmal zu einem Verein hast jemals wollen. Vor ein paar Jahren hast Himmel und Hölle in Bewegung gesetzt, damit du der Heimwehr wieder auskommst, und auf deine alten Tage willst partout bei denen“ – sie deutet mit dem Kochlöffel auf den Fußboden – „dabei sein.“

In der Wohnung unterhalb war wenige Monate zuvor eine junge Familie aus Westhofen bei Schwerte, aus dem Altreich also, eingezogen. Der Mann, Doktor Heiner Rossmann, hatte einen Posten bei der Gauleitung angetreten. Die Steiningers wussten weder wo Westhofen noch wo Schwerte lag. Aber sie wussten, dass die Familie Rossmann genau so aussah, wie sie sich preußische Nazis vorstellten, weshalb beide stets auf den Fußboden deuteten, wenn sie von den Nationalsozialisten sprachen.

„Ich bitt dich Mizzi, nicht so laut, wenn die das hören!“

„Die hören nichts, um die Zeit hören die nur den Berliner Sender!“

„Ich will ja gar nicht dabei sein, mir ist das alles zuwider. Aber müssen tu ich halt, zumindest ein bisserl dazugehen. Heutzutage heißt das ja gar nicht mehr viel, wo doch praktisch schon ein jeder dabei ist. Es muss ja auch keiner wissen, Hauptsach, die, die's wissen müssen, wissen's, das heißt die, die dabei sind." Steininger merkte, dass die Argumente, die in seinem Kopf eine glasklare Rechnung ergeben hatten, gar nicht so leicht zu vermitteln waren. Treuherzig blickte er seine Frau an. „Und gar so arg teuer ist's auch wieder nicht. Wie ich den Antrag abgegeben hab, da ..."

Mit einem lauten Knall wurde ein Topf auf der Anrichte abgestellt. Frau Steininger drehte sich zu ihrem Mann um, den Arm mit dem Geschirrhangerl drohend gegen Steininger ausgestreckt.

„Willst du vielleicht sagen, dass du schon einen Aufnahmeantrag gestellt hast? Ja, sag einmal, für was red ich denn die ganze Zeit? Donner und Doria!"

Steininger wollte sich auf die Zunge beißen. Eigentlich hätte er die Sache lieber geheim gehalten. Was musste denn die Frau wissen, dass man bei der Partei war, schließlich war das keine familiäre Angelegenheit. Nun aber half alles nichts. Wenn die Mizzi mit ihm derart ins Gericht ging, wurde die Sache brenzlig. Er suchte sein Heil im Angriff und legte eine trotzige Miene auf. „Jawohl, damit du's nur weißt, ich erfülle meine Pflicht am deutschen Volk und am Führer!"

Ein verächtliches Grinsen erschien auf Maria Steiningers Gesicht. „Pflicht! Deutsches Volk! Du weißt aber schon noch, was du letztes Jahr im Frühling herumgeschrien hast."

Steininger schluckte. Dass ihn die eigene Frau an diese unangenehme Sache erinnern musste! Jahrelang hatte die Familie Geld gespart, um sich endlich das vom Familienoberhaupt ersehnte Fleckchen Grund in St. Peter im Südosten der Stadt leisten zu können. In zäher Kleinarbeit hatte er seine Frau davon überzeugt, das Geld nicht in eine komfortablere Wohnung oder einen Radioapparat, sondern in ein Grundstück zu investieren. Im Jänner des Vorjahres hatten sie endlich genug beieinander gehabt, um einem überschuldeten Bauern einen günstig gelegenen Grund unweit der Fischzuchtanstalt abkaufen zu können. Für den Frühling war die Errichtung einer Hütte auf dem Grundstück geplant gewesen. Steininger hatte sich seine Arbeitstage mit Tagträumen versüßt, in denen er Sonntag für Sonntag auf eigenem Grund und Boden in diesem von Gaststätten gespickten Ausflugsziel der Linzer Stadtbevölkerung verbrachte. Doch Adolf Hitler hatte ihm in die Suppe gespuckt. Grundsätzlich war Steininger mit dem Anschluss zufrieden gewesen, zumal er nicht wie die Kollegen Strasser und Haslinger entlassen worden war. Außerdem war er nun Kommissar, was er entschieden dekorativer fand als das österreichische ‚Inspektor'. Als sich aber das Hitlersche Augenmerk auf die Gründung eines Hüttenwerks just im ländlichen Stadtteil St. Peter richtete, sah der Kommissar schlagartig die Schattenseiten der neuen politischen Ordnung. Und als dann auch noch er von der großangelegten Grundstücksablösung betroffen war, sah er trotz des Geldes, das er dafür erhielt, rot.

Der größte Fehler aber war, an dem Tag, an dem er von seinem Verlust erfahren musste, zum Stammtisch mit seinem pensionierten Kollegen Lampelmaier ins Gasthaus ‚Wilder Mann' zu gehen. Lang und breit hatten sie sich über Gerechtigkeit im Allgemeinen und Ungerechtigkeit im Speziellen unterhalten. Rasch war die Rede auf Steiningers Leid gelangt. Nach etlichen Bieren und einem halben Dutzend Obstler hatte Steininger auf einmal die Faust krachend auf den Tisch knallen lassen und geschrien: „Da hätten ja gleich die Kommunisten einmarschieren können! Anständigen Leuten das letzte bisserl Freud am Leben nehmen!"

Lampelmaier war erbleicht und hatte Steininger die dürre Hand auf den Mund gedrückt. Zum Glück war die Gastwirtschaft zu dieser Zeit, von den beiden abgesehen, leer gewesen. Auch der Wirt war eben im Keller verschwunden, um ein neues Fass Bier zu holen.

Lampelmaier, der Steiningers Jähzorn kannte, hatte darauf bestanden, ihn nach Hause zu begleiten. Dort nahm er Frau Steininger zur Seite und drängte sie, ihrem Mann ins Gewissen zu reden. Sie schlug die Hände über dem Kopf zusammen.

In den darauffolgenden Wochen hatte sie ihn wieder und wieder ermahnt, nur ja nicht zu viel zu trinken und am besten überhaupt nicht mehr unter die Leute zu gehen. Obgleich er Lampelmaier, mit dem er viele Jahre lang ein Büro geteilt hatte, vertraute, fürchtete Steininger bis heute, doch gehört worden zu sein. Und was mit missliebigen Beamten geschah, die Zweifel an der neuen Ordnung äußerten, hatte er am ehemaligen Mitarbeiter Strasser gesehen. Als verkappter Sozialdemokrat war er nach dem Anschluss nicht nur aus dem Polizeidienst entlassen, sondern sogar verhaftet und ins Konzentrationslager Dachau überführt worden, von wo nach wenigen Monaten eine Todesmeldung nach Linz gelangte. Einer Herzschwäche sei er erlegen, hatte es geheißen. Obwohl Kommissar Steininger schon aus Prinzip nicht an amtlichen Schriftstücken zweifelte, wurde ihm doch mulmig, wenn er an den kerngesunden Strasser und die allerorten kursierenden Geschichten über das Konzentrationslager dachte.

„Grad deswegen muss ich dazu! Damit s' nicht am End glauben, dass ich was gegen die da hab." Er deutete auf den Fußboden. „Die von der Gestapo warten ja nur drauf, dass sie uns abservieren können. Wenn ich den Sedlak schon seh, einen Zorn könnt ich kriegen ..."

Friedrich Sedlak war noch wenige Jahre zuvor Steiningers Mitarbeiter gewesen. Als strammer Nationalsozialist war er 1938 zur Gestapo gewechselt. Seither hatten sich die Wege der beiden Verfeindeten bei mehreren Fällen gekreuzt.

„Und überhaupt", brachte Steininger jenes Argument, das ihm der krönende Abschluss seiner Beweiskette zu sein schien, „bin ich eh noch gar nicht dabei. Partei*anwärter* bin ich nämlich." Vorsichtig holte er die orange Karte aus der Brieftasche. Frau Steininger griff mit spitzen Fingern danach.

„Schau, Mizzi, Parteianwärter steht da. Vielleicht nehmen s' mich ja gar nicht! Dann wär eh alles in Ordnung!"

Sie rollte mit den Augen. „Mein Gott, Pepi. Was hast dir denn da wieder aufschwatzen lassen. Das ist ja dieselbe Leutefangerei als wie bei den ‚Deutschen Klassikern'!" Sie deutete auf eine Reihe prächtig gebundener Bücher, die mangels Platz auf einem Küchenregal gestapelt waren und langsam verstaubten. Steininger hatte sie sich im Vorjahr von einem Vertreter andrehen lassen, gelesen würden die Bücher wohl nie werden. „Zahlen tust für den Schmarrn, aber bringen tut's rein gar nix. Ich sag dir eins: Das wird dich noch reuen!"

Steininger verstand gar nichts mehr. War man bei der Partei, passte es der Frau nicht, war man nicht bei der Partei, war's auch nicht recht. Die Frauen und ihre Logik! Er versuchte, die unentwirrbare Situation mit einem versöhnlichen Argument aufzulösen.

„Aber Mizzi. Ich mach das doch auch wegen dem Rudi. Wo der doch zur SS will."

Sie seufzte. Seit ihr Rudi seinen Wehrdienst ableistete, hatte er sich verändert. Aus dem schüchternen Buben mit schauspielerischen Ambitionen war ein lauter, rauchender und biertrinkender junger Mann geworden, der unanständige Witze riss und den Frauen auf der Straße nachpfiff. So sehr Frau Steininger die Freude ihres Mannes über die, wie er sagte, ‚gesunde' Entwicklung Rudis verstand, so sehr vermisste sie die andere, zartere Seite des mittlerweile 19-Jährigen.

„Zur SS will er, ja. Das ist aber noch nicht ausgeredet. Da müsste er ja aus der Kirche austreten. Das macht der Rudi nie. Zumindest nicht, solange ich da ein Wörterl mitreden kann."

Steininger wusste, dass Rudi nur mehr der Mutter zuliebe gelegentlich in den Gottesdienst ging, aber er schwieg. Die sonntäglichen Streitereien ermüdeten ihn ebenso wie seine Frau, die natürlich wusste, dass ihr Mann der Partei nur aus Bequemlichkeit beitreten wollte. Das Ehepaar blickte schweigend aneinander vorbei. In die Stille hinein läutete das Telefon, das neuerdings das Vorzimmer zierte. Frau Steininger ging hinaus und nahm den schwarzen Bakelit-Hörer ab. In den Gesichtern beider war Erleichterung zu erkennen, dass sie das Gespräch nun beenden konnten.

4
Sonntag, 13. August 1939, 16 Uhr

Na endlich, jetzt kommt sie, die Kriminalpolizei. Das hat aber gedauert. Der Herr Schutzpolizist hat gemeint, die sind eh gleich da, und das ist leicht eine Viertelstunde her. Wenn nicht gar eine halbe! Die arme Bremstallerin. So lang muss sie da tot in der Wohnung liegen.

Die Erdäpfel wären mir fast verkocht, nur weil die sich nicht tummeln können. Jetzt ganz leise, sonst hören s' am End was, die Wohnungstüren sind dünn wie Papier. Und dann heißt's, die alte Schoiswohl wär neugierig. Oder ist das gar die Gestapo? In Zivil sind s' jedenfalls. Sogar eine Frau ist dabei, eine ganz junge. Das wird wahrscheinlich das Fräulein sein, das mitschreibt. Und der Wamperte dürft der Chef sein, so wie der sich aufpudelt. Mein Gott, wie der schnauft! Und das wegen der zwei Stiegen, die er hat raufgehen müssen! Kein Wunder, dass das so lang gedauert hat. Nicht einmal ich schnauf so, obwohl ich so schlechte Füß hab. Diese vermaledeite Gicht! Der ist mindestens zehn Jahr jünger als wie ich und ist so beinand. Jetzt muss er sich sogar mit dem Sacktuch den Schwitz aus dem Gesicht wischen. Na, wenn der nicht aufpasst, dann ist's bald vorbei mit ihm. Wie beim Ramhartinger. Der hat auch so gschnauft. Eine ganz ungesunde Gesichtsfarbe hatte der noch dazu. Ganz gelb ist er gewesen, nicht zum Anschauen. Direkt grauslich ist das gewesen. Da ist man sich selber schon krank vorgekommen, nur vom Hinschauen. Zum Schluss hat der Hausherr sogar extra für ihn einen Handlauf ins Stiegenhaus gemacht, damit er sich ein bisserl anhalten hat können. Sonst wär der gar nicht mehr hinausgekommen. Und dabei hat der doch nur im Hochparterre gewohnt! Aber gegolten hat er halt immer was, der Ramhartinger. Hauptsächlich wegen der Mutter natürlich.

Der Ramhartinger hat sich einfach zu viel gehen lassen. Hie und da einmal ein Bauchspeck und ein bisserl ein Fettrand schadet gar nichts. Aber so wie der Ramhartinger! Der hat ja das Butterschmalz kiloweise in sich hineingestopft. Das ist ja akkurat unnatürlich gewesen, was der gefressen hat. Mein Lieber! Und geraucht! Eine ‚Virginia' nach der andern. Da hat er sich nichts abgehen lassen. Und das bei den schlechten Zeiten, die wir damals noch gehabt haben. Naja, wer hat, der hat. Das hat der Führer ja gottlob mittlerweile abgeschafft. Also ich hätt mir das damals nicht leisten können. Dem Ramhartinger muss wohl seine Mutter einiges zugesteckt haben. Als Nachtportier im Hotel wird er auch nicht weiß Gott wie viel verdient haben. Die muss Geld gehabt haben. Ist ja lang genug arbeiten gegangen, und der Mann hat auch seinen Posten gehabt. Himmel, wie haben die noch einmal geheißen, wo die alte Ramhartinger gewesen ist? Das Modegeschäft in der Landstraße jedenfalls haben s' ghabt, kein Fetzentandler ist das gewesen, schon was Richtiges. Juden sind s' gewesen, natürlich.

Na, das Geschäft gibt's nicht mehr. War eh nie dort. Die sollen jetzt in Palästina sein. In Saus und Braus leben s' da natürlich, und Deutschland steht derweil allein gegen die Front der Feinde. Viel zu rücksichtsvoll ist er, der Führer. Die alte Ramhartinger hat dort sogar noch geputzt, als sie schon verheiratet gewesen ist, es hat ja geheißen, sie hat lang was mit dem Chef gehabt, offenbar ist sogar der Bub gar nicht von ihrem Mann, sondern von ihm. „Judenbinkel, kriech in Winkel", haben wir immer geschrien auf der Straße, dazumal, das war noch eine schöne Zeit. Bittschön, ich möcht ihm nichts nachsagen, dem Ramhartinger, nur Gutes über die Toten, heißt's ja, und so genau hab ich ihn mir gar nicht angeschaut.

Aber erwischt hat's ihn dann halt doch. Da hat ihm das ganze Judengeld nichts geholfen. Und wenn man denkt, dass er doch von einer recht ordentlichen Familie abstammt. Das heißt, fesch beisammen hat sie immer alles gehabt, die alte Ramhartinger. So verlottert rundherum alles gewesen ist. Aber auf die Ordnung hat sie geschaut. Außen hui, innen pfui. Bei ihrem Buben allerdings, wenn man bei dem in die Wohnung geschaut hat, habe die Ehre! Natürlich hat er keinen hineingelassen, wo er sich doch so geniert hat, grad bei denen, die seine alte Mutter noch gekannt haben. Gott hab sie selig, im Grab würd sich die umdrehen, wenn sie noch einmal in die Wohnung hätt schauen können. Hie und da, wenn ich zum Neujahrwünschen zu den Nachbarn gegangen bin, damals bin ich ja noch leichter gegangen, da hab ich doch einen Blick hineinwerfen können. So gehen lassen, nicht zu beschreiben! Kein Wunder, dass er mich zuerst nicht hinein hat lassen. Der Führer hat schon Recht, wenn er sagt, der häusliche Herd ist die Keimzelle der Ordnung. Wie alt wird er denn gewesen sein, der Ramhartinger, wie s' ihn hinausgetragen haben? Vierzig, fünfundvierzig höchstens. Noch kein Alter für einen Mann. Und wie er zum Schluss ausgeschaut hat. Furchtbar! Aber eine schöne Leich ist's gwesen, so was möcht man sich wünschen. Haufenweise sind s' gekommen, die Leut. Nicht wegen ihm, selbstverständlich, wegen der Eltern. Aus Respekt gewissermaßen. Da ist der Herr Rosenberg von nebenan schon von einem ganz anderen Schlag. Wenn man den neben den Dicken da stellt, sieht man erst, wohin einen die Maßlosigkeit führen kann. Also von der Gestapo kann der nicht sein. So einen Fetten nehmen s' da doch gar nicht. Der dürft noch von der Systemzeit her übrig sein. Schon merkwürdig, dass der Führer da nicht härter durchgreift. Ich kann mir eigentlich nicht vorstellen, dass so ein dicker Mensch national eingestellt ist. Wo er sich doch nicht einmal selber im Griff hat.

Aha, jetzt gehen s' in die Wohnung hinein. Direkt in die Küche, mitsamt einem Fotoapparat. So viele haben doch da gar nicht Platz bei der Bremstallerin. Ein jeder hat noch eine Tasche dabei. Jetzt kommt noch einer, das dürfte aber keiner von der Polizei sein, der hat ja eine Arzttasche dabei. Ach so, der wird die Leich untersuchen. Die können heutzutag ja genau herausfinden, wann einer gestorben ist. Der quetscht sich jetzt auch noch in die Wohnung. Die arme Tini. Immer hat s' so auf eine Sauberkeit gschaut bei sich daheim, und jetzt rennen ihr wildfremde Leut mit den Straßenschuhen hinein. Mein Gott, gestern noch haben wir ein bisserl geplauscht auf der Nacht, und jetzt das. Der Herr gibt und der Herr nimmt.

Meine Füß tun schon wieder ordentlich weh. Hoffentlich sind die bald fertig, sonst müsst ich mich auf ein paar Augenblicke in die Küche setzen. Ja, der Herr Rosenberg von nebenan, von einem ganz anderen Schlag ist der. Dabei dürften s' dasselbe Alter haben. Der Herr Rosenberg und der Wamperte. Vielleicht ist der Herr Rosenberg sogar ein paar Jahre älter, aber ankennen tut man's ihm nicht. Aber ist ja kein Wunder. Ein Turner ist er, immer gewesen. Wie mein Siggi. Frisch, fromm, fröhlich, frei. Jahrzehntelang beim Turnerbund. Ich weiß es noch, als wär's heut gewesen, wie er an seinem Fünfziger mitten auf dem Küchenboden Liegestütz gemacht hat.

„Schau, Johanna", hat er gesagt, weil, ich hab nicht wollen, dass er Hanni zu mir sagt, das klingt so ordinär. „Schau", hat er gsagt, „wie ich mir die Spannkraft erhalten hab. Da kommt manch Junger nicht nach." Unangenehm ist mir das gewesen, seinerzeit. Weil, wenn jetzt einer hereinkommt, hab ich mir gedacht, was sich der denken möcht? Pumperlgesund ist er gewesen, sein Lebtag lang. Bis zum Sterben hat er nix gehabt. Wenn er nicht von der Straßenbahn zusammengeführt worden wär, würd der heute noch seine Liegestütz machen.

So wie der Herr Rosenberg. Der macht auch heut noch jeden Tag seine Gymnastik. „Immer eisern“, sagt er, der Herr Rosenberg. „Damit der Körper nicht rostet“, sagt er. Er ist dabei gar kein so ein Kasten wie der Bierkutscher, der wo mit der Hausmeisterin poussiert, aber Schmalz hat er trotzdem. „Herr Rosenberg“, sag ich immer zu ihm, „Herr Rosenberg, ich wett, Sie möchten schier einen Ochsen zerreißen können.“

Hie und da läut ich halt an und frag, ob er bei mir Radio hören möcht. Er hat sich ja immer noch keines zugelegt, obwohl er schon seit Jahren davon redet. Und wenn er aufmacht, und dann steht er so da mit seinem Trikotanzug, da muss ich schon ein bisserl lachen. Im Inneren natürlich, weil zum Auslachen ist er ja nicht, der Herr Rosenberg. Grad gestern am Abend, wie wir so fesch miteinander geplaudert haben, hab ich mir wieder gedacht: Das hat man selten, dass nämlich ein gescheiter Mensch auch noch eine Haltung hat. Als Bibliothekar ist er natürlich recht belesen. Aber eine Haltung noch dazu! Ganz gerade, Brust raus, Bauch rein. Ein richtiger Germane, denk ich mir immer, wenn ich ihn seh. Aber ganz allein ist er, ein richtiger Hagestolz! Eigentlich schon merkwürdig, dass sich der keine Frau gefunden hat. Bei dem seiner Haltung? Direkt schade um so einen. So ein Mannsbild und hat sich gar nicht fortpflanzen können. Aber die jungen Frauen heutzutag, die schauen ja nur mehr auf das Geld! Ich hätt ihn schon genommen, den Herrn Rosenberg, wenn ich ein paar Jahr jünger wär.

So gut könnt aber der Dicke gar nicht verdienen, dass ich den nehmen würd! Ein Jammer, dass man so Leut auch in der Volksgemeinschaft mitschleppen muss. Und der hat sicherlich einen Schippel Kinder daheim, und der Herr Rosenberg schaut auf sich und muss da ganz allein sein. Na, das wird dem Loisl nicht passieren. Wenn die den erst bei der SS nehmen, werden ihm die Dirndln haufenweis nachrennen. Ob er die Woche noch einmal vorbeischaut, der Bub? Versprochen hat er's.

Ah, jetzt wird's den Herrschaften doch zu eng bei der Tini. Jetzt kommt der Dicke wieder heraus. Ein Junger ist auch dabei. Haben s' gar das Fräulein noch drin lassen? Bei der Leich? So eine zarte Person? Also für mich wäre das nichts. Ich möcht mir mein weibliches Gemüt bewahren.

Hab ich den Jungen nicht schon einmal gesehn? Jessas, das ist ja der Herr Ertl, der wo bei der Bremstallerin gewohnt hat! Gut schaut er aus, ein bisserl blass vielleicht. Stimmt, der ist ja auch bei der Polizei. Wirklich schad, dass der nicht mehr da wohnt, hat immer freundlich gegrüßt, ist immer hilfsbereit gewesen. Den Winter über hat er mir immer die Kohlen und die Erdäpfel vom Keller heraufgetragen. „Das mach ich doch gern, Frau Schoiswohl“, hat er immer gsagt. Ich hab ihn gelegentlich auf einen Likör eingeladen, ganz still ist er dagesessen, ganz in sich gekehrt. Hat gar nicht viel erzählt. Ist ja auch eher ein Gemütsmensch, nicht so ein roher Lackl wie der Dicke. Hände wie ein Pianist, hab ich immer zur Bremstallerin gesagt. Nur zum Schluss hat er sie schon arg enttäuscht, die Bremstallerin, wie er auf einmal mit einer dahergekommen ist. So sind s' halt, die Männer. So gut kann's ihnen gar nicht gehen, dass sie nicht dem erstbesten Kittel nachrennen täten.

Ganz ein anderer Mensch als wie die andern ist er gewesen, der Herr Ertl. Ganz anders als wie die, die vorher da gewohnt haben. Nicht so vulgär. Na, und nachdem der ausgezogen war, hat sie das Vermieten ja nicht mehr notwendig gehabt, die Tini. Eine Erbschaft, hat's geheißen. Bitteschön, ich misch mich da nicht ein. Ich bin niemandem was neidig, ich nicht. Ich hab das nicht not. Ich hab meine Witwenpension von meinem Siggi her, und mehr brauch ich nicht. Wobei, natürlich, der Bub braucht auch noch sein Geld, beim Barras werden s' nicht verwöhnt. Aber gut, soll jeder das Seine haben, ganz egal, wo's herkommt. Leben und leben lassen.

Jetzt zündet sich der Dicke auch noch eine Zigarette an. Wenn der den Stummel auf den Boden schmeißt, dann erzähl ich dem aber was! Wir sind ein ordentliches Haus, da muss sich sogar die Polizei dran halten. Also, wenn der so weitertut, wird er nimmer alt. Man könnt schon meinen, der Ramhartinger steht da. Eine gewisse Ähnlichkeit haben's ja, auch wenn er gar nicht wie ein Jud ausschaut. Ah, jetzt kommt das Fräulein heraus. Ganz blass ist sie geworden. Ist ihr wahrscheinlich doch nicht bekommen. Na, mir glaubt ja keiner was. Was machen s' denn jetzt? Jetzt deutet der Dicke zu meiner Tür her. Hoffentlich sieht das niemand, so eine Schand. Am End werden s' noch zu mir kommen!

5

Sonntag, 13. August 1939, 16 Uhr 30

Hab ich's mir doch gedacht, dass sich die Herren zunächst an die Schoiswohl wenden. Man scheint also bereits im Bilde zu sein, wer hier das größte Waschweib im ganzen Haus ist. Ich wäre nicht anders vorgegangen. Systematik ist die Grundlage jeden Tuns. Man wird dann wohl auch zu mir kommen. Nun gut, soll sein. Ich werde die Polizei unterstützen, wo ich nur kann. Ein Rosenberg hat nichts zu verbergen. Bei der Schoiswohl bin ich mir da nicht so sicher. Eine Schnüfflerin, die am liebsten allen Volksgenossen in die Töpfe schauen würde, kocht selbst das unappetitlichste Süppchen.

Das Ende der Frau Bremstaller ist ja nicht wirklich überraschend gekommen. Wer sich mit derlei lichtscheuem Gesindel einlässt, endet so. Trau, schau, wem! Aber man soll der Frau nichts nachsagen, ihr Mann war ein aufrechter Beamter, hat immer treu dem alten Kaiser gedient. De mortuis nil nisi bene, sagt der Lateiner.

Ich hoffe, die Angelegenheit mit der Polizei lässt sich rasch erledigen. Ich komme ungern zu spät. Meine Turnkameraden im Stich lassen? Nie und nimmer. Fünf Minuten vor der Zeit ist des Deutschen Pünktlichkeit. Auch wenn es nur ein Fest ist, das die Kameraden in Schloss Auhof ausrichten, so will ich doch durch meine Anwesenheit zeigen, dass ich heiteren Gemeinsinn zu zeigen imstande bin.

Diese Schoiswohl! Die Auswüchse ihrer Klatschsucht bleiben einem zwangsweise im Kopfe hängen, auch wenn man ihr Geschwätz verabscheut. Man entkommt ihr einfach nicht. Sogar wenn ich spätabends vom Beisammensein mit den alten Turnkameraden zurückkehre, kriecht sie aus ihrem Loch. Gerade gestern Abend wieder. Ich komme nach Hause, gerade rechtzeitig, bevor das Tor geschlossen wird, abgespannt von den Aufgaben des Tages, und wer erwartet mich am Treppenabsatz? Die Schoiswohl und die Bremstaller. Wie zufällig hat mich das Waschweib ins Gespräch gezogen. Die Bremstaller war klug genug, sich unter einem Vorwand zurückzuziehen, aber ich bin nun mal ein zu höflicher Mensch, um der Schoiswohl einfach den Mund zu verbieten. Zuerst hat sie mir vom Unterhaltungskonzert im Wiener Sender erzählt. Niemand kann ermessen, wie banal es ist, nach jenen erhebenden Momenten, in denen ich mit meinen Kameraden bin, mit Schmonzetten über allerlei Varietékünstler belästigt zu werden. Das war natürlich noch nicht der Höhepunkt. Eine ganze Stunde hat sie mir von ihrem missratenen Sohn erzählt, den ein gnädiges Schicksal drauf und dran ist, in die SS zu spülen. Eine Stunde lang habe ich mir ihre törichten Spinnereien über die goldene Zukunft ihres Buben anhören müssen.

Angeblich hat sie ja die Gicht. Aber so flink, wie die bei der Tür ist. Dann ergießt sich ein Schwall an unflätigsten Gerüchten über die Nachbarn. Diese habe Männergeschichten, heißt es, jener trauere Dollfuß nach. Ich höre da gar nicht mehr hin. Ich sage immer: „Frau Schoiswohl, der Deutsche handelt, er spricht nicht." Gequatscht wird von den sogenannten Demokraten in London und Paris ohnedies genug. Aber selbst das hält sie nicht auf. Und wie oft sie an meiner Türe schellt! Gerade wenn ich meine Übungen mache, steht sie da und belästigt mich mit ihren Radiosendungen. Als ob mich dieses dümmliche Wunschkonzert im Reichssender interessiert! Dabei blickt sie mich so an, in einer Mischung aus Neugier und, nun, ich weiß nicht, wie ich das nennen soll. Sie steht da in ihrem fleckigen Hauskleid und starrt mich an, von oben bis unten. Furchtbar!

Nerven bewahren, denke ich mir. Eiserne Nerven sind nun gefragt. Jetzt, wo das deutsche Volk eingekreist ist. Ein Jeder tue dort Dienst, wo ihn der Führer und die Vorsehung hingestellt haben.

Und dieser Dienst ist wahrlich nicht leicht. Die Säuberung der Bibliothek ist ja, nicht zuletzt aufgrund meiner Tatkraft, so weit abgeschlossen, dass die Herrschaften vom israelitischen Stamme aus der Gefolgschaft ausgemerzt worden sind. Aber die Bestände! „Der jüdische und der bolschewistische Geist müssen ausgerottet werden“, sagt der Herr Propagandaminister. Wie wahr! Die Bibliothek als volksbildnerische Anstalt ersten Ranges muss der Kernpunkt eines Neuaufbaus des deutschen Geistes sein, sage ich immer zum Herrn Direktor. Aber wie soll diese Herkulesaufgabe bewältigt werden! Nur unter Anspannung aller verfügbaren Kräfte wird das möglich sein. Und doch braucht es da noch Lichtgestalten im Bibliothekswesen, die der Gefolgschaft voranmarschieren. „Ja, freilich“, sagt da immer der Herr Direktor und lächelt mich an. Ich würde mir da mehr Tatkraft von ihm wünschen, schließlich ist er der Betriebsführer. Aber er weiß natürlich, er kann sich auf mich verlassen. „Rosenberg, Sie machen das schon“, sagt er. Natürlich mache ich das! Systematisch und radikal! Anders geht es ja nicht. Tabula rasa! Manch ein Kollege ist in dieser Hinsicht, nun ja, blauäugig. Der glaubt, man scheidet einfach Autoren vom Schlage Brecht, Döblin und Toller aus und die Sache wäre erledigt. Weit gefehlt! So kann nur ein verzopfter Geist denken. Der national denkende Bibliothekar von heute hat sich stets die Frage zu stellen: Wo lässt sich die Infektion des Kulturbolschewismus nachweisen? In welchem Schrifttum glosen noch die Glutnester des internationalen Judentums? Ich stehe mittlerweile ja auf dem Standpunkt, dass neunzig von hundert des gesamten Bibliotheksbestandes als jüdisch oder bolschewistisch verseucht zu betrachten und somit zu vernichten sind. Das sage ich auch dem Herrn Direktor immer und immer wieder. Er lächelt mich dann an, so wie er mich immer anlächelt. „Jaja, Rosenberg“, pflegt er dann zu sagen, „das sollten wir machen. Allerdings nicht jetzt." Ich fürchte, auch ihm fehlt die Spannkraft des neuzeitlichen Bibliothekars.

Mit derlei Problemen im Kopf soll man auch noch das Gewäsch der Schoiswohl ertragen! Heute ist gewiss ein Festtag für sie. Sie wird wohl schon stundenlang hinter der Türe stehen und die Herren der Kriminalpolizei anstarren. *Ich* beobachte ja nicht eigentlich, aber die Hanteln sind nun mal im Schrank im Flur und da blickt man natürlich gelegentlich durch den Spion. Man hört nun auch viel von polnischen Agenten. Und außerdem: Soll ich etwa wegen der Schoiswohl meine Hanteln anderswo verstauen? Absurd! Noch dazu, wo die Polizei derlei Krach schlägt. In diesem Hause ganz und gar ungewöhnlich. Bei aller Abneigung gegen die Schoiswohl, aber dieses Haus hat sich doch einen ordentlichen Charakter bewahrt. Nicht einmal die Hennerbichlers sind derart laut wie der dicke Polizist, und dabei wohne ich direkt über ihnen. Der ständige Streit ist nicht zu überhören. Aber dieser korpulente Beamte, laut und doch lethargisch. Und dabei schlapp! Mehr körperliche Betätigung wäre hier vonnöten. Sonst droht ihm dasselbe Schicksal wie dem Kerl im Hochparterre. Der ist ja auch im eigenen Fett erstickt. Arbeit, Mäßigung und Ruh schließen dem Arzt die Türe zu!

Durch die Schoiswohl werden die Herren auch nicht klüger werden. Sie wird dahinplappern und allerlei krude Theorien auftischen. Das dürfte die Polizei mehr verwirren als weiterbringen. Ich hoffe doch sehr, sie werden dem Geschwätz, zumindest in Bezug auf meine Person, keine Bedeutung beimessen. Wer weiß, welche Gerüchte diese Frau über mich in die Welt setzt. Natürlich, ich kann es mir schon denken. Meine Ehelosigkeit wird sie in einem bestimmten Licht darstellen. Beschränkte Geister wie die Schoiswohl können sich dahinter ja nur eine Form der Perversität vorstellen. Aber dass all jene Männer, die zu Höherem berufen sind, ihr Ziel nur ohne Weib zu erreichen imstande sind, sieht man doch schon am Führer! „Der Starke ist am mächtigsten allein“, sagte Schiller.

Jetzt kommen die Leichenträger. Nun, man wird erfahren, woran die Bremstaller gestorben ist. An sich liegt die Sache ja glasklar auf dem Tisch: Eines dieser Subjekte, die sie abends besucht haben, wird die Frau auf dem Gewissen haben. Man kann sich ja vorstellen, welch unappetitliche Szenen sich da abgespielt haben. Womöglich war sogar der Hennerbichler der Täter. Ein abscheulicher Mensch, dem Trunke ergeben. Man kennt das ja. Der Alkohol enthemmt den Trieb. Nur so ist erklärlich, warum der Kerl die Bremstaller aufgesucht hat. Im Grunde hat sich die Bremstaller ihr Ende selbst zuzuschreiben. Man müsste mit diesem Gezücht eine viel deutlichere Sprache sprechen. Die Polizei ist da noch viel zu zögerlich. Der Kommissar hat wohl auch nicht die Willenskraft dazu. Das ist das Problem, man schleppt heute noch zu viel Ballast aus der Systemzeit mit. Radikale Ausmerze, wenn es nach mir ginge. Mit Stumpf und Stiel! Auch sein junger Kollege scheint mir keine Führernatur zu sein. Man ist hier nicht mit Aplomb bei der Sache. Nun ja, hier werden noch klare Verhältnisse geschaffen werden. So, wie sie auch im Bibliothekswesen nötig sind.

Aha, die Herren verlassen die Wohnung der Schoiswohl. Sehen etwas benommen aus. Ist ihnen wohl zu viel geworden, die Köpfe rauchen. Man kommt jetzt zu mir, nur gut. Ein Gespräch mit mir wird ihnen ein Labsal sein. Klare deutsche Worte! Nicht lange gezaudert. Die Türe auf! „Heil Hitler, meine Herren. Sie stören gar nicht, treten Sie ein!“

6
Sonntag, 13. August 1939, 17 Uhr

Als Kriminalassistentin Anna Rabitsch die Stiege in den zweiten Stock des Hauses Südtirolerstraße 8 hinaufging, musste sie immer wieder den Kopf schütteln. Aus ihrem Vorgesetzten Steininger wurde sie nicht schlau. Zuerst war er dagegen gewesen, sie überhaupt zum Tatort mitzunehmen.

„Brauchen S' doch nicht extra mitzukommen, Fräulein Rabitsch. Ein junger Mensch wie Sie hat am Sonntag sicher Besseres zu tun, als sich eine Leich anzuschauen", hatte der Kommissar mit einem honigsüßen Lächeln gemeint. Dabei hatte doch sie Journaldienst! Am liebsten wäre sie ihm ins Gesicht gesprungen. Sie war schließlich kein kleines Mädchen mehr! Drei Jahre war sie nun schon bei der Kriminalpolizei, die meiste Zeit davon hatte sie in Wien verbracht, wahrlich kein einfaches Pflaster. Obwohl sie in der Abteilung für Sittlichkeitsverbrechen gearbeitet hatte, war ihr der Anblick von Erschlagenen und Erstochenen nicht fremd geblieben. Frauen und Burschen, die sich für ein paar Reichsmark in Parks oder öffentlichen Toiletten feilgeboten und dies mit dem Leben bezahlt hatten. Natürlich hatten diese toten Körper ein furchtbares Bild geboten. Aber schließlich und endlich gehörte der Anblick von Leichen zu ihrem Beruf, den sie sich – gegen manche Widerstände – selbst gewählt hatte!

All das hatte sie ihrem Chef ins Gesicht geschrien – allerdings nur in Gedanken. Tatsächlich hatte sie in Steiningers hochrotes Gesicht geblickt, während sie vergeblich damit gekämpft hatte, das Knäuel voller Empörung in ihrem Mund in Worte zu fassen. Wenn sie doch manchmal so gelassen sein könnte wie der Heumader.

Der war ganz ruhig auf seinem Sessel gesessen, hatte sich wie ein interessierter Passant die Szene angesehen und schließlich zu Steininger gemeint: „Herr Kommissar, meinen Sie nicht, eine Kraft mehr am Tatort wäre zu brauchen? Der Kollege Ertl ist ja eigentlich als Zeuge zu betrachten." Steininger hatte Heumader überrascht angeschaut und Rabitsch schließlich doch mitgenommen. „Kommen S' halt mit", hatte er gebrummt, und sie hatte Heumader einen dankbaren Blick zugeworfen, der dessen Bubengesicht mit den runden Brillengläsern unter den kaum gebändigten Locken erröten ließ. Sie ärgerte sich immer noch über diesen Blick, schließlich war ihr nicht entgangen, dass der junge Mann sie anhimmelte. Sie wollte ihn auf keinen Fall ermuntern, sich ein Herz zu nehmen und sie zu einem Rendezvous einzuladen. Außerdem war es doch ihr Recht und ihre Pflicht, an dieser Ermittlung teilzunehmen. Kein Grund also, irgendjemandem dankbar zu sein!

Und nun, kaum dass die Leiche der älteren Frau besichtigt war, war sie von Steininger auch schon losgeschickt worden, um die Nachbarn im zweiten Stock zu befragen. Und das alleine, wo doch selbst er immer einen Kollegen mitnahm! Vielleicht wollte er sie bei ihrer ersten Befragung in einem Mordfall auflaufen lassen? Oder wollte er sie einfach nur aus seinem Blickfeld bekommen?

Dass er sie nicht mochte, war Rabitsch rasch klar gewesen. Sie hatte, als sie nach Linz gekommen war, damit rechnen müssen, auch wenn in Wien eine Frau bei der Polizei nichts Neues mehr gewesen war. Linz reimte sich halt doch auf Provinz, und wenn sie sich Steininger und die Kollegen Heumader und Ertl vergegenwärtigte, war es kein Wunder, dass eine Frau für Unruhe sorgte.

Ganz freiwillig war sie ja nicht hergekommen. Sie hätte durchaus noch länger in Wien nach Sittenstrolchen in dunklen Kinosälen oder nach Homosexuellen in Parkanlagen fahnden können. Aber dann war die Sache mit Konrad passiert. Natürlich hatte sie sich geschworen, sich nie mit einem Kollegen einzulassen. Und natürlich war es eine Illusion gewesen, zu glauben, man könne das Verhältnis geheim halten. Es war dumm von ihr gewesen, auf Diskretion und Respekt ihrer Kollegen zu hoffen. Und natürlich war die Überzeugung naiv gewesen, dies alles hätte keinerlei Auswirkung auf ihre Beziehung. Nach monatelangen Streitereien waren Konrad und sie schließlich übereingekommen, so nicht mehr weitermachen zu wollen. Sie hatte die erstbeste Möglichkeit ergriffen, sich versetzen zu lassen. Seither sahen sie sich kaum noch. Großteils schweigend verbrachten sie einzelne Sonntage miteinander, manchmal schliefen sie auch in einem abgelegenen Landgasthof miteinander. Doch sie bekam dabei immer mehr das Gefühl, Konrad gegenüber nur eine Verpflichtung zu erfüllen, mehr nicht. Ob auch er so dachte? Man müsste miteinander reden, Dinge klären, Ordnung schaffen. Sie seufzte.

Auf dem schlichten Namensschild aus Messing stand der Name „Dr. Berger“. Eine Bedienerin mit verhärmt wirkendem Gesicht öffnete die Tür. Sie trug ein dunkles, einfaches Kleid mit weißer Schürze. Rabitsch schätzte sie auf Mitte vierzig.

„Sie wünschen?“

Rabitsch zeigte ihre Dienstmarke: „Kriminalassistentin Rabitsch mein Name. Ist von den Herrschaften jemand zuhause?“ Hinter einer Doppelflügeltür waren Stimmengewirr und Gläserklirren zu hören. In der Luft hing der schwere Geruch von Zigarren, vermengt mit einem Anflug von teurem Parfum.

„Herr und Frau Kommerzialrat Berger sind hier. In welcher Angelegenheit möchten Sie sie sprechen?"

„Es geht um einen Todesfall."

„Einen Todesfall?"

Rabitsch glaubte, in dem ausdruckslosen Gesicht der Frau eine Veränderung bemerkt zu haben. Das Dienstmädchen zögerte kurz und bat sie herein.

„Es findet gerade eine kleine Feier statt, der Herr Kommerzialrat wird fünfzig. Wenn Sie vielleicht hier warten wollen."

Rabitsch nickte und nutzte die Zeit, sich im großzügigen Vorzimmer umzusehen. Nicht üppig, aber stilvoll und vor allem nicht billig eingerichtet. Ein Sessel, ein Beistelltischchen, eine Garderobe, ein Spiegel. Kein unnötiges Beiwerk, keine störenden Ornamente und an der Decke eine Leuchte, die wohl aus einer Werkstätte des Werkbundes stammte. Rabitsch, die selbst ein Faible für gediegenes Interieur hatte, musste den Bergers Stil zugestehen.

Die Flügeltür öffnete sich, und in einem Schwall aus Zigarrenrauch und Gelächter eilte ein graumelierter Mann in elegantem, hellem Sommeranzug auf sie zu, dicht gefolgt von einer attraktiven, dunkelhaarigen Frau, in deren Gesicht Bestürzung zu lesen war.

„Was höre ich da? Ein Todesfall? Es wird doch nichts mit Valerie sein?"

„Herr und Frau Kommerzialrat Berger? Ich bin Kriminalassistentin Rabitsch. Zunächst einmal alles Gute zum Geburtstag, Herr Kommerzialrat. Der Grund meines Besuchs ist Ihre Nachbarin, Frau Ernestine Bremstaller. Sie ist tot."

Herr und Frau Berger blickten einander an. In ihren Gesichtern war Erleichterung zu erkennen. Der Kommerzialrat bemerkte den fragenden Blick der Beamtin.

„Vielen Dank für Ihre Gratulation. Sie müssen entschuldigen, Fräulein Rabitsch. Unsere Tochter Valerie hat es sich in den Kopf gesetzt, ihr Landjahr bei einem Gut im hintersten Ostpreußen zu absolvieren. Wir haben seit einer Woche keine Nachricht von ihr und sind verständlicherweise in Sorge."

„Frau Bremstaller ist tot, sagen Sie? Wie furchtbar. Ist sie ermordet worden?", ergreift Frau Berger das Wort.

„Wie kommen Sie darauf?"

„Ach, ich dachte, wenn die Kriminalpolizei ermittelt. Aber ich bin eine unhöfliche Gastgeberin, kommen Sie doch bitte weiter."

„Vielleicht nicht in den Salon", ergänzt Herr Berger, „Sie sehen, ich gebe eine kleine Gesellschaft. Nichts großes, nur ein paar enge Freunde, ganz zwanglos. Sie wundern sich vermutlich: am späten Nachmittag eine Gesellschaft. Aber ich muss den Abendzug nach Bremen erreichen. Morgen beginnt eine Tagung der Fachgruppe Zigarettenindustrie."

„Sie sind in der Branche tätig?"

„Ich bin technischer Leiter der Austria Tabakwerke. Bitte, treten Sie ein." Er bat sie in einen Raum, sein Arbeitszimmer, wie Rabitsch vermutete. Frau Berger folgte den beiden. Auch hier bemerkte Rabitsch etwas von der nüchternen, modernen Eleganz, die ihr bislang in dem recht rückständigen Linz noch nicht untergekommen war. Ein wuchtiger Schreibtisch, auf dem peinliche Ordnung herrschte, eine Sitzgruppe, ein kleines Regal mit Büchern, die, wie sie an den Titeln am Buchrücken feststellen konnte, mit der Tätigkeit des Kommerzialrats in Zusammenhang standen, und eine übersichtliche Bar. Herr Berger deutete auf einen teuer, aber ungemütlich wirkenden Polstersessel, sie nahm Platz. Herr Berger setzte sich ihr gegenüber, Frau Berger blieb hinter ihrem Mann stehen. Ihre Rechte ruhte auf seiner Schulter, so als müsste sie ihr Anrecht auf ihn untermauern.

„Sherry? Zigarette?"

„Danke, weder noch, ich bin im Dienst und Nichtraucherin."

„Tatsächlich? Sehr vernünftig. Obwohl ich Ihnen unsere ‚Asta' empfehlen kann. Wir haben sie gerade für die Frau von heute entworfen ... Sie fragen sich möglicherweise, warum wir hier wohnen und nicht in einer schönen Villa am Römerberg."

„Ehrlich gestanden ja, das habe ich mich gefragt."

„Nennen Sie es ... Sentimentalität!" Der Kommerzialrat lächelte gönnerhaft. „Wir haben hier bereits gelebt, als ich im Werk noch keine Führungsposition innehatte. Die Wohnung ist uns ans Herz gewachsen."

Rabitsch öffnete ihr Notizbuch, als Zeichen, die Befragung beginnen zu wollen. „Herr und Frau Berger, was haben Sie letzte Nacht gemacht?"

„Frau Bremstaller ist in der Nacht ... verstorben?"

Rabitsch nickte.

„Geschlafen habe ich. Ich war todmüde. Gestern war Sitzung des Aufsichtsrates, eine Reihe von Berichten ist fertigzustellen gewesen. Knapp vor elf Uhr bin ich heimgekommen, dann habe ich noch einen Imbiss zu mir genommen. Später habe ich noch einmal versucht, jemanden in diesem Lager in Ostpreußen zu erreichen. Gegen Mitternacht war ich im Bett. Ich muss sofort eingeschlafen sein."

„Das heißt, Sie haben nichts gehört?"

„Nichts. Ich bin heute erst gegen acht Uhr aufgewacht. Marianne", er strich über die Hand seiner Frau, „ist so liebenswürdig gewesen, mich schlafen zu lassen."

„Wer kann Ihre Angaben bestätigen?"

„Was soll das? Wollen Sie etwa meinen Mann verdächtigen?“ Frau Berger, die der Befragung bislang scheinbar unbeteiligt beigewohnt hatte, reagierte auffallend heftig auf Rabitschs Frage.

„Frau Bremstaller ist vermutlich ermordet worden, und wir können nicht ausschließen, dass jemand aus dem Haus für ihren Tod verantwortlich ist. Ich verdächtige Sie keineswegs, es geht nur darum, gesicherte Erkenntnisse zu erlangen.“

„Natürlich, Sie machen nur Ihre Arbeit. Mein Chauffeur kann bestätigen, dass er mich um diese Zeit heimgebracht hat. Sie müssen schon entschuldigen, Fräulein Rabitsch“, Herr Berger lächelte, „meine Frau und ich, wir sind beide nervlich etwas angespannt.“

„Mein Mann war um Punkt 22 Uhr 45 daheim. Ich habe auf die Armbanduhr geblickt“, ergänzte Frau Berger in kaum weniger scharfem Ton. „Er ist dann früh zu Bett und erst um acht Uhr morgens aufgestanden.“

„Und Sie?“

„Ich habe die halbe Nacht nicht schlafen können. Seit meine Tochter“, sie stockte. „Veronal hilft leider nicht mehr. Im Laufe des Abends habe ich auch mehrmals versucht, jemanden in Ostpreußen zu erreichen. Nachdem mein Mann heimgekommen war, habe ich noch länger mit einer Freundin telefoniert.“

„Wann war das?“

„Knapp vor elf bis knapp vor halb zwölf muss das gewesen sein. Emmy von Kronberg, wenn Sie meine Angaben überprüfen wollen. Sie lebt in Salzburg.“

„Was haben Sie sonst gemacht?“

„Aus dem Fenster geblickt. Mir Sorgen gemacht. Meine Tochter tot in irgendeiner ostpreußischen Schnitterkaserne gesehen. Aber derlei Gedanken können Sie vermutlich nicht nachvollziehen.“

„Marianne, bitte ... Es wird sich alles aufklären. Nimm doch Platz. Ich bringe dir einen Sherry." Der Kommerzialrat stand auf und brachte seiner Frau ein gut gefülltes Glas.

„Frau Kommerzialrat, wie gesagt, ich suche nur nach Anhaltspunkten, die uns dabei weiterhelfen, das Ableben von Frau Bremstaller zu klären. Haben Sie während der Nacht etwas gehört?"

Frau Berger war in einen Polstersessel gesunken. Die ganze Person schien, kaum hatte sich ihre Empörung gelegt, in sich zusammenzusinken. Das Licht der untergehenden Sonne zeichnete dunkle Ringe um ihre Augen. „Einmal ist das Haustor gegangen. Ich hatte gerade das Fenster geöffnet, mir ist plötzlich sehr heiß gewesen."

„Wann war das?"

„Ich hatte mein Telefonat mit Emmy gerade beendet und Alfred ist bereits im Bett gewesen. Mitternacht ist es aber noch nicht gewesen. Halb zwölf bis Viertel vor zwölf, würde ich sagen."

„Wird das Haustor am Abend nicht verschlossen?"

„Grundsätzlich schon", antwortete der Kommerzialrat, „nur unser Hausmeister vergisst es manchmal. Im Grunde ist er aber ein vollkommen integrer Mann. Bitte, ich möchte ihm gar nichts unterstellen."

Rabitsch wunderte sich etwas über den absichernden Nachsatz Bergers und machte sich Notizen.

„Hat jemand das Haus verlassen oder ist jemand gekommen? War es *eine* Person, oder waren es mehrere?"

„Jemand ist gegangen. Es war *eine* Person, glaube ich."

„Haben Sie jemanden erkannt?"

„Ich habe nicht nach unten geschaut. Im Unterschied zu gewissen Personen im Haus bin ich nicht sonderlich an den Tagesabläufen meiner Nachbarn interessiert."

„Und die Schritte?"

„Wie meinen Sie?"

„Waren es Männer- oder Frauenschritte?"

„Mein Gott, was wollen Sie denn noch?" Frau Berger begann zu weinen, sie verbarg ihr Gesicht in den Händen. Ihr Mann stand auf und legte ihr den Arm um die Schulter.

„Marianne, bitte beruhige dich. Fräulein Rabitsch, müssen Sie meine Frau so bedrängen? Sie sehen doch, wie sehr sie leidet. Haben diese Fragen nicht Zeit?"

„Tut mir leid, Herr Kommerzialrat. Es könnte sein, dass Ihre Frau wichtige Hinweise liefern kann."

„Männerschritte, glaube ich."

„Herr Kommerzialrat, was können Sie mir über Frau Bremstaller sagen?"

„Was soll ich sagen? Man grüßt sich halt, wenn man sich auf der Stiege trifft. Ich bin selten zuhause. Im Allgemeinen aber, bitte verstehen Sie mich nicht falsch, haben wir keinen Umgang mit Frau Bremstaller gepflegt. Meine Frau hat sie, glaube ich, einmal zu ihrer Bridgerunde eingeladen, das war alles."

„Frau Bremstaller hat Bridge gespielt?" Rabitsch war ehrlich überrascht. Nach allem, was sie bisher in der Wohnung der Frau gesehen hatte, hätte sie ihr eher Schnapsen oder Mau-Mau zugetraut.

Berger lächelte. „Nun ja, diese Bridgerunden sind eher dem gesellschaftlichen Austausch als dem Kartenspiel gewidmet. Aber da fragen Sie am besten meine Frau, wenn es ihr wieder besser geht."

Es klopfte an der Tür. Ein junger Mann in Wehrmachtsuniform steckte den Kopf herein und blickte mit besorgter Miene zu den Bergers.

„Keine Sorge, Heinz." Kommerzialrat Berger stand eilig auf und ging zur Tür. „Es geht nicht um Valerie.

Wir kommen gleich wieder. Bitte uns noch einen Moment zu entschuldigen." Der junge Mann nickte den beiden Frauen kurz zu und verließ den Raum. Der Kommerzialrat setzte sich neben seine Frau. „Leutnant Heinz Willner. Ein guter Freund von Valerie. Auch er macht sich natürlich Sorgen."

„Verstehe. Also, wie kam es zu dieser Bridgerunde?"

„Frau Rabitsch, bitte!"

„Ist schon gut, Alfred." Frau Berger tupfte mit einem Taschentuch Tränen aus den Augenwinkeln. „Es geht schon wieder. Einmal im Monat lade ich ein paar Freundinnen und Damen der Gesellschaft zum Bridge ein. Einmal habe ich Frau Bremstaller im Stiegenhaus getroffen. Ich habe mir gedacht, die arme Frau muss so viel alleine zuhause sitzen, und habe sie einfach eingeladen. Ich weiß auch nicht, warum. Man macht manchmal Dinge, die man sich im Nachhinein nicht erklären kann."

Rabitsch verscheuchte aufkommende Gedanken an Konrad und schrieb ‚Bremstaller – Bridge?' in ihr Notizbuch. „Frau Bremstaller hatte nicht viel Verkehr?"

„Wie gesagt, wir hatten wenig mit ihr zu tun. Aber", der Kommerzialrat warf einen kurzen Seitenblick zu seiner Frau, „gänzlich alleine dürfte die Frau nicht gewesen sein."

„Wie meinen Sie das?"

„Nun, offenkundig ..."

„Alfred!"

„Aber Marianne, lass doch. Das war doch offensichtlich. Frau Bremstaller hatte häufiger Männerbesuch."

„Was waren das für Männer?"

„Nun, im Einzelnen weiß ich das nicht, aber jedenfalls hat es sich nicht um Personen gehandelt, die man in unseren Kreisen Herren nennt. Aber, bitte verstehen Sie mich nicht falsch, ich möchte die arme Frau

Bremstaller nicht in Verruf bringen. Und wie gesagt, eigentlich weiß ich auch gar nichts."

Erstmals registrierte Rabitsch Risse in der so demonstrativ zur Schau gestellten Sicherheit des Kommerzialrats. „Nun gut, wir werden das herausfinden. Zurück zur besagten Bridgerunde. Wann war die?"

„Meine Bridgerunde ist jeden zweiten Mittwoch im Monat. Frau Bremstaller habe ich im Juni eingeladen."

„Wie verlief dieser Abend?"

„Nicht ungewöhnlich. Ich glaube, Frau Bremstaller hat sich gefreut, dabei zu sein, auch wenn sie etwas schweigsam war."

„Warum haben Sie sie später nicht noch einmal eingeladen?"

„Es hat sich nicht mehr ergeben."

An der Tür klopfte es. Das Dienstmädchen trat ein. „Entschuldigung. Die Gäste werden etwas unruhig. Man fragt nach den Herrschaften."

Herr Berger schien nur auf dieses Stichwort gewartet zu haben. „Nun denn. Sie werden verstehen, dass wir unsere Gäste nicht über Gebühr warten lassen können. Sollten Sie noch Fragen haben, melden Sie sich bei uns. Auf Wiedersehen, Fräulein Rabitsch." Die Bergers nickten der Beamtin zu und verschwanden.

Rabitsch hörte ein mehrstimmiges Auflachen hinter der Tür zum Salon und verließ, an der Bedienerin vorbei, die Wohnung.

7

Montag, 14. August 1939, 11 Uhr

Friedrich Sedlak starrte aus dem Seitenfenster des dunkelgrauen Mercedes, Wögerer neben ihm brummte etwas. Das schöne Wetter hielt an und schien seinen hochsommerlichen Höhepunkt zu erreichen. Auf Wögerers Stirn standen Schweißperlen, trotzdem er hemdsärmelig am Volant saß. Auch nach nahezu einem Jahr, das Sedlak mit diesem Mann gearbeitet hatte, wunderte er sich immer noch, mit welch weichen Bewegungen dieser grobschlächtige Bursche den schweren Wagen zu lenken verstand. Wögerer, der Fahrer. Wögerer, der Mann fürs Grobe. Wögerer mit den schwarzen Lederhandschuhen. Gelegentlich bemerkte Sedlak doch eine Paradoxie darin, dass die Hände des Kriminaloberassistenten, die in einem Moment das Gesicht eines Gefangenen blutig schlugen, im anderen Moment seinen Chef in bedächtiger Ruhe durch Linz fuhren. Aber die Momente, in denen ihm dies auffiel, wurden seltener. Sedlak war ein routinierter Gestapobeamter geworden.

In den ersten Wochen, in denen er, eben von der Kriminalpolizei herübergewechselt, mit den Methoden der Gestapo vertraut gemacht worden war, hatten einander Irritation und Faszination abgewechselt: Irritation ob des anfangs planlos wirkenden, nie von Vorbehalten gebremsten Einsatzes von Gewalt. Faszination, weil hier all das möglich war, was in den Jahren zuvor nur als vage Vorstellung in den Köpfen mancher herumgegeistert war: dem Ziel die Wahl der Mittel unterzuordnen. Seither war Sedlak bemüht, Kriminalpolizei und Gestapo einzig aus der Perspektive der Effizienz zu vergleichen. Und dieser Vergleich zeigte ihm, dass seine Entscheidung richtig war, das Angebot anzunehmen und als Kriminalkommissar zur Gestapo zu wechseln. Gewiss, es gab Schwierigkeiten: endlose Zwistigkeiten zwischen jenen wie ihm, die das Handwerk von der Pike auf gelernt hatten, und jenen, die außer Parteibuch und der vorbehaltlosen Bejahung von Gewalt wenig vorzuweisen hatten. Endlose Zwistigkeiten auch zwischen den Österreichern und den Herren aus dem Altreich, die keine hohe Meinung von den Zuständen im Lande hatten. Den Ostmärkern müsse doch erst mal klar gemacht werden, was Polizeiarbeit überhaupt sei, hieß es. Gerade der neue Leiter der Linzer Gestapo Batz war einer jener Karrierejuristen, die meinten, sich durch besonders forsches Auftreten für höhere Weihen im Altreich empfehlen zu können. Dabei hatte der aus Thüringen stammende Mann sogar Schwierigkeiten, seinen eigenen Fahrer zu verstehen.

Aber all das waren für Sedlak die Geburtswehen einer neuen Polizei, der anzugehören er stolz war. Dies wurde ihm besonders dann deutlich, wenn ihn, wie auch diesmal, seine dienstlichen Wege wieder einmal in die Polizeidirektion in die Mozartstraße führten. Trotzdem dieses Gebäude erst vor vier Jahren von der Polizei bezogen worden war, schien es schon vom altösterreichischen Bürokratengeist durchzogen zu sein. An einem alten Baum gedeiht kein junger Trieb, dachte Sedlak.

Seufzend steckte er sich eine ‚Juno' an.

„Ist was, Chef?" Wögerer blickte kurz mit fragendem Blick zu Sedlak, der den Kopf schüttelte. „Die Mozartstraße taugt ihnen heut auch nicht, oder?" Wögerer verzog sein Gesicht zu etwas, das mehr einer Grimasse als einem Grinsen glich. Bei einer der letzten Saalschlachten vor dem Anschluss war ihm ein Gesichtsnerv verletzt worden. Versuche, freundlich zu wirken, endeten bei ihm seither stets in schwer zuordenbaren Grimassen.

Sedlak lächelte kurz und nahm seine Beobachtung des sommerlichen Linzer Treibens wieder auf. Frauen in luftigen, hellen Kleidern, ein Eisverkäufer, der klingelnd seine Ware feilbot. Kaum zu glauben, dass möglicherweise Krieg vor der Tür stand. Natürlich durfte man sich von den Polen nichts gefallen lassen. Franzosen und Engländer warteten ja nur darauf, dass Deutschland Schwäche zeigte. Gerade in diesen Zeiten aber war Schwäche gleichbedeutend mit Tod! Die Zeitungen waren voll von Meldungen über Übergriffe, ja sogar Mord an wehrlosen Volksgenossen im Nachbarland und über die verzweifelte Lage Danzigs. Ein Krieg gegen Polen war daher nichts weniger als Notwehr, war Sedlak überzeugt. Und doch, allzu tief bohren mochte er hinter den Zeitungsmeldungen nicht. Seine Schwiegereltern stammten aus Schlesien. Gelegentlich hatte man Kontakt zu der Verwandtschaft, die an der polnischen Grenze, in Beuthen, lebte. Polenfreundlich war da bei Gott niemand, aber von polnischen Gräueltaten an Deutschen wusste dort niemand Konkretes zu berichten.

Aber war es an ihm, sich die Gedanken der obersten Führung zu machen? Vielleicht kam es ja gar nicht so weit. Saarland, Österreich, das Sudetenland, die Resttschechei. Immer war das Kalkül des Führers aufgegangen. Und wenn es Krieg geben sollte, wäre man vorbereitet. Seine, Sedlaks, Aufgabe war es mitzuhelfen, in Linz im Falle eines Krieges jeden Ansatz zu Defätismus und Widerstand im Keim zu ersticken. Gerade jetzt musste man auf der Hut sein. Aus verlässlicher Quelle wusste Sedlak, dass eine Bewirtschaftung einzelner Güter des täglichen Bedarfs – als reine Vorsichtsmaßnahme natürlich – ins Haus stand. Bei manchen schwankenden Volksgenossen mochte dies Erinnerungen an die unseligen Zeiten des Weltkriegs hervorrufen. Dies konnte zu vermehrter Unruhe führen. Krakeeler fanden sich rasch, was natürlich fatal für die Moral und daher zu unterbinden war. Aufgaben über Aufgaben also. Und gerade jetzt musste er sich wieder mit einem Fall abgeben, den man getrost der Kriminalpolizei hätte überlassen können.

„Machen Sie das mal, Sedlak“, hatte Batz in seiner jovial-herablassenden Art gesagt. „Bringen Sie mir die Brüder in der Mozartstraße auf Trab! Sie kennen die ja!“

Ja, er kannte sie, die „Brüder“ in der Polizeidirektion. Jahrelang hatte er unter dem stets überforderten Steininger arbeiten müssen, bis sich die Gelegenheit des Wechsels zur Gestapo ergeben hatte. Aber der Nutzen hielt sich doch wieder in Grenzen, wenn er nun immer und immer wieder mit diesem Stümper zusammenarbeiten und darauf achten musste, dass nicht zu zögerlich vorgegangen wurde. Allerdings, jetzt war man nicht mehr nur kleiner Inspektor. Als Kommissar war er nun formal auf Augenhöhe, ja mehr noch als das. Die Gestapoleute wussten um die Scheu vieler Kriminalbeamter vor der Behörde, die sie repräsentierten. Zu unklar waren die Kompetenzen und die Befugnisse der Gestapo eingegrenzt, zu deutlich war der Rückhalt, den die Gestapo bei den Granden der Partei hatte. Sedlak ließ dies Steininger spüren. Er würde ihm auch diesmal mit Genuss deutlich machen, wie wenig er vom kriminalistischen Können seines ehemaligen Chefs hielt. Und dann würde man sehen, wer den Fall Bremstaller in den Griff bekam.

Im Grunde genommen handelte es sich dabei um keine bedeutende Sache. Am Morgen hatte ein Eilbote den eilig zusammengeschusterten Bericht mit dem vorläufigen Ermittlungsstand der Kriminalpolizei in die Gestapoleitstelle in der Langgasse gebracht. Der war überschaubar, weshalb Sedlak verzichtete, ihn noch einmal durchzusehen.

Eine ältere Frau, Beamtenwitwe, war in ihrer Wohnung erstochen worden. Zeugen hatte es, wie zu erwarten, nicht gegeben. Der Todeszeitpunkt war zwischen Samstagabend 23 Uhr und Sonntagmorgen zwei Uhr eingegrenzt worden. Die medizinische Untersuchung hatte ergeben, dass der Stich bei einer jungen, gesunden Person möglicherweise nicht zum Tode geführt hätte. Der Allgemeinzustand der Bremstaller war aber nicht mehr der beste. Zudem war die Frau erst Sonntagmittag entdeckt worden, eine raschere Auffindung hätte ihr möglicherweise das Leben gerettet. Im Übrigen hatte sie der Kollege Ertl gefunden, ein, wie sich Sedlak erinnerte, weitgehend ambitionsloser und willensschwacher junger Beamter, der früher bei der Bremstaller gewohnt hatte. Einbruchsspuren gab es keine, die Frau dürfte ihrem Mörder also die Tür geöffnet haben. Die kriminaltechnische Untersuchung war noch nicht abgeschlossen, aber zumindest an der Tatwaffe waren keine Fingerabdrücke sichergestellt worden. Die Nachbarn hatten natürlich wieder einmal nichts Nennenswertes gesehen, obwohl sie allerlei über die Bremstaller zu berichten wussten. Besonders die direkte Nachbarin, eine gewisse Schoiswohl, schien regen Anteil am Leben der Bremstaller genommen zu haben.

Wögerer bog von der Landstraße in die Mozartstraße ab und hielt vor dem ehemaligen Hotel de l'Europe, nunmehr Sitz der Polizeidirektion. Sedlak eilte ins Gebäude, vorbei am Portier, den er mit einem lauten „Heil Hitler!" aus der Lektüre der ‚Kronen Zeitung' riss, und ging raschen Schrittes die Stiege hinauf, die ihn zu dem für Kapitalverbrechen zuständigen Kommissariat IIa führte. Zufrieden registrierte Sedlak, dass ihn der junge Mann, der den eigentlichen Portier nur vertrat und ihn daher gar nicht kennen konnte, offenbar sofort für eine zuständige oder auf irgendeine Weise einflussreiche Person hielt, weshalb er ihn ohne Anmeldung zu den Räumlichkeiten der Kriminalpolizei ziehen ließ. Wögerer hatte schon recht, dachte Sedlak: Der Duft der Gestapo roch hundert Meter gegen den Wind.

8

Montag, 14. August 1939, 11 Uhr 15

Friedrich Sedlak hätte am liebsten laut aufgelacht. Gewisse Dinge würden sich nie ändern. Es war knapp nach elf Uhr, und so wie jeden Tag seit fünf, zehn Jahren und vermutlich auch zwanzig saß Kommissar Steininger an seinem Schreibtisch, den Zipfel eines Taschentuchs in den Kragen geklemmt, und jausnete mit äußerst behaglichem Gesichtsausdruck. Auch Revolutionen, die Neuordnung der Welt und möglicherweise bald ein Krieg würden hieran nichts ändern, war Sedlak überzeugt.

Erst nach einigen Momenten nahm Steininger den ehemaligen Kollegen wahr. Er errötete, nickte ihm zu und deutete ihm, Platz zu nehmen. Steininger bemerkte Sedlaks spöttischen Blick auf das Poschacher Bier auf dem Tisch. „Nur wegen der Hitz“, stieß er hervor. Seine Worte unterstrich er, indem er sich mit der fettigen Hand über die schweißperlende Stirn fuhr.

Sedlak setzte sich, lehnte sich zurück und schlug die Beine übereinander. Er fixierte Steininger, der sich beeilte, den Rest seiner Jause in den Mund zu stopfen, mit unverhohlenem Missfallen und zündete sich eine Zigarette an.

„Ah, du rauchst jetzt ‚Juno'", bemerkte der schwitzende, kauende Steininger.

Sedlak nickte kurz und deutete Heumader, der sich hinter seiner Schreibmaschine zu ducken schien, ein Fenster zu öffnen. Bald drangen warme Sommerluft und der Lärm einer vorbeifahrenden Straßenbahn in den Raum.

„Die sind nicht schlecht, oder?"

Sedlak nickte, machte aber keine Anstalten, Steininger eine Zigarette anzubieten, weshalb der schließlich seufzend eine neue Packung ‚Korso' aus der Schublade holte.

„Ich rauch jetzt nämlich ‚Korso'. Da gibt's jetzt Sammelbilder. Der Weg des Führers zu Großdeutschland oder so ähnlich. Nicht, dass du glaubst, ich sammel das, ist ja doch mehr was für Kinder, aber der Dolferl, weißt eh, mein Bub ..."

„Du meinst den Rudi?"

„Ja, freilich, seine Spezln sagen halt jetzt Dolferl zu ihm, ich hab mir das auch angewöhnt. Sonst hört er ja gar nicht mehr, der Bub."

Sedlak grinste. Dem Steininger war doch nichts zu blöd, um sich anzubiedern. Am liebsten hätte er seinen Sohn Rudolf nachträglich in Adolf umbenannt.

Steininger schien Sedlaks spöttische Gedanken zu bemerken. Er lächelte hilflos und holte das Bildchen aus der Zigarettenpackung. Es zeigte Hitler in volkstümlicher Pose inmitten strahlender Menschen. Steininger runzelte die Stirn, zerknüllte das Bild und warf es in den Mistkübel unter dem Tisch. Plötzlich färbte sich sein Gesicht purpurn. „Nicht, dass du glaubst, dass ich das jetzt wegen dem Führer weggeschmissen hab, es ist nur, weil ich das nämlich schon hab, das heißt, der Rudi, also der Dolferl, hat's schon.

Und weil wir ja niemanden haben zum Tauschen ... da im Büro rauchen s' ja keine ‚Korso', der Heumader raucht schon gar nicht, und deswegen ... Du weißt schon, Sedlak."

Sedlak dämpfte seine Zigarette langsam und gewissenhaft aus. „Steininger, ich bin nicht wegen deiner albernen Kindereien da. Ich muss dir wieder auf die Sprünge helfen bei einer Ermittlung. Es geht um die Sache in der Südtirolerstraße."

„Ernestine Bremstaller. Aber was hat denn die Gestapo damit zu tun? Das ist ja eine ganz normale Sache."

„Eben nicht ganz. Die Sache ist nämlich eine ganz und gar politische."

„Politisch?" Steininger hatte mittlerweile das zerknüllte Führerbildchen wieder aus dem Mistkübel geholt und versuchte, es mit unbeholfenen Fingern glattzustreichen. „Wär ja schad drum. Vielleicht hat's wer noch nicht ... Eine Bolschewistin war sie jedenfalls nicht, die Alte, das hätt der Ertl gewusst."

„Unsinn, Steininger." Verärgert holte Sedlak einen dünnen Akt aus seiner Ledertasche. „Glaubt man dem, was herumerzählt wird, dann ist, das heißt, war die Ernestine Bremstaller eine Tante des Reichsfeldmarschalls."

„Vom Göring?" Steininger stand der Mund offen. Seine Versuche, das Bildchen glattzustreichen, waren mittlerweile so weit gediehen, dass das Konterfei Hitlers einen Riss bekommen hatte.

„Von Reichsfeldmarschall Hermann Göring. Würde dir auch nicht schaden, wenn du endlich der neuen Ordnung gebührenden Respekt zollen würdest, Steininger."

„Aber freilich, Sedlak, wir sind da ganz auf einer Linie." Hektisch fuhr Steininger fort, das Bildchen seinem ursprünglichen Zustand anzugleichen, doch unter seinen ungelenken Händen zerriss es vollends. „Ui! Haltet aber auch nix aus, das neumoderne Graffel. Jetzt muss ich ihn picken, den Führer." Mit der naiven Ruhe desjenigen, dem die Gefährlichkeit seiner Worte nicht bewusst war, holte er Kleister aus einer Lade. „Ich bin jetzt auch in der Partei."

„Du?" Sedlak war ehrlich erstaunt.

„Natürlich, warum denn nicht, ich habe meine Verdienste um die Bewegung. Das wird honoriert. Aber ist das wirklich die Tante vom Gör ... vom Reichsfeldmarschall?"

„Nein, ist sie natürlich nicht. Das Gerücht ist im Frühling letzten Jahres entstanden. Beim Spatenstich für die Göring-Werke ist ein Bild durch alle Wochenschauen gegangen: eine ältere Frau, die den Reichsfeldmarschall abbusselt. Die Propaganda hat das natürlich ausgeschlachtet, der Filmausschnitt ist über Wochen in allen Kinos des Reichs gelaufen. Und irgendwie muss da das Gerücht entstanden sein, dass sie, also diese Bremstaller, eine Tante von Göring ist. Ganz abwegig ist der Gedanke nicht. Die Gemahlin des Reichsfeldmarschalls ist ja bekanntlich auch verwandt gewesen mit dem verstorbenen Polizeipräsidenten."

Steininger blickte Sedlak forschend ins Gesicht. Beide wussten, dass der Linzer Polizeipräsident Viktor Bentz nicht einfach verstorben, sondern nach dem Anschluss von den Nazis ermordet worden war. „Nur ned dran rühren!", hatte Steininger damals zu seiner Frau gesagt, und er war gewillt, sich auch weiterhin an diesen Leitspruch zu halten. Er hatte mittlerweile die beiden Hälften des Bildes geklebt. Allerdings war Steininger dabei recht unkonzentriert vorgegangen, sodass, wie Sedlak interessiert feststellte, der Blick des Führers nun etwas entrückt wirkte. „Aber sie ist es ja gar ned“, entgegnete Steininger.

„Mein Gott, Steininger, bist du wirklich so schwer von Begriff? Entscheidend ist doch nicht, was wirklich ist, sondern was die Leute denken. Wenn man glaubt, dass die Bremstaller eine Tante von einem der ranghöchsten Männer Deutschlands ist, und sie wird ermordet, dann ist das so zu behandeln, als ob wirklich eine Tante des Reichsfeldmarschalls ermordet worden wäre. Und das heißt: Auch wenn es sich um den Fall Bremstaller handelt, ist die Sache mit derselben Vordringlichkeit zu behandeln, als handle es sich um einen Fall Göring!“

„Aber ...“

„Kein Aber, Steininger. Ab jetzt ist es vorbei mit der Gemütlichkeit. Jetzt wird hier endlich einmal ordentlich gearbeitet! Das Kommissariat IIa hat sich unter äußerster Anspannung aller Kräfte ausschließlich mit diesem Fall zu beschäftigen. Sämtliche Ermittlungsergebnisse sind mir als zuständigem Ermittler seitens der Gestapo umgehend vorzulegen, wie ich natürlich dich von Zeit zu Zeit über unsere Fortschritte in Kenntnis setzen werde. Da auch der Täter davon ausgehen musste, dass die Bremstaller die Tante von Göring war, hat seine Tat offenbar bezweckt, den Reichsfeldmarschall und damit das Deutsche Reich insgesamt zu treffen. Auf Gnade braucht er nicht zu hoffen. Dies ist bei den Ermittlungen und allfälligen Verhören zu beachten.“

Steininger zog hektisch an seiner Zigarette. „Aber könnt’s nicht auch eine private Gschicht gwesen sein? Ich mein, was die Nachbarn erzählt haben ...“

„Ich hab deinen Bericht gelesen“, unterbrach Sedlak. „Da habt ihr euch ja wieder einmal eine Schlamperei nach der anderen geleistet.“

„Wie meinst das?“, fragte Steininger verdattert.

„Zum Beispiel die Befragung dieser Nachbarn namens Berger. Da wird offenbar Rücksicht genommen, weil es sich um einen angeblich Besseren der Gesellschaft handelt. Aber diese Zeiten sind vorbei. Auf den Berger ist besonderes Augenmerk zu legen! Nur keine Glacéhandschuhe. Der Mann war immerhin Funktionär bei der Vaterländischen Front. Wenn wir ihn nicht noch bräuchten beim Ausbau der Zigarettenindustrie ..."

Daher wehte also der Wind, dachte Steininger. Der Berger würde dem Sedlak schon als Täter gefallen.

„Und dann das: Offenbar haben die Bergers ein Dienstmädchen, das im Hause wohnt. Und dann wird die nicht einmal befragt?"

„Nicht befragt?" Steininger starrte Sedlak dümmlich an. „Das ist ... aber das bin ja gar nicht ich gewesen", stotterte er, „die Neue ist das gewesen, die Rabitsch. Das wird gleich korrigiert. Der werd ich zeigen, wo der Bartel den Most holt. Die schick ich akkurat gleich wieder hin."

„Red dich jetzt nicht heraus, Steininger, das ist jämmerlich. Fangen wir noch einmal von vorne an." Er holte den mit zahlreichen Anmerkungen versehenen Bericht des Kommissariats aus der Tasche. „Also, Ernestine Bremstaller, Witwe eines Postrats, 61 Jahre alt, wird in der Nacht von Samstag auf Sonntag in der eigenen Wohnung erstochen. Die Nachbarin, Johanna Schoiswohl, hat sie eindeutig identifiziert. Ich hoffe, da sind keine Spuren in der Wohnung zertrampelt worden."

Steininger schüttelte hastig den Kopf.

Sedlak fuhr fort: „Doktor Weißmann kann den Todeszeitraum auf elf am Abend bis zwei Uhr früh eingrenzen. Gibt es vom Herrn Doktor schon Näheres?"

Steininger blätterte hastig durch einen Stoß Notizen. „Ein Stich im Bauchraum mit einem Messer, das wir unter dem Küchentisch gefunden haben. Die Schoiswohl hat angegeben, dass das Messer der Bremstaller ihr Mehlspeismesser gewesen ist. Die Frau ist nicht gleich tot gewesen, sie ist mehr oder weniger innerlich verblutet. Übrigens hat er sich jetzt auf ein Uhr früh als Todeszeitpunkt festgelegt, der Stich ist ihr aber schon um elf am Abend zugefügt worden. Vorher ist sie im Kolosseum-Kino gewesen. In ihrer Manteltasche haben wir die Eintrittskarte gefunden. Der Billeteur kann sich auch noch an sie erinnern."

„Ist sie allein dort gewesen?"

„Fast. Außer ihr sind zwei andere drin gesessen. Und das Beste ist: Weißt, wie der Film geheißen hat?"

Sedlak schüttelte genervt den Kopf.

„Der Vierte kommt nicht." Steininger prustete los. „Verstehst? Drei Leut in der Vorstellung. Und der Vierte kommt nicht." Er wieherte vor Lachen.

„Ich habe gemeint, ob die Frau in Begleitung war."

Steininger wischte sich die Tränen aus den Augen. „Nein, laut Billeteur nicht."

„Gibt es Fingerabdrücke in der Wohnung?"

„Auf dem Messer nicht. In der Küche und der restlichen Wohnung selbst sind viele Fingerabdrücke von unterschiedlichen Personen, aber die Kollegen sind noch dabei, die mit der Kartei abzugleichen."

„Das muss schneller gehen, Steininger, treib deine Leute gefälligst an! Gibt es Hinweise auf einen Raub?"

„Auf den ersten Blick nicht. In der Wohnung schaut's recht ordentlich aus. Aber mehr wissen wir noch nicht, weil uns ja niemand sagen kann, was sie gehabt hat, die Bremstallerin."

Sedlak schüttelte den Kopf und blätterte weiter im Bericht. „An der Wohnungstür keine Einbruchsspuren, einen Schlüssel zur Wohnung hat außer der Bremstaller nur der Hausmeister gehabt. Die Frau hat keine Angehörigen, vermietet hat sie auch nicht mehr. Das heißt also, sie hat dem Täter die Türe geöffnet. Der Hausmeister ist verlässlich, ein alter Parteigenosse übrigens. Der fällt ja wohl als Verdächtiger aus, zumal auch ein Motiv bei ihm nicht zu erkennen ist ... Es war also jemand, den die Bremstaller gekannt hat. Offenbar ist gezecht worden, dafür spricht der Schnaps. Und da haben wir dann die nächste Schlamperei, Steininger. Diese Bergers geben an, dass der Hausmeister die Haustüre gelegentlich nicht absperrt. Am fraglichen Abend soll sie, laut der Frau des Hausmeisters, die am Samstagabend ihren Mann vertreten hat, verschlossen gewesen sein. Ob die Tür jetzt offen oder zu war, ist doch ganz offensichtlich ein wesentliches Detail. Nur: Ich finde hier nichts, dass diese Aussage überprüft worden wäre."

„Aber warum sollte denn ...?"

„Außerdem", unterbrach ihn Sedlak mit scharfer Stimme, „woher wissen wir, dass niemand einen Schlüssel hat? Die Frau hat schließlich jahrelang vermietet. Kannst du ausschließen, dass einer ihrer Zimmerherrn nicht doch einen Schlüssel behalten hat, so für alle Fälle?"

Steininger war mittlerweile erbleicht. „Nein, direkt ausschließen kann man heutzutag ja gar nichts ..."

„Dann ist schleunigst zu eruieren, wer die Mieter dieser Frau waren. Die Herren sind raschest einzuvernehmen!" Sedlak lehnte sich zurück, zündete sich die nächste Zigarette an und blickte dem Rauch nach. „Nehmen wir einmal an, die Bremstaller hat ihren Mörder gekannt, gut gekannt möglicherweise. Es ist schließlich getrunken worden, aber laut Zeugenaussage von Ertl hat die Frau bestenfalls Likör getrunken."

„Dann wird die Flasche wohl der Täter mitgenommen haben. Übrigens ein wirklich guter Wacholder."

„Woher weißt du das?" Die schneidende Stimme Sedlaks färbte Steiningers Gesicht purpurn.

„Ich persönlich glaub ja, dass der Täter ein ganz ein Ausgekochter gewesen ist. Wenn sich der traut, dass der die Tante vom Göring umbringt. Der weiß ja, dass wir mit modernsten Methoden ..."

„Donnerwetter, noch einmal! Soll das heißen, dass du aus lauter Gier nach Schnaps aus einer Flasche getrunken hast, die uns möglicherweise den Täter hätte liefern können? Na, da hast dich in eine ordentliche Schlamastik gebracht. Glaub nur ja nicht, dass ich das in meinem Bericht verschweige! Zustände sind das hier! ... Wie steht es eigentlich mit dem Ertl? Ist dem zu trauen? Wie steht der politisch?"

Steininger schwirrte der Kopf. So viele Fragen, und das nach der vernichtenden Kritik! Der Sedlak hatte ja recht. Es war die reine Gier, die ihn blind und taub gemacht hatte. Nur ein Schluckerl hatte er getrunken! Und sofort ließ das Schicksal seine eisenschwere Faust auf ihn niedersausen. Und dann wird auch noch der Ertl verdächtigt. Gut, er hatte sich nicht immer gut mit dem etwas tollpatschig wirkenden Kollegen vertragen, aber verglichen mit Heumader ... „Aber du kennst ihn ja, den Ertl. Ein einwandfreier Kollege. Und politisch ist er gar nicht, er ist doch so aufs Private ..."

„Unpolitisch gibt's heute nicht mehr, Steininger. Alles ist politisch. Aber darum kümmere ich mich. Dir fehlt da offensichtlich der Schneid. Jedenfalls ist der Kollege zu beurlauben, solange die Sache nicht einwandfrei geklärt ist. Was hat eigentlich die Durchsuchung der Wohnung ergeben? Irgendwelche Auffälligkeiten?"

Steininger war Sedlaks Aufmerksamkeit für Ertl nicht geheuer. „Nichts, gar nichts, bis auf eines: Die Bremstallerin hat vor zwei Jahren von einer Schwägerin geerbt. An die 20.000 Schilling sind das gewesen, ein Batzen Geld."

„Wo ist das Geld jetzt?"

Steininger zuckte mit den Schultern. „In der Wohnung haben wir nichts gefunden. Auf ihrem Sparkonto ist auch nur wenig Geld. Vielleicht hat ihr das einer von ihren Liebhabern abgeknöpft. Die soll ja recht oft Männerbesuch gehabt haben. Sagen die Nachbarn."

„Was waren das für Männer?"

„Den Nachbarn nicht bekannt, das heißt, die Hennerbichlerin, die Frau vom Hausmeister, glaubt, dass sie einen gekannt hat. Der ist nämlich gekommen, wie sie die Stiege aufgewischt hat, und ist ihr akkurat ins Nasse hineingetappt, wo sie dann ganz narrisch ..."

„Steininger!"

„Ich wollt ja auch nur sagen, dass in dem Haus alle so tun, als würden s' sich gar nicht interessieren für die Nachbarschaft, dabei schaut's so aus, als würden s' inständig bei den Schlüssellöchern herausschauen. Wie zum Beispiel der eine Nachbar, der", er blättert in seinen Notizen, „Rosenberg. Den müssen wir uns sowieso noch einmal zur Brust nehmen wegen seinem Ausweis."

„Wieso?"

„Im Ausweis hat er stehen: Heinrich Rosenberg. Dabei müsst der doch längst schon Heinrich Israel Rosenberg drinstehen haben."

„Er ist Jude?"

„Na, mit dem Namen?"

Sedlak gab sich wenig Mühe, seinen Ärger zu verbergen. „Steininger, ich sag jetzt nur deswegen nicht Volltrottel zu dir, weil sich das nicht gehört. Rosenberg ist kein jüdischer Name, ganz im Gegenteil, das ist ein rein arischer Name, im Gegensatz zu Rosenblatt oder Rosenzweig."

„Aber der Rosental, weißt schon, der Bandlkramer, der wo in der Altstadt gwesen ist, der ist doch schon ein Jud. Da denk ich mir halt ..."

„Also Steininger, jetzt reicht's aber wirklich! Ein Rosenberg ist also bitteschön ganz was anderes als wie ein Rosental. Das weiß doch jedes Kind. Wenn das ‚-tal' jüdisch ist, ist das ‚-berg' noch lange nicht jüdisch."

„*Der* Berg."

„Wie?"

„*Der* Rosenberg."

Sedlak schüttelte verärgert den Kopf. „Hast du schon einmal von Reichsleiter Alfred Rosenberg gehört?"

Steininger errötete. „Ja, natürlich, freilich, wo ich doch als Parteianwärter ... Ich hab mich verlesen, Rosenzweig hab ich gedacht, ist da gestanden, die schmieren so herum in den Ausweisen heutzutag."

Hinter Heumaders Schreibmaschine war ein unterdrücktes Kichern zu hören. Steininger warf einen wütenden Blick in Richtung seines Mitarbeiters.

„Was meinst du, Sedlak? Wär's nicht gleich gescheiter, die Gestapo übernimmt den Fall ganz? Ich mein, wo das doch so eine eminent politische Gschicht ist. Ihr seid ja ganz anders ausgestattet als wie wir. Ich mein", er blickte kurz verstohlen zu Heumader, „schon allein personell. Siehst eh, mit was für einem Material ich hier arbeiten muss."

Sedlak grinste. „Glaub mir, Steininger, mir wär's auch lieber, ich könnte da allein schalten und walten, wie ich wollte. Aber dein Chef sieht das anders."

„Der Plakolm?"

Sedlak nickte. „Und meiner hat ausnahmsweise nichts dagegen."

Hervorragend, dachte Steininger. Damit waren die Fronten abgesteckt. Konnte ein Täter überführt werden, würde die Gestapo die Lorbeeren ernten. Ging hingegen etwas schief, war natürlich das Kommissariat IIa schuld. Steininger schnaufte. Wenn es nach ihm gegangen wäre, hätte er sich schon längst auf Kleinigkeiten wie Diebstähle oder Einbrüche konzentriert. Morde waren in Zeiten wie diesen einfach zu brisant für einen alten Kommissar, der sich nach der Pension sehnte.

„Was ist, Steininger, horchst mir überhaupt zu?"

„Wie?" Steininger blickte Sedlak, der aufgestanden war, verwirrt an.

„Also noch einmal Haussuchung bei der Bremstaller, irgendwas muss zu finden sein. Die Bedienerin von den Bergers ist zu verhören, der Verbleib des Geldes zu eruieren, und nicht die Sache mit den Männergeschichten vergessen. Vielleicht hängt das ja alles zusammen. Und keine Schlampigkeiten mehr! Ruf an, wenn ihr was habt. Ich recherchiere einstweilen, was es zu den Nachbarn gibt. Und wegen der Schnapsflasche: Gnade dir Gott, ich tu's nicht!"

Steininger nickte seufzend. Sedlak verließ, zufrieden den neuen Schlager von Hans Albers vor sich hin pfeifend, die Polizeidirektion.

9
Dienstag, 15. August 1939, 2 Uhr

Erst als er im Vorzimmer von Ernestine Bremstallers Wohnung stand, konnte Anton Hennerbichler seine

Wut zügeln. Diese verdammten Kinder! Der kleine Hermann hatte wieder stundenlang gebrüllt und ihn um den Schlaf gebracht, den er doch gerade heute bitter nötig gehabt hätte.

Als Dienstmann war derzeit auf dem Linzer Hauptbahnhof nicht viel zu verdienen. Jene, die sich seine Dienste hätten leisten können, waren allesamt noch in der Sommerfrische, und die armen Schlucker, die Tag für Tag in Linz ankamen, um bei den Göring-Werken oder anderswo Arbeit zu finden, hatten, abgesehen davon, dass sie kaum Gepäck dabei hatten, kein Geld. Er war nicht enttäuscht gewesen, als ihn sein Kollege Pribil – ‚Rotnasenpribil', wie er genannt wurde – auf ein Bier in die Bahnhofswirtschaft einlud. Diesmal war die Taufe von Pribils viertem Kind die Ausrede für die Zecherei gewesen, und da ohnedies keine Aussicht auf Kundschaft war, folgten dem einen Bier rasch ein zweites, ein drittes und viertes. Am frühen Abend war er schließlich mit schwerem Kopf heimgetrottet. Das bisschen Geld, das er an diesem Tag verdient hatte, war in der Bahnhofswirtschaft geblieben. Von Alkohol und Hitze war er müde geworden, und er hatte sich nur noch nach Ruhe gesehnt. Die Therese war nicht daheim gewesen, sie war zu einer Wöchnerin gerufen worden, was ihm ganz recht gewesen war. Was hätte er ihren vorwurfsvollen Blicken auch entgegnen können? Sein Zustand war auf den ersten Blick zu erkennen, und seine Frau war schon lange sämtlicher Ausreden, warum er an diesem Tag kein Geld nach Hause brachte, überdrüssig. Vielleicht hatte sie deshalb begonnen, sich mit anderen Männern einzulassen?

Elisabeth, mit ihren elf Jahren das älteste der drei Kinder, hatte den kleinen Hermann bereits ins Bett gebracht, während Kurt noch in einer Ecke der Küche, die zugleich auch der Schlafplatz der Kinder war, mit ein paar abgenutzten Bausteinen beschäftigt gewesen war. Wortlos war Hennerbichler an den Kindern vorbei in die elterliche Schlafstube getrottet, hatte seine verschwitzte und nach Rauch und Alkohol stinkende Kleidung achtlos auf einen wackeligen Sessel geworfen und war ins Bett gefallen. Zuvor hatte er allerdings noch den Wecker auf zwei Uhr morgens gestellt. Diese Nacht, hatte er gedacht, würde alle seine Probleme lösen.

Er hatte noch nicht lange geschlafen, als er durch den brüllenden Hermann geweckt worden war. Stöhnend hatte er sich zur Seite gedreht, sich auf seine Frau und Elisabeth verlassend, die den Kleinen schon beruhigen würden. Doch weder war Therese da gewesen, noch war seine Tochter mit Hermann fertig geworden. Schließlich war er fluchend aufgestanden. Der Anblick des scheinbar grundlos brüllenden Wesens, das von der großen Schwester mit flüsternden Worten nicht hatte zur Ruhe gebracht werden können, hatte ihm wieder seine Enttäuschung bewusst gemacht. Drei unnütze Esser mussten von ihm durchgefüttert werden! Er hatte Hermann gepackt und ihm das Maulhalten befohlen, wohl wissend, dass der Kleine ihn nicht verstehen würde. Der Bub hatte noch lauter gebrüllt, es hatte Ohrfeigen gesetzt und Elisabeth war verängstigt zu Kurt ins Bett geschlüpft, der sich verstört die Augen rieb.

Seine ganze Wut über sein mühseliges Leben hätte er den Kindern ins Gesicht schlagen mögen. Der ewige Geldmangel, obwohl seine Frau als Hebamme arbeitete und der Hausmeisterposten zumindest freie Logis brachte. Das nutzlose Herumstehen am Bahnhof, die Vorwürfe von Therese, seine ewige Sauferei und Spielerei, der er schon lange selbst überdrüssig war, von der er aber nicht lassen konnte. Und seine Enttäuschung darüber, dass sich sein Elend auch mit der Machtübernahme der Partei, der er seit zwei Jahren angehörte, nicht aufgelöst hatte, wie er im März 1938 gehofft hatte. Zum Blockwart hatten sie ihn gemacht, geradezu lächerlich, wo sich andere, die auf krummen Wegen zu einer niedrigen Mitgliedsnummer gekommen waren, auf gut bestallten Posten breitmachten.

Irgendwann war Hermann dann endlich in den Armen Elisabeths eingeschlafen. Doch Hennerbichler war dadurch nicht besänftigt gewesen. Als ihn der Wecker um zwei Uhr morgens aus dem kurzen, unruhigen Schlaf geweckt hatte, lag die Wohnung in tiefer Ruhe, doch er hatte sich zwingen müssen, an den schlafenden Kindern vorbei aus der Wohnung zu schleichen und nicht laut loszubrüllen. Wer musste sich darum kümmern, den Karren wieder aus dem Dreck zu bekommen? Er! Rasch, um die Schoiswohl nicht auf sich aufmerksam zu machen, hatte er mit dem Schlüssel, den er bereits in der Früh herausgesucht hatte, die Wohnungstür geöffnet.

Erst im Vorzimmer der Bremstaller spürte er, wie er ruhiger wurde, schließlich war er hier der Lösung seiner Sorgen näher. Er wusste, die Witwe hatte in ihrem großen Salon mit dem Erker und den zahllosen Porzellanfiguren ein Geheimversteck, in dem sie Geld aufbewahrte, viel Geld. Vor etwa zwei Jahren hatte sie eine größere Erbschaft gemacht, mit der sie im Haus geprahlt hatte. Alles, wirklich alles könne sie sich nun leisten, hatte sie erzählt. Den besten Radioapparat, die schönsten Kleider und eine Reise nach Abbazia, wo sie ihre Flitterwochen verbracht hatte. Da sie sich von all diesen Dingen letztlich gar nichts geleistet hatte, waren Zweifel in Hennerbichler aufgestiegen. Eines Tages aber, als er eine Tür ihrer Kredenz repariert hatte, war sie vertrauensselig mit einem Packen Scheinen bei ihm aufgetaucht. „Schauen S', Herr Hennerbichler, haben S' so viel Geld überhaupt schon einmal gesehn?" Kopfschüttelnd hatte er ihr klargemacht, wie gefährlich es sei, so viel Bargeld im Hause zu lassen und es überdies noch jedem zu zeigen. Doch sie hatte ihm nur lächelnd zugezwinkert und gemeint, dass es niemand finden könne.

Dass die Bremstaller das Geld nicht auf ein Sparbuch einzahlte, war für Hennerbichler nicht überraschend gewesen. Schließlich war bei älteren Leuten, denen die Inflation fast alles genommen hatte, das Vertrauen in die Banken nicht eben groß. Ein paar Tage später war der Hausmeister unter einem Vorwand wieder zur Witwe gegangen und hatte sie um Geld gebeten. Die Elisabeth sollte eine gute Schule besuchen können, hatte er gelogen. Doch die Bremstaller hatte nichts herausgerückt. Gerade die Wohnung könne sie mit dem bisschen Geld halten, hatte sie gejammert. Als er immer drängender bettelte, war ihm kurzerhand die Tür gewiesen worden. Natürlich war Hennerbichler nicht der einzige gewesen, der sie um Geld angegangen war. Immer wieder waren fremde Leute im Haus gewesen. Aus den peinlich sauber gebürsteten Hosen, Sakkos und Hemdkrägen war die Armut gekrochen. Die Armut und die Angst, ihr nicht zu entrinnen.

Hennerbichler war sich sicher, niemand hatte Geld von ihr bekommen. Also musste es noch in der Wohnung sein. Die Polizei hatte es wohl auch nicht entdeckt, noch nicht. Die Bremstaller war auf ihre Art eine gewiefte Frau gewesen, sie hatte gewiss ein gutes Versteck gefunden. Er wusste nur, es musste im Salon sein, denn nachdem sie ihm die Scheine gezeigt hatte, war sie damit in das große Erkerzimmer getrippelt und hatte die Tür hinter sich geschlossen.

Im Vorzimmer der Bremstallerschen Wohnung überlegte er kurz, ob er Licht machen konnte. Was, wenn die alte Schoiswohl von gegenüber wach war? Möglicherweise war durch den Türspalt am Boden ein Lichtstrahl zu sehen. Doch er hatte seine Taschenlampe vergessen und entschied sich, das Risiko einzugehen und die Deckenlampe einzuschalten.

Leise ging er den Gang entlang, doch bei der Tür zum Salon zögerte er. Er könnte doch, wo er schon hier war, in der Küche nach etwas Trinkbarem Ausschau halten. Er verzichtete auf Licht, die Konturen der Küchenmöbel waren auch so zu erkennen. Hennerbichler sah, dass die Bremstaller in der Küche zu Tode gekommen sein musste. Ein Sessel war umgekippt und am Boden waren dunkle Flecken zu erkennen, die er als Blut deutete. Er zögerte, schlich dann aber vorsichtig zur Kredenz, ängstlich bemüht, nicht auf einen der Flecke zu treten. Nach kurzer Suche fand er tatsächlich eine Flasche Wein.

Hennerbichler hatte Zeit. Müdigkeit und Wut waren verflogen. Die Aussicht auf eine größere Summe, die ihn aller Sorgen enthob, gab ihm Energie. Er schätzte die Erbschaft der Alten auf 10.000 Reichsmark, vielleicht auch mehr. Er nahm einen tiefen Schluck aus der Weinflasche. Was würde er mit dem Geld anfangen? Zunächst würde er den Erfolg feiern, das war klar. Gleich morgen würde er sich das Herumstehen am Bahnhof sparen und Pribil einladen. Und diesmal nicht zu einem Branntweiner. Ein besseres Lokal musste es schon sein. Überhaupt war die Arbeit als Dienstmann nicht mehr das Richtige für ihn. Vielleicht sollte er sich nun ernsthaft um einen Posten bei der Stadt umsehen? Er würde dem Bürgermeister Wolkerstorfer einen Brief schreiben, nein, er würde persönlich zu ihm gehen, das wäre besser. Immerhin war er Parteimitglied, da müsste man doch etwas machen können. Oder vielleicht reichte das Geld, um sich überhaupt zur Ruhe setzen zu können?

Das Geräusch war erst allmählich in sein Bewusstsein gesickert. Doch mit einem Mal schrak er aus seinen Träumen auf. Da war etwas in dieser Wohnung, in der bisher nur das gemächliche Ticken der großen Standuhr aus dem Salon zu hören gewesen war. Es musste die Wohnungstür sein, die er gehört hatte. Er leerte die Weinflasche in einem Zug, packte sie am Hals und schlich, so leise er konnte, zur Küchentür. Tatsächlich, durch die Milchglasscheibe konnte er einen Schatten im Vorzimmer erkennen. Der Schatten zögerte und war sich offenbar unsicher, was das Licht zu bedeuten hatte.

Ein Einbrecher? Was, wenn die Schoiswohl doch wach gewesen war und die Polizei gerufen hatte? Was, wenn sich da draußen noch mehr verbargen? Hennerbichler versuchte fieberhaft, nachzudenken. Die Weinflasche drohte seiner schweißnassen Hand zu entgleiten. Schließlich folgte er seinem Instinkt. Er riss die Tür auf und schlug mit der Flasche so fest zu, wie er konnte. Die Person sank ohne einen Laut zu Boden. Hennerbichler atmete auf. Polizist war das keiner, zumindest kein Uniformierter. Ein Einbrecher schien das aber auch nicht zu sein. Zu gut war der Mann, der vor ihm am Boden lag, angezogen. Hennerbichler drehte den Bewusstlosen zu sich, um seine Taschen durchsuchen zu können. Als er dessen Gesicht im Schein der Deckenlampe erkannte, verstand er gar nichts mehr.

10
Dienstag, 15. August 1939, 19 Uhr 30

Hermann Göring ließ seinen Blick über die verschwimmenden Konturen des Bergpanoramas gleiten. Noch eine Stunde zuvor hatte er das Farbenspiel der untergehenden Sonne an den Felswänden bewundern können. Nun waren die einzelnen Gipfel nur mehr schemenhaft auszumachen.

Am Nachmittag hatte, wie so oft im Sommer, eine Schar Kinder – waren es jene von Bormann oder jene von Goebbels? – im Schwimmbad vor seinem Haus getobt. Er selbst hatte etwas Bogenschießen geübt, einen üppigen Nachmittagsimbiss eingenommen und sich die Entwürfe für seine neue Uniform zeigen lassen. Erst vor einer guten Stunde waren die Kinder nach einer Tasse Kakao abgezogen. Nun war hier draußen Ruhe eingekehrt.

Göring genoss die Stille auf dem Obersalzberg. Er hatte eben eine dreieinhalbwöchige Besichtigungsreise durch Deutschland hinter sich gebracht. An jeder Station Jubel, Empfänge, Ehrungen und Reden. Zahlreiche Betriebe hatte er besichtigt, alle hatte er loben müssen, sie anspornen müssen, alles für Deutschland zu geben. Die ersten Tage hatte er das durchaus noch genossen, doch als er nach etwa zwei Wochen eines Morgens im Bett nicht wusste, wo er sich gerade befand, beschloss er, dass es Zeit wäre für eine Pause. Aber das ging nicht. Den Tag der Luftwaffe hatte er recht und schlecht hinter sich gebracht, seine Gedanken waren da schon in Bayern gewesen. Auch in den kommenden Tagen würde er ein umfangreiches Programm absolvieren müssen. Morgen feierte der Führer sein 25-jähriges Soldatenjubiläum. Göring wurde mitsamt einer Abordnung der

Wehrmacht zur Gratulation auf dem Berghof erwartet. In München zeigte man die Große Deutsche Kunstausstellung. Auch die konnte er nicht versäumen. Möglicherweise ließ sich bei der Gelegenheit das eine oder andere Stück für Carinhall ergattern. Und in Salzburg liefen die Festspiele. Auch das musste ihm, dem zweiten Mann im Staate, zumindest einen Abstecher wert sein. Und dazwischen immer wieder natürlich die langen Abende im Berghof beim Führer. Der Generalfeldmarschall stöhnte. Die endlosen Monologe. Doch Göring wusste, er sollte nicht klagen. Krieg stand vor der Tür. Ein Krieg, auf den er jahrelang hingearbeitet hatte, der aber nichtsdestotrotz die Gefahr barg, das gute Leben, in dem er sich eingerichtet hatte, zu gefährden.

Sein Adjutant Generalmajor Bodenschatz hatte noch unmittelbar nach Görings Ankunft auf eine Unterredung gepocht, um drängende Fragen entscheiden zu lassen. Der Generalfeldmarschall hatte ihn eher widerwillig für 18 Uhr zu sich bestellt, und wie häufig saß man am ‚Göringhügel', der kleinen Geländekuppe neben der Villa Görings, unter einem Baum beieinander.

Der schlanke Bodenschatz fror mittlerweile ganz gehörig, auch wenn er bemüht war, sich nichts anmerken zu lassen. So angenehm es bei Sonnenschein in den Bergen war, so unmittelbar war abends der Herbst zu spüren.

Göring grinste. Sollte er nur frieren, der Herr Adjutant. Umso rascher würde die Besprechung zu Ende sein. Tatsächlich hatte man einigermaßen rasch das von der Adjutantur vorbereitete Pensum abgearbeitet. Längst hatte sich der Umkreis Görings auf dessen überschaubaren Fleiß eingestellt, der in deutlichem Widerspruch zu den zahlreichen Ämtern des Generalfeldmarschalls stand.

Mit Befriedigung nahm Göring, der auch jetzt noch in kurzer Lederhose und weißem Hemd nicht fror, wahr, wie Bodenschatz den letzten Aktendeckel schloss.

„War's das?"

„Beinahe, Herr Generalfeldmarschall. Eine durchaus unangenehme Sache ist da noch. Im Sinne der Geheimhaltung habe ich auf eine schriftliche Unterlage verzichtet." Trotz der zunehmenden Dunkelheit glaubte Bodenschatz, Görings Augen funkeln zu sehen.

„Nämlich?" Göring klang genervt, und Bodenschatz wusste, dass der Generalfeldmarschall für detaillierte Besprechungen an diesem Abend nicht mehr zu haben war.

„Die Stapoleitstelle Wien hat gestern von einer merkwürdigen Sache in Linz Bericht erstattet. Eine ältere Frau ist dort erstochen worden. Gerüchten zufolge soll sie Ihre Tante sein."

Göring lachte schallend auf. „Mensch, Bodenschatz, was erzählen Sie da? Der Führer ist drauf und dran, einen Krieg zu beginnen, der über das Schicksal des deutschen Volkes entscheiden wird, und Sie kommen mir mit einer derartigen Räuberpistole? Ich habe Wichtigeres zu tun. Außerdem habe nicht ich, sondern nur meine Frau Verwandte in Oberdonau."

Bodenschatz verkniff sich ein Seufzen. Die Aufmerksamkeit des Generalfeldmarschalls für Dienstliches schien für heute endgültig erschöpft zu sein. Geradezu aberwitzig, dass dieser Mann an den Schalthebeln der Macht saß. Vermutlich erhielten die jungen Löwen, mit denen Göring regelmäßig versorgt werden musste, mehr Aufmerksamkeit als der Vierjahresplan.

„Herr Generalfeldmarschall, ich fürchte, die Sache ist nicht so einfach."

„Warum?“ Göring machte sich längst keine Mühe mehr, Interesse zu heucheln.

„Wenn die ältere Frau als Ihre Tante gilt, und sei es nur in einer kleinen Ecke des Deutschen Reichs, dann muss auch der Mörder davon ausgegangen sein. Das bedeutet nichts anderes, als dass er *tatsächlich* eine Tante des Generalfeldmarschalls ermordet hat.“

„Dann soll man den Kerl aufknüpfen.“

„Er ist noch nicht gefunden worden. Die Polizei in Linz ermittelt. Ich habe bereits beim zuständigen Polizeipräsidenten den Wunsch des Generalfeldmarschalls andeuten lassen, die Sache rasch vom Tisch zu bekommen. Ich bin allerdings der Überzeugung, die Sache nicht nur der Polizei zu überlassen.“

„Kommen Sie zum Punkt, Bodenschatz.“ Göring war nun endgültig ungeduldig geworden und erhob sich.

Bodenschatz musste sich beeilen, um nicht einfach in der Kälte sitzen gelassen zu werden, ohne grünes Licht für das bekommen zu haben, was er akribisch vorbereitet hatte. „Herr Generalfeldmarschall! Die Ermordung einer Person, die Ihnen zugerechnet wird, ist in einer Zeit, in der Deutschland eingekreist ist, als direkter Angriff auf Ihre Person zu werten. Offiziell befassen sich die Ermittlungen mit einem Fall Bremstaller, so hieß die ältere Dame. Inoffiziell ist aber bereits von einem Fall Göring die Rede.“

„Wer sagt so etwas?“, polterte Göring.

Bodenschatz wusste, er musste jetzt darauf achten, dass der Chef nicht mit der Faust auf den Tisch schlug. Dann würde die Sache in einem Köpferollen enden, wobei alles andere als klar war, *welche* Köpfe rollen würden. „Herr Generalfeldmarschall, derzeit hat das Gerede noch keine größeren Kreise gezogen. Bislang handelt es sich nur um die üblichen Nörgler.“

Göring nickte. Vor allem in der Partei gab es nicht wenige, die ihm seinen Lebenswandel neideten. Aber was wussten die schon? Die Deutschen wollten nicht nur von einem Asketen regiert werden, wie der Führer einer war. Sie wollten auch einen Mann an der Spitze sehen, der sich seiner herausragenden Stellung bewusst war!

„Wie gesagt, es handelt sich derzeit noch um kleine Kreise“, fuhr Bodenschatz vorsichtig fort. „Aber es sind gerade diese Kreise, die wohl nicht bis ans Äußerste gehen, um diesen Angriff mit allen zur Verfügung stehenden Mitteln zurückzuschlagen!“ Er fröstelte. Nicht nur wegen der allmählich unangenehmen Kälte, sondern auch wegen der gewagten Worte. Natürlich war allen klar, dass es Eifersüchteleien und Machtkämpfe zwischen den Großen in Partei und Staat gab. Aber durfte er das auch einfach so sagen?

Göring blieb eine Weile starr vor seinem Adjutanten stehen. Es war schon zu dunkel für Bodenschatz, um das Gesicht seines Chefs erkennen zu können. Nach einem Moment, der Bodenschatz endlos erschien, setzte sich Göring wieder. „Den Herren Himmler und Heydrich würde es gut schmecken, wenn man mir auf diese Weise ans Bein pinkelt. Aber das lassen wir nicht zu, was Bodenschatz?“ Er klopfte seinem Adjutanten jovial auf den Oberschenkel. „Die Hunde sollen sich einen anderen Baum suchen!“

Pflichtschuldig lächelte Bodenschatz.

Göring wurde wieder ernst. „Also, Bodenschatz. Ihr Vorschlag?“

Bodenschatz atmete erleichtert auf. „Mein Vorschlag ist, die Sache endgültig zu lösen, ohne aber selbst direkt in Erscheinung zu treten. Wir mischen uns nicht in Dinge, die uns nichts angehen. Aber wir senden jenen, die es verstehen müssen, das Zeichen, dass Generalfeldmarschall Göring bereit ist, mit eiserner Hand durchzugreifen, wenn es sein muss."

„Gut, Bodenschatz, gut." Göring erhob sich erneut, diesmal tatsächlich als Zeichen, das Gespräch als beendet zu betrachten. Er reichte seinem Adjutanten die Hand. „Kümmern Sie sich um die Angelegenheit. Die Sache muss schnellstmöglich vom Tisch. Aber natürlich so, dass Himmler kein Geschrei anstimmt."

Bodenschatz hatte sich ebenfalls erhoben und nahm Haltung an. „Jawohl, Herr Generalfeldmarschall. Alles Nötige wird veranlasst!"

11
Mittwoch, 16. August 1939, 14 Uhr

„Entschuldigen S', Herr Kommissar, bei dem Wirbel da draußen versteh ich rein gar nichts." Heumader mühte sich mit der Fensterklinke, bis es Steininger zu bunt wurde. Er drängte den schmächtigen Mann zur Seite und schloss mit einem Ruck das Fenster.

„Fix laudum! So was Umständliches!"

Heumader lächelte seinen Vorgesetzten gutmütig an.

Steininger stöhnte. Der Kerl hatte wieder kein Wort verstanden! Einen offensichtlich Schwerhörigen in den Polizeidienst aufzunehmen, war an und für sich ein Skandal. Diesen dann aber ausgerechnet in die Abteilung für Kapitalverbrechen zu versetzen, schlug auch in Zeiten der Personalnot dem Fass den Boden aus. Steininger hatte ein ums andere Mal die Ablöse Heumaders beantragt, doch ohne Erfolg. Einem rätselhaften Geschick hatte es der Kriminalassistent zu verdanken, in der Abteilung belassen zu werden. Selbst im Polizeiarchiv wollte sich kein Platz für ihn finden lassen.

Dabei war es gar nicht so sehr Heumaders Leistung, die den Kommissar in Rage brachte, der Mann tat, was ihm aufgetragen wurde, nicht mehr und nicht weniger. Es war vielmehr die Person selbst, deren Anblick alleine schon reichte, um Steininger in einen Zustand höchster Erregung zu versetzen: der gutmütig-tölpelhafte Blick Heumaders, die stets akkurat gebundene Fliege, seine tollpatschige und umständliche Art, Dinge zur Hand zu nehmen oder einen Sachverhalt auseinanderzusetzen. Gelegentlich erinnerte dies Steininger an die Anfangsjahre Ertls. Doch glaubte er, eine vergleichbar positive Entwicklung bei Heumader ausschließen zu können. Der Kerl taugte einfach nichts. „Also, was wollten S' mir jetzt sagen, Heumader?" Erneut erntete er nur ein fragendes Lächeln.

„Haben S' was gesagt, Herr Kommissar?"

„Ja, freilich, reißen S' gefälligst die Ohrwaschel auf, wenn ein Vorgesetzter mit Ihnen redet!"

„Ach so, ich wollt Ihnen ja die Ergebnisse ... warten S', wo hab ich sie denn?" Er kramte in einem Papierstapel und wischte dabei einen Schnellhefter samt darauf liegendem Butterbrot vom Tisch, ohne dies jedoch zu bemerken.

Steininger schloss die Augen. Am liebsten würde er weiter mit Heumader brüllen, aber dieses Mal verkniff er sich diese Regung. Die Mizzi hatte ihm einmal geraten, tief durchzuatmen, um Zustände höchster Erregung zu mildern und die Gefahr des vorzeitigen Herztodes zu reduzieren. So saß Steininger da und atmete, bis sich Heumader wieder hören ließ.

„Da hab ich's ja!" Mit der ungetrübten Freude eines kleinen Kindes hielt Heumader einen Zettel in die

Höhe. Er eilte zu Steiningers Tisch, wobei er, wie der Kommissar erstaunt bemerkte, mit schlafwandlerischer Sicherheit das Butterbrot am Boden umkurvte. „Also, die Frau Bremstaller“, Heumader runzelte die Stirn. „Nein, das ist jetzt doch nicht die Notiz, die ich gemeint hab.“ Er trabte zurück zu seinem Tisch und holte ein anderes, verknittertes Blatt Papier.

Steininger betrachtete derweil interessiert das Stillleben aus Butterbrot und Papieren am Boden, das allmählich begann, einen ranzigen Geruch zu verströmen.

„So, was schauen S' denn so? Ach so, die Papiere klaube ich später auf. Das ist jetzt wichtiger, stimmt's nicht? ‚Geschwindigkeit ist Trumpf bei der Polizeiarbeit‘, sagen Sie doch selbst immer. Also!“ Er kniff die Augenbrauen zusammen und starrte konzentriert auf das Papier. „Die Frau Bremstaller“, er blickte Steininger erwartungsvoll an. „Sie wissen schon, die Leiche aus der Südtirolerstraße.“

Der Kommissar schloss erneut die Augen, was Heumader nicht recht zu deuten wusste.

„Die Frau Bremstaller also, Ernestine mit Vornamen, die hat vor vier Wochen in der Linzer ‚Tages-Post‘ folgende Annonce veröffentlichen lassen: ‚Warnung. All jene, die unwahre Gerüchte über mich und meinen Umgang verbreiten, werde ich gerichtlich belangen. Ernestine Bremstaller, Südtirolerstraße 8‘. Schauen S', da ist die Abschrift.“ Er gab Steininger den Zettel, der ihn, ohne darauf zu blicken, zurückgab.

„Und? Da wird's um die unappetitlichen Gschichten mit ihre Untermieter gegangen sein. Haben S' noch was?“

„Und außerdem“, fuhr Heumader feierlich fort, „hat sie ein Testament hinterlegt.“

„Und? Was steht drin? Hat's ein Geld gehabt?“

„Nein, das heißt, kaum. Nur ein Sparkonto, wo ein paar Reichsmark drauf sind. Ansonsten nichts. Aber das Mobiliar ist ausdrücklich erwähnt. Und eine lange Liste von Porzellanfiguren. Warten S', gleich hab ich's." Heumader blätterte umständlich durch die Papiere. „Schäferszene, Lamm liegend. Schäferszene, Lamm stehend. Schäferszene, zwei Lämmer ..."

„Heumader!"

„Ja?"

„Kommen S' zum Punkt!"

„Der Punkt, ja. Also, auch was Interessantes: Es gibt nämlich einen Alleinerben."

„Aha, hat s' doch einen Verwandten, die Alte. Wie heißt er denn?"

„Hermann Göring."

„Was?" Nun war es Steininger, der glaubte, nicht recht verstanden zu haben. „Der Gör... der Generalfeldmarschall?"

„So steht's da." Heumader las vor „... vermache ich all meine irdischen Besitztümer meinem geliebten Reichsminister Hermann Göring."

Steininger sank in seinem Sessel zusammen. Das Holz ächzte bedenklich, doch seine Gedanken waren völlig von diesen Worten in Beschlag genommen. War die Bremstaller tatsächlich verwandt mit Göring? Aber warum hatte sie dann die Formulierung „meinem geliebten Reichsminister" und nicht „meinem geliebten Neffen" Hermann Göring gewählt? Hatte sie das für unpassend gehalten?

Steininger erinnerte sich an die Testamentseröffnung nach dem Tod seiner Cousine Traudl im Jänner des Vorjahrs. Die Verstorbene war weder verheiratet, noch hatte sie Kinder oder andere Verwandte gehabt. Steininger hatte mit einer respektablen Erbschaft gerechnet. Bei der Testamentseröffnung hatte er daher dem Umstand, im altertümlichen Büro des Notars einem freundlich dreinblickenden, jungen Mann gegenüberzusitzen, keine große Bedeutung beigemessen. Vermutlich ein Konzipient, der als Zeuge fungierte, hatte er gedacht. Nach einer guten halben Stunde hatte Steininger einen Grad höchsten Unwohlseins erreicht. Der Fauteuil, in den ihn der Notar genötigt hatte, war schon arg durchgesessen gewesen, und Steiningers Sitzhaltung war mit seiner Leibesfülle kollidiert, was auf die Dauer zu höchster Atemnot geführt hatte. Viel schlimmer aber war gewesen, dass die Cousine Traudl ihr Haus und ihr nicht unbedeutendes Erspartes dem Linzer Tierschutzverein vermacht hatte, als dessen Vertreter der junge Mann Steininger gegenübersaß. Für den Kommissar blieb nur ein in materieller Hinsicht wertloses Fotoalbum, das der Cousine lieb und teuer gewesen war. Steiningers Wut hatte seine Atemnot nur verstärkt, was von den anwesenden Herren allerdings für Rührung gehalten worden war. Der Mann vom Tierschutzverein hatte ihn mit Wasser, der Notar mit tröstenden Worten gelabt. Nur mit Mühe hatte sich Steininger aus dem Fauteuil befreien können und war zur Türe hinausgewankt. In ihrem Testament hatte Traudl Steininger nicht als Cousin bezeichnet, sondern als „Bezirksinspektor“, die Wortwahl im Bremstallerschen Testament war demnach möglicherweise auch nicht mehr als Konvention. „Manche müssen alles komplizierter machen als notwendig“, brummte er.

Heumader lächelte ihn wieder verständnislos an, doch Steininger winkte müde ab. Sollte sich doch die Gestapo damit herumschlagen, wo doch sowieso alles politisch war. Er griff zum Hörer und ließ sich mit Sedlak verbinden.

„Heil Hitler, Sedlak. Ich ruf an, weißt schon, wegen dem Fall Bremstaller, kannst dich eh erinnern, die mit dem Göring, also, ich mein, dem Generalfeld... Wie? Zur Sache kommen? Na schön, dann setz dich nieder: Weißt, wer der Alleinerbe von der Alten ist? Der Göring persönlich. Gell, da schaust ... Ja freilich weiß ich, dass das der Herr Generalfeldmarschall ist. Ein unbedeutendes Detail, dieses Testament? Na hör mal! ... Was, du hast schon einen Hauptverdächtigen? Das geht aber flott! ... Den Kommerzialrat Berger? Jö, da schau ich aber! ... Was? Altösterreichische Titelsucht abgeschafft im deutschen Staat? Versteh schon. Aber sag, gibt's da neue Erkenntnisse in Bezug auf den Berger? ... Na freilich, gute Gründe ... Absolut! Durchgreifen ... Nur ned aufkommen lassen, die Bagage. Ganz richtig ... Natürlich, ich schweige wie ein Grab, kennst mich ja! ... Was, grad deswegen? Na, du bist mir einer, Sedlak! Immer einen Schmäh parat! ... Aber freilich! Volle Unterstützung. Also dann, servus!" Steininger legte auf. „So ein Trottel!"

Heumader blickte ihn fragend an.

„Verstehst wieder nichts, du tauber Depp, was? Na, ist eh gscheiter, wenn du nicht alles hörst, was ich sag. Den Berger hat er im Visier, der Sedlak. Ist anscheinend bewusstlos in der Wohnung von der Bremstaller gelegen. Der Hausmeister hat ihn dort gefunden und die Sache gleich brühwarm der Gestapo gemeldet. Fragt sich nur, was *der* in der Wohnung zu suchen gehabt hat. Der Sedlak jedenfalls glaubt jetzt, der Berger muss der Täter sein, weil ja nur der Täter an den Tatort zurückkommt. So ein Trottel!"

„Herr Kommissar, ich hab Sie schon verstanden. Nur bitte, warum glauben Sie denn, dass der Herr Kommissar Sedlak irrt?"

Steininger starrte ihn beunruhigt an. „Auf einmal hören S' wie ein Adler, Heumader?"

Heumader lächelte unverbindlich. „Bitte, Herr Kommissar, ‚wie ein Luchs' sagt man. Ein Adler pflegt vornehmlich gut zu sehen."

„Wie? Verwirren S' mich nicht mit Ihrer Botanik, Heumader. Und überhaupt, ich bin Ihr Vorgesetzter!"

„Jawohl, Herr Kommissar!"

„Na schön Heumader, ich werd's Ihnen erzählen. Damit S' wissen, an was man bei uns alles denken muss." Steininger lehnte sich zurück und zündete sich gemächlich eine Zigarette an. „Natürlich schaut's merkwürdig aus, wenn ein höherer Herr wie der Kommerzialrat Berger in die Wohnung einer Ermordeten einbricht. Aber: Dafür kann's hundert Gründe geben."

„Muss es denn überhaupt sein, Herr Kommissar, dass der Berger eingebrochen ist? Er ist ja offensichtlich nur dort aufgefunden worden."

„Unterbrechen S' mich nicht, Heumader", herrschte ihn Steininger an, „auf das hab ich grad hinweisen wollen ... Also, wie ich eben hab sagen wollen, ist ja noch gar nicht klar, ob der Berger in der Wohnung niedergeschlagen worden ist. Möglicherweise hat er vor der Wohnung den Täter überrascht, der ihm dann eine übergezogen hat. Und es wäre zu fragen, was der Hennerbichler dort zu suchen gehabt hat. Hat vielleicht den Herrn Generalfeldmarschall um sein Erbe bringen wollen. Jedenfalls, so ein schlechter Kriminaler ist der Sedlak nicht, dass er nicht auch weiß, dass die Geschichte so nicht passt. Aber schmecken würd's ihm halt, wenn er den Kommerzialrat Berger als Mörder bei der Hand hätt. Der dürfte sowieso auf der Abschussliste stehen."

„Aber warum haben S' Ihre Einwände dem Herrn Kommissar Sedlak nicht gesagt?"

„Heumader, Heumader, da sieht man, dass Sie für den Beruf nicht zu brauchen sind. Wenn der Sedlak jetzt den Berger sekkiert, dann lässt er den Ertl in Ruh und uns obendrein. Soll er sich ruhig verbeißen in den Herrn Kommerzialrat."

„Aber ist das nicht ein bisschen ... ungerecht, dem Herrn Berger gegenüber?"

„Ungerecht?" Steininger war zugleich empört und ehrlich erstaunt. Dieses Wort hatte er bei der Polizei noch nie gehört. „Was sind denn das für Sprüch? Wenn's Ihnen um die Gerechtigkeit geht, können's zur Volkswohlfahrt gehen und Socken stricken. Wir da", er trommelte erregt mit dem Zeigefinger auf den Schreibtisch, „wir da bei der Polizei haben mit der Gerechtigkeit gar nix am Hut. Merken Sie sich das, Heumader!"

12
Mittwoch, 16. August 1939, 15 Uhr

Etwas unschlüssig stand der Schutzpolizist Leopold Keplinger zwischen zwei Frauen, die ihn auf recht unterschiedliche Art verwirrten. Und wie immer, wenn er seine Gedanken nicht ordnen konnte, schwieg er und kritzelte, scheinbar konzentriert, Figuren in sein Notizbuch. Eigentlich wollte er gar nicht hier sein. Dieses Mordhaus war ihm eine Qual. Aber schließlich musste er seiner Arbeit nachgehen.

Da war zum einen die etwas gekrümmt und in Filzpantoffeln vor ihrer Wohnung stehende Alte, die wild gestikulierend auf ihn einredete. „Beruhigen Sie sich doch", hatte er schon mehrmals gesagt. Aber aus Erfahrung wusste er, wie wenig derlei Ermahnungen fruchteten, wenn sich jemand in Rage geredet hatte. Frau Schoiswohl schien um Leib und Leben zu fürchten, wenn nicht gar um den Fortbestand des Deutschen Reichs, obgleich es Keplinger noch nicht recht gelungen war herauszufinden, worum es denn nun eigentlich ging. Im Grunde genommen war ihm das aber gar nicht so wichtig, denn seine Gedanken waren ganz woanders, bei der jungen Frau nämlich, die auf der anderen Seite ruhig und stumm, eine Handtasche und ein Notizbuch in der einen Hand, eine violette Baskenmütze in der anderen, stand. Wie hätte sie auch im Redefluss der Alten auf sich aufmerksam machen können. Poldl wusste, es wäre an ihm, schlichtend und klärend einzugreifen, den Sachverhalt festzustellen und die nötigen Schritte einzuleiten. Wie gerne hätte er der Jungen die Möglichkeit gegeben, sich zu äußern, denn dann hätte er sie ganz unverdächtig anstarren können, und er hätte ihre Stimme gehört, die sicher weder laut noch schrill war und keine Derbheiten ins Stiegenhaus rief. So aber vermochte er nur in sein Notizbuch zu starren und statt der üblichen Strichmännchen Blumen zu zeichnen, was ihn selbst nicht wenig verwunderte.

„Ja, was ist jetzt, Herr Wachtmeister, machen S' was. Wie oft soll ich Ihnen das denn noch erklären! Dieses Weibsbild da will einbrechen bei der seligen Frau Bremstaller. Oder gar anzünden die Wohnung, dass wir alle zugrundgehen! Ich sag's Ihnen, die ist unlängst schon einmal da herumgeschlichen!"

„So ein Unsinn, schauen Sie, Herr Kollege, hier, ich kann mich legitimieren, mein Name ist Rabitsch, ich bin bei der Kriminalpolizei."

Poldl lächelte, den Nachnamen immerhin wusste er nun.

Sie nestelte in der Tasche und holte eine Kokarde hervor, die sie nun dem Uniformierten präsentierte. „Und ich bin tatsächlich schon einmal hier im Haus gewesen, weil ich nämlich im Fall der ermordeten Frau Bremstaller ermittle."

„Ermitteln! Dass ich ned lach", stieß Frau Schoiswohl hervor. „So ein Stückerl Blech kann sich ja ein jeder selber machen. Als ob das was heißt. Ich wünsche, dass die Geheime Staatspolizei diese Person vernimmt! Als treue Gefährtin des Führers darf ich das verlangen."

Keplinger blickte sie zweifelnd an. Gefährtin des Führers? Geheime Staatspolizei? Eben noch, als er auf der Straße seinen Patrouillengang absolvierte und Frau Schoiswohl ihn mit lauten Hilferufen aus seinen Gedanken hochschreckte und die Stiegen des Hauses hochjagte, war sie ihm als hilfsbedürftige, alte Frau erschienen. Und jetzt so eine Furie, die gleich nach der Gestapo schrie?

Rabitsch hielt ihm wortlos auch ihren Dienstausweis hin. Anna Rabitsch, las er da, Kriminalassistentin, geboren am 24. 3. 1914 in Wien. Tatsächlich, eine Kriminalbeamtin. Sie sagte also die Wahrheit, was ihn erleichtert aufatmen ließ.

„Ich bin auch Widder", sagte er, und plötzlich verstummte Frau Schoiswohl ebenso abrupt, wie sich auf Anna Rabitschs Gesicht ein Grinsen zeigte. Kein Lächeln, ein Grinsen, stellte er fest, und er erschrak, denn erst jetzt wurde ihm bewusst, dass er sich ganz anders benahm, als man bei einem Uniformierten voraussetzen könnte.

„Sind Sie jetzt narrisch worden? Aber kein Wunder! Ist halt auch nur ein Mannsbild! So ein junges Flitscherl braucht nur ein bisserl den Rock zu heben und er glaubt ihr alles."

„Kommen Sie“, sagte Rabitsch, immer noch grinsend, und deutete ihm mitzukommen. „Ich kann Sie hier drüben gut gebrauchen.“

Verdattert ließ sich Poldl zur gegenüberliegenden Wohnung mitnehmen, die von Rabitsch flugs aufgesperrt wurde. Sie drängte ihn in den Flur und schloss rasch die Tür. Vom Gang her waren noch unflätige Beschimpfungen der Frau Schoiswohl zu hören.

„Wie heißen S’ denn überhaupt?“

„Keplinger, Wachtmeister, also Leopold, das heißt Poldl ...“

„Wachtmeister Keplinger also, richtig?“

Er nickte und ärgerte sich, weil er der Anna Rabitsch vollkommen die Initiative überließ und noch dazu rot wurde.

„Schön, danke, dass Sie mich aus dieser Situation befreit haben. Ich geb übrigens nichts auf Astrologie. Also, das hier ist die Wohnung von Ernestine Bremstaller. Die arme Frau ist ermordet worden, und wir beide werden jetzt die Wohnung noch einmal durchsuchen. Gestern sind hier gleich zwei Personen eingedrungen, also denke ich mir, dass hier noch etwas zu finden ist.“

„Und was soll das sein?“

„Das weiß ich erst, wenn ich’s in der Hand halte ... Moment mal“, sie hielt den Zeigefinger vor ihre Lippen, schlich zur Wohnungstür und lugte durch den Spion. Mit einem Ruck riss sie die Wohnungstür auf und Frau Schoiswohl, die an der Tür gelauscht hatte, stolperte in den Flur. „Um Gottes willen, Frau Schoiswohl“, rief Rabitsch in gespielter Überraschung, „entschuldigen Sie vielmals, mir war nicht bewusst, dass Sie an der Türe lehnen. Warten Sie, ich helfe Ihnen in Ihre Wohnung zurück, Sie sind ja nicht mehr so gut beisammen.“ Sie nahm die Alte bei der Hand, zerrte sie mehr, als dass sie sie stützte, und bugsierte sie in ihre Küche. „So, das hätten wir", lächelte Anna Rabitsch, als sie die Tür der Bremstallerschen Wohnung hinter sich wieder schloss. Sie bemerkte seinen Blick auf den Boden des Flurs, auf dem ein kleiner Blutfleck zu erkennen war. „Einer der beiden Eindringlinge hat den anderen niedergeschlagen. Aber Blut wird Ihnen doch wohl nichts ausmachen, oder?"

Keplinger schüttelte den Kopf. Zugleich bemerkte er, wie ihm übel wurde. Reiß dich zusammen, ermahnte er sich in Gedanken. Wohl fühlte er sich hier nicht. Ganz und gar nicht. Aber vor Anna – er erlaubte sich, sie im Stillen so zu nennen – wollte er nicht zusammenklappen. „Ich hab schon ganz andere Sachen gsehn!"

Sie wandte sich um und schien ihn gar nicht mehr zu hören. „Fangen wir noch einmal in der Küche an."

Er zögerte kurz, folgte ihr aber schließlich. „Fräulein Rabitsch – oder soll ich Frau Kriminalassistentin sagen?"

„Also, wenn Sie wissen wollen, ob ich verheiratet bin, dann können Sie sich ja denken, dass ich das nicht bin. Was aber nicht heißt, dass ich keinen Mann hab. Nur dass Sie das gleich wissen!" Sie holte dünne Baumwollhandschuhe aus der Tasche und drückte ihm ein Paar in die Hand. „Wegen der Fingerabdrücke, Sie wissen schon!"

Er streifte die Handschuhe über und trottete hinter ihr in die Küche. Eigentlich, fiel ihm ein, müsste er seinen Patrouillengang weiterführen. Und eigentlich müsste er ein Protokoll über diesen Vorfall aufsetzen. Aber dieser schaurige Ort und die Nähe dieser verwirrenden Frau lähmten ihn. Zu gerne hätte er gewusst, was es damit auf sich hatte: Sie war nicht verheiratet und hatte doch einen Mann! Aber natürlich wäre es unanständig gewesen, sie danach zu fragen, wo sie einander doch erst seit ein paar Minuten kannten! Aber Poldl sollte bald darauf sehr viel über Anna Rabitsch wissen, denn während sie in einer Besteckllade kramte, begann sie plötzlich zu reden.

Sie erzählte von ihrer Befragung der Pauline Rossbacher, der Bedienerin der Familie Berger, was wenig erbracht hatte. Die Rossbacher war am Tag des Mordes anlässlich ihres Geburtstags im Salzkammergut gewesen. Sie sei zwar gegen 21 Uhr 30 nach Hause gekommen, also eineinhalb Stunden vor dem Mord, hätte aber dem Kommerzialrat noch eine kalte Platte richten und anschließend abwaschen müssen. Dies war durch die Zeugenaussagen der Bergers belegt, und Rabitsch sah keinen Grund, daran zu zweifeln. Angeblich hatte die Bedienerin die Tote nur zwei-, dreimal im Stiegenhaus getroffen und außer ein paar höflich ausgetauschten Floskeln nie mit ihr gesprochen.

Anna Rabitsch erzählte aber noch viel mehr. Nach zwei Stunden, während derer sie nach und nach die Wohnung durchsuchten, wusste Poldl viel von Annas Problemen mit Steininger und manches von ihren Problemen mit ihrem Freund, und er wusste von ihrer Vorliebe für schöne Möbel, für Frankreich und für Topfenstrudel. Warum sie ihm das alles erzählte, wusste er ebenso wenig wie sie selbst. Während Poldl darüber nicht länger nachdachte, grübelte sie noch lange, warum sie einem zwar netten, aber völlig fremden Schupo Privates offenbarte, das sie kaum einer Freundin erzählt hatte. War es sein anhaltendes Schweigen, das ihr die Gelegenheit bot zu reden? „Ich glaube, wir sollten du zueinander sagen, oder?“, sagte sie und reichte ihm die Hand. Poldl wurde rot, zögerte kurz, schüttelte dann aber bedächtig ihre Hand.

„Hat diese Frau Rossbacher eigentlich noch etwas erzählt?“

„Nein, warum fragst du?“

Sie bemerkte, dass Poldl immer noch ihre Hand hielt. In Anna schrillten die Alarmglocken. In Sekundenbruchteilen sah sie wie in einer Fotosequenz die Folgen dieser noch nicht vollendeten Frage: Sie sah sich mit Poldl in einem Gastgarten sitzen, in einem dunklen Kinosaal, in dem er die Hand auf ihr Knie legte, und sie sah sich in einem kleinen Grenzkaff Schmuggler verhaften, nur weil sie der Einladung eines Kollegen gefolgt war und dies wieder zu Problemen geführt hatte. „Jetzt kommt der Salon“, beeilte sie sich zu sagen und stieß rasch die doppelflügelige Tür auf.

Sie war erleichtert, dass Poldl den Wink mit dem Zaunpfahl verstanden hatte, und nahm sich vor, nach der Durchsuchung ein klärendes Wort mit ihm zu reden. Jetzt aber wollte sie sich auf diesen Raum konzentrieren. Der angenehm kühle, aber muffige Salon war in altmodischem, dunklem Stil gehalten. Ein schwerer Teppich dämpfte jeden Laut. Kein einziges Möbelstück, das nicht in unzähligen Verzierungen und Deckchen ertrank. Einzelne Romane mit Ledereinband und Goldschnitt in einem wuchtigen Regal dienten wohl in erster Linie dekorativen Zwecken. Hinter den Glastüren eines Wandschranks, einem Biedermeierimitat, wie Anna vermutete, war allerlei Nippes angehäuft. Auf dem Salontisch eine Wachstuchdecke, wie sie nicht einmal mehr ihre Großmutter geduldet hätte, und an den Wänden eine schon leicht vergilbte Tapete mit bläulichem Blumenmuster. Anna seufzte. Der ganze Raum atmete den spießbürgerlichen Mief der Jahrhundertwende. Die beiden machten sich erneut an die Arbeit, drehten jedes Porzellanhündchen um und sahen unter jedes Spitzendeckchen. Nach einer weiteren Stunde war auch dieser Raum durchsucht. Abgesehen von einem Fotoalbum mit Bildern der Hochzeitsreise, die die selige Frau Bremstaller nach Abbazia geführt hatte, wie darauf zu lesen war, fanden die beiden nichts Bemerkenswertes. Poldl, der dringend eine Pause brauchte, es aber nicht wagte, sich auf einen der mit aufwändigen Schnitzereien versehenen Stühle zu setzen, lehnte sich seufzend an die Wand. Wie gerne wäre er jetzt mit Anna in einem kühlen Gastgarten gesessen, anstatt in dieser unheimlichen Wohnung Staub aufzuwirbeln. Hatte er sie mit seiner Frage überrumpelt? Aber sie hatte ihn doch ins Gespräch gezogen, ihm von ihren Problemen mit ihrem Freund erzählt und ihm das Du-Wort angeboten. Benötigte sie ihn einfach für Durchsuchungen und als Retter vor wildgewordenen Damen?

„Na, was schnaufst du denn? Wird's dir schon zu viel?"

„Nein, gar nicht. Einen Durst hätt ich halt. Und aufs Revier müsste ich auch bald wieder."

„Wir sind gleich fertig. Danke, dass du hier mithilfst. Alleine hätte ich das nie geschafft." Sie lächelte, ärgerte sich aber, als sie bemerkte, wie Poldls Ohren zu glühen begannen. Wie beim Heumader! Den hatte sie auch angelächelt, und jetzt bildete sich der ein, sie einladen zu können. Sie musste wirklich lernen, sich besser abzugrenzen. Sonst würde sie eines Tages von einem unwillkommenen Schwarm an Verehrern umgeben sein.

Um keinen weiteren Anlass für Missverständnisse zu liefern, lenkte Anna ihren Blick auf das Blumenmuster an der Wand. Vermutlich war hier seit der Heirat der Bremstaller nichts mehr geändert worden. Was war deren Mann einmal gewesen? Postrat war in den Akten gestanden. Auch Annas Vater war einmal höherer Postbeamter gewesen. Sie erinnerte sich, wie sie ihn als Kind abends vor dem Zubettgehen in seinem Arbeitszimmer aufsuchen und ihm eine gute Nacht wünschen musste. Der im Grunde genommen fremde Mann mit Backenbart war ihr immer etwas unheimlich gewesen. Dass sie anzuklopfen und auf sein „Herein" zu warten hatte, bis sie das Arbeitszimmer betreten durfte, erschien ihr heute merkwürdig. Immerhin war er doch ihr Vater gewesen. Nur einmal war sie ohne Anklopfen in das Zimmer gelaufen. Es war an dem Abend, an dem sie ihren ersten Milchzahn verloren hatte, den sie dem Vater unbedingt zeigen wollte. Doch er hatte furchtbar mit ihr geschimpft und etwas von wichtigen und geheimen Akten gesagt. Ihr Zahn, den sie triumphierend auf ihrer Handfläche präsentierte, war keines Blickes gewürdigt worden. Noch heute sah sie diesen Mann vor sich: Er musste damals Anfang vierzig gewesen sein, der Bart und das dumpfe Licht hatten ihn aber älter erscheinen lassen. Sein verärgerter Blick, mit dem er sie kurz gemustert hatte, bevor er einen Stapel Akten packte und sie in dem Tresor hinter der Tapetentür einschloss.

Mit einem Mal war Anna wieder im Salon der Frau Bremstaller. Wenn der Mann der Toten einen ähnlichen Posten gehabt hatte wie ihr Vater, war es doch naheliegend, dass auch er einen Teil seiner Arbeit zuhause erledigt und eine Möglichkeit gehabt hatte, Akten wegzuschließen. „Wir müssen die Wände absuchen!"

„Was?" Poldl, der sich mittlerweile auf den Rand eines wuchtigen Ohrensessels gesetzt hatte, schrak aus dem Dämmer, in den ihn das Ticken der Wanduhr hatte fallen lassen.

„Wir suchen nach einem Wandtresor. Schau hinter die Bilder! Vielleicht gibt es auch eine kleine Tapetentür!“

Poldl rückte die Möbel von den Wänden und schaute hinter die Bilder, während Anna mit ihren Händen über die Tapeten strich, um eine möglicherweise verborgene Tür zu entdecken. Nach einer halben Stunde sank auch sie erschöpft auf eine Ottomane. Wieder nichts! Sollte in dieser Wohnung tatsächlich nichts zu finden sein, das einen Hinweis auf den Mörder der Frau geben konnte?

In Anna stieg Wut auf. Sollte Steininger Recht behalten? Noch bevor sie ihn bitten konnte, einer neuerlichen Durchsuchung der Wohnung zuzustimmen, hatte er sie in seinem mittlerweile Gewohnheit gewordenen ruppigen Ton angefahren: Ob sie denn gar keine Ahnung hätte von der Polizeiarbeit! Schließlich habe sie die Bedienerin der Bergers vergessen. Ihm sei das umgehend aufgefallen, er hätte ihr aber noch stillschweigend eine Gnadenfrist – er hatte tatsächlich „Gnadenfrist“ gesagt – gegeben, damit sie selbst ihren groben Schnitzer erkenne. Aber wie nicht anders zu erwarten, habe natürlich er sie auf ihr Versäumnis stoßen müssen. Zu guter Letzt hatte er ihr mit purpurrotem Kopf auch noch aufgetragen, erneut die Wohnung der Bremstaller zu durchsuchen. „Aber, dass Sie mir ja diesmal alles richtig machen!“, hatte er schließlich gebrüllt, „ich hab schließlich jetzt schon alle Händ voll zu tun, damit ich Sie aus der Schlamastik wieder herausbekomm!“ Beim Hinausgehen hatte er, und das schnürte Anna vollends den Hals zu, sie schließlich noch gefragt, ob sie sicher sei, nicht doch lieber als „Budlhupferin“ arbeiten zu wollen. Süffisant hatte er sie angegrinst, als ihr ratloser Blick ihm bestätigt hatte, dass sie mit diesem Wort nichts anzufangen wusste. Heumader hatte sie später aufgeklärt: Als Verkäuferin solle sie arbeiten!

Poldl räusperte sich und, als Anna nicht reagierte, noch einmal lauter.

„Was denn?“, fuhr sie ihn an und bereute das im selben Moment, denn ihr Zorn galt dem Steininger und nicht dem Poldl. „Entschuldige, ist nicht gegen dich gegangen.“ Sie kämpfte mit den Tränen. Nur jetzt nicht weinen! Nicht vor einem Mann.

„Ist's wegen deinem Freund?“

„Blödsinn!“

Poldl blickte sie ratlos an. „Ehrlich gesagt, ich mag nicht länger als nötig in der Wohnung bleiben. Und außerdem müsst ich schön langsam auch gehen, sonst krieg ich Zores.“ Der arme Poldl war tatsächlich kreidebleich.

Mit glänzenden Augen starrte sie auf die Wand. „Hast ja Recht. Ich halt dich da auf, und dann kommt nicht einmal was dabei heraus. Wenn du Probleme kriegst, redest dich halt auf mich aus.“ Sie versuchte sich in einem Lächeln.

Poldl nickte, er wusste nicht recht, ob er jetzt gehen sollte oder nicht. Wie gerne hätte er sie jetzt tröstend in den Arm genommen. Vorsichtig legte er eine Hand auf ihren Oberarm. Sie ertrug es, und das merkte er. Rasch ließ er seinen Arm wieder sinken. „Also, dann geh ich jetzt. Ich wünsch dir noch recht viel Glück bei ... allem. Wenn du mich brauchst, dann meld dich bitte. Wirklich! Wart, ich schreib dir meine Adresse auf. Eine Telefonnummer notier ich dir auch, vom Wirtshaus bei uns daheim im Haus. Meine Eltern haben keinen Anschluss. Bitte ruf aber nicht in der Polizeikaserne an, das heißt, also, du kannst wirklich immer anrufen, ich helf dir, wo ich kann, aber nicht in der Kasern. Weißt eh, wie die Kameraden sind, wenn's um eine Frau geht. Meine Eltern geben mir dann Bescheid – das heißt, wenn du daheim anrufst. Ich wohn nämlich noch bei den Eltern, weil es halt praktisch ist. Und ich hab mein eigenes Zimmer, da ist alles, was ich brauch. Aber entschuldige, ich red und red, und du möchtest wahrscheinlich deine Ruh."

Etwas an Poldls Erzählung hatte sich in Annas Kopf festgehakt. Eigenes Zimmer! Ruckartig setzte sie sich auf. „Mein Gott, Poldl! Wir Rindviecher!"

Poldl, immer noch den Zettel mit seiner Adresse in der Hand, starrte sie an.

„Wir haben im Salon an den Wänden gesucht. Aber der Mann von der Bremstaller hat doch sicherlich ein Arbeitszimmer gehabt! Und nachdem er gestorben war, hat sie das Zimmer anders eingerichtet und jemanden einlogiert!"

Sie eilten in jenes Zimmer, das Frau Bremstaller unter anderem an Ertl vermietet hatte. Auf den ersten Blick konnten sie nichts Besonderes feststellen, aber als Poldl den Kasten zur Seite rückte, kam eine kleine, kaum sichtbare Tapetentür zum Vorschein. Die Tür war nicht abgesperrt, und Rabitsch konnte nur mit Mühe einen Freudenschrei unterdrücken, als dahinter ein Wandtresor zum Vorschein kam.

Poldl, froh darüber, Anna wieder glücklicher zu sehen, holte aus seiner Tasche einen Bund mit Dietrichen hervor. „Na, wenigstens kein Zahlenschloss. Beim Dietrich brauchst dir nichts zu denken, das hat man als Schupo", sagte er. „Was meinst, was da drin ist", fragte er Anna, während er am Schloss hantierte. „Geld?"

Bereits nach wenigen Augenblicken hatte Poldl das einfache Schloss geknackt, und er öffnete vorsichtig die Tür. Der Safe war, abgesehen von einem braunen

Umschlag, leer. Er holte einen dünnen Stapel Papiere heraus, blätterte darin und reichte ihn Anna. Langsam begann sie zu lesen. Ein Blick zu Poldl bestätigte ihr, dass er dasselbe dachte wie sie.

13
Mittwoch, 16. August 1939, 19 Uhr

Ertl holte erneut das buntkarierte Taschentuch aus der Hosentasche, trocknete die tränenden Augen und schnäuzte sich. Diese hartnäckige Verkühlung verfolgte ihn nun schon seit Wochen. Genau genommen, seit er mit Klara und der kleinen Inge einen Sonntagsspaziergang an der Donau gemacht hatte. Bis zum Abend waren sie herumgeschlendert und hatten sich dann in einem Schanigarten noch ein Glas Bier gegönnt. Das war offensichtlich zu viel für seinen empfindlichen Hals gewesen. Damals war das noch einer jener raren Momente gewesen, in denen Ertl ganz Familienmensch hatte sein können. Und nun? Nun hätte er alle Zeit der Welt, um mit Inge zu spielen, und konnte es doch nicht genießen. Er seufzte und wedelte mit der Hand vor seinem Gesicht, womit sich aber der Rauch im Gasthaus ‚Zur Stadt Budweis' nicht vertreiben ließ. Er versuchte, das Fenster, vor dem er saß, zu öffnen, unterließ es aber nach einem vielstimmigen „Da zieht's!".

Zum Glück war die Gaststube nicht voll besetzt. Ein Tisch mit zwei Männern aus dem Altreich, Vertreter, wie Ertl vermutete. Dann ein älteres Paar aus dem Protektorat, das sich leise auf Tschechisch unterhielt, misstrauisch beäugt vom Kellner und den Vertretern. Und schließlich ein paar verstreute Gäste, die hier regelmäßig zu verkehren schienen, denn der Kellner ersetzte bei ihnen wortlos die geleerten Biergläser durch volle. Es war ruhig im Raum, abgesehen von der Musik aus dem Radio neben der Tür, einer Festspielübertragung aus Salzburg.

Eigentlich sollte Steininger jetzt etwas sagen. Ertl blickte in das feiste, rote Gesicht mit dem Bärtchen ihm gegenüber. Der Kommissar starrte ihn an.

„Hab ich dich jetzt mit der Frage überrumpelt?"

„Wie, was, nein, gar ned!" Steininger schien aus tiefen Gedanken gerissen worden zu sein.

Ertl runzelte die Stirn. So schwierig war die Frage eigentlich nicht zu beantworten. „Verdächtigst du mich auch?", hatte er seinen Vorgesetzten gefragt. Doch dessen verkniffener Gesichtsausdruck und sein anhaltendes Schweigen mussten nicht zwangsläufig als Nachdenkpause gedeutet werden, so gut kannte Ertl seinen Chef. Vielmehr, und alles schien darauf hinzudeuten, schien Steiningers versonnener Blick nicht Ertls Schicksal, sondern der hinter ihm angebrachten Tafel mit den Speiseangeboten des Tages zu gelten. „Du hältst mich also für den Täter?"

„Aber Schmarrn, wer sagt denn so was?" Steininger zündete sich eine neue Zigarette an und blies den Rauch in die Luft. Wenn er die schlampige Kurrentschrift nur entziffern könnte! Stand da tatsächlich „Beuschel"? Über kurz oder lang würde er sich eine Brille zulegen müssen. Oder hieß das „Birnenk"? Birnenkompott? Dafür war es zu teuer. Birnenkompott ergäbe nur Sinn in Verbindung mit den beiden Wörtern, die in der Zeile darüber standen. Eventuell – Steininger kniff die Augen zusammen – hieß das dann „Auflauf mit Birnenk". Jedenfalls ungenießbar. Er brauchte aber etwas zu essen. Etwas Handfestes! Mit dem Ertl war es zum Wahnsinnigwerden. Erst rief er ihn zuhause an, er müsse ihn unbedingt sehen, diesen Abend noch. Dann ließ sich Steininger breitschlagen, sich in einem Lokal zu treffen, das nicht nur im nördlichen Stadtteil Urfahr lag, sondern, wie sich herausstellte, auch noch mit unleserlichem Speiseangebot aufwartete. Und dann saß der Kerl da, druckste herum, fand kein klares Wort, nippte seit einer Stunde an einem kleinen Bier, schniefte in einem fort und wedelte bei jeder Zigarette, die sich Steininger anbrannte, mit der Hand vor dem Gesicht herum.

Der Kommissar rief dem vorbeieilenden Kellner ein lautes „Beuschel!" nach, das dieser aber nicht zu hören schien, und wandte sich an den jungen Beamten. „Sag einmal, wie kommst du eigentlich drauf, dass wer glaubt, du seist der Täter?"

„Bitte, wie soll ich denn da nicht draufkommen?" Ertl holte erneut das Sacktuch hervor. „Ich bin beurlaubt worden. Ohne Bezüge!"

„Ja weißt, das musst verstehen, der Plakolm hat da nicht auskönnen. Wenn die Gestapo sagt, dass nicht auszuschließen ist ..."

„Na eben! Die Gestapo!" Ertls Stimme steigerte sich, das tschechische Paar blickte kurz zu ihrem Tisch. „Der Sedlak. Der hat mich noch nie mögen."

„Aber geh, nimm das nicht so ernst! Ein Sedlak bellt, er beißt aber nicht." Steininger lachte schallend.

„Weißt, Steininger, wie er mich da hinzitiert hat in die Langgasse, das ist schon direkt gespenstisch gewesen. Man hört ja so einiges, was da passiert, und dann ist da auch noch der Wögerer, dem schaut die Brutalität ja direkt aus dem Gesicht heraus. Und wie mir der Sedlak dann ins Gesicht gesagt hat: ‚Ertl', hat er gesagt, ‚auch wenn wir Kollegen sind, schützt dich das nicht vor dem Verdacht, das schrecklichste Verbrechen, den eiskalten Mord an einer deutschen Frau, begangen zu haben. Meine Pflicht als deutscher Beamter gebietet hier absolute Unvoreingenommenheit."

„Das alles hat er gsagt?" Steininger musste wieder einmal über die rhetorischen Fähigkeiten Sedlaks staunen.

„Das hat er gesagt. Wortwörtlich."

An einem Tisch war ein betrunkener Gast mit zahlreichen Strichen auf seinem Bierdeckel aufgewacht und starrte das tschechische Paar am Nebentisch unverhohlen an. „Sads es Pol'n?", rief er auf einmal.

Die beiden reagierten nicht.

„Obs es Pol'n sads, verdammte Hund, es! Reds gfälligst, wann a Deitscha deitsch mit eich redt. Do wird deitsch gred! Mir san in Deitschland!" Schwankend erhob er sich, das Paar griff nach seinen Taschen. „Danzig sog i nur! Mir wern Danzig ned im Stich lossn, es Saubeitln, es!"

Der Kellner nötigte den Mann mit beschwichtigenden Gesten, sich wieder zu setzen, das Paar beeilte sich zu zahlen und ging. Die beiden Herren aus dem Altreich spendierten dem Betrunkenen unter Beifallsbekundungen der anderen Gäste einen Obstler. Auch Steininger hatte befriedigt den Ausbruch des völkischen Gewissens registriert.

„Na, was sagst, Ertl? Jetzt, wo wir a Deitsche san, lassen wir uns a nimmer alles gfallen. Die Polen werden schon sehn, wie weit sie kommen." Er hieb dem jungen Kollegen auf die Schulter.

„Ehrlich gesagt, ist mir die Sache gerade ziemlich wurscht. Ich hab andere Probleme."

„Was? Vielleicht haben wir morgen schon Krieg, die Polen marschieren in Wien ein, und dir ist das wurscht? Sag das ja nicht laut und vor allem nicht dem

Sedlak“, flüsterte Steininger. „Weißt eh, wenn zu einem Mord auch noch was Politisches dazukommt. Da ist er heikel, der Sedlak.“

„Na, siehst du? Du glaubst es auch.“

„Dass du der Täter bist? Aber Schmarrn … Kellner, Beuschel bitte! … Schau“, wandte sich Steininger wieder begütigend an Ertl, „momentan gehen der Sedlak und auch ich davon aus, dass jemand aus dem Haus die Alte umgebracht hat. Wer Fremder dürft nicht in Frage kommen.“

„Aber der Sedlak hat auch gemeint, als ehemaliger Untermieter komm ich schon in Frage, weil es sein könnte, dass ich einen Schlüssel mitgehen hab lassen. Und außerdem, weil ich zwangsläufig von der Erbschaft der Bremstaller etwas mitbekommen hab müssen.“

„Das stimmt natürlich. Wir haben ja mittlerweile eruiert, dass die Bremstaller insgesamt an acht Männer vermietet hat. Übrigens, ist da was dran, dass die mit ihren Mietern …? Na, weißt eh …“, Steininger machte eindeutige Handbewegungen.

Ertl starrte ihn konsterniert an. „Keine Red. Das heißt, mit mir zumindest nicht.“

„Na, ist eh egal. Von den acht jedenfalls sind zwei schon unter der Erde, einer sitzt ein wegen Notzucht. Zwei andere waren in der fraglichen Zeit sicher nicht in Linz. Bleiben drei: ein Bierkutscher, ein Vertreter und du!“

Ertl senkte den Kopf, er schien nachzudenken. Der Betrunkene hatte mittlerweile das alte Soldatenlied ‚Rosa, wir fahr’n nach Lodz‘ angestimmt. Steininger summte die Melodie mit. „Fesch, gell?“

Ertl schien ihn nicht zu hören. „Schlüssel hab ich natürlich keinen. Die hat ja aufgepasst wie nur irgendwer auf ihre Schlüssel.“

„Und das Geld?“

„Schon, hat ja ein jeder im Haus mitbekommen. Sie hat’s jedem unter die Nase gerieben, dass sie jetzt eine gemachte Frau ist. Sind dann auch immer wieder welche gekommen und sie um Geld angegangen. Hat aber keiner was gekriegt. Hat sie zumindest erzählt.“ Ertl versank wieder in sein Brüten, während Steininger fieberhaft versuchte, den Kellner auf sich aufmerksam zu machen. „Eigentlich eine arme Frau“, murmelte Ertl, „nach der Göringsache und der Erbschaft haben sich auf einmal die Leute für sie interessiert. Das hatte sie sich immer gewünscht. Und dann wird sie umgebracht.“

Steininger schaute fassungslos auf die großen Teller Beuschel, die den beiden Vertretern serviert wurden. Er hatte Mühe, sich auf Ertl zu konzentrieren. Es war aber auch schwierig, sich zu unterhalten, wenn die Musik derart laut war. Mittlerweile hatte der Kellner, wohl um den Betrunkenen zu übertönen, das Radio lauter gedreht.

„Verdammte Dudlerei da.“

„Was?“

„Na die Musik da! Ein Wunder, dass das heutzutag noch gespielt werden darf.“

„Aber das ist ‚Der Barbier von Sevilla‘.“

„Der wer?“

„Eine Rossinioper. Salzburger Festspiele.“

Steininger hatte eine äußerst vage Vorstellung davon, was eine Oper war. Er wusste nur, dass Opern lange zu dauern pflegten und dass immer wieder dieselben aufgeführt wurden. Was aber eine Rossinioper sein sollte, vermochte er beim besten Willen nicht zu ergründen. *„Die* Opern mag ich am wenigsten. Aber egal. Wo ist denn das ganze Geld von der Alten geblieben? Wir wissen, dass sie 20.000 Schilling geerbt hat. Wir wissen auch, dass sie sich nichts gekauft hat drum, eine Reise hat sie ebenfalls keine gemacht. Aber jetzt ist offenbar nichts mehr da."

„Was schaust denn so? Ich hab's nicht."

„Ich schau ja nur wegen dem Kellner. Der rennt akkurat immer an mir vorbei. Jetzt kriegt auch noch der ein Beuschel." Kopfschüttelnd beobachtete Steininger, wie der Kellner vor dem Betrunkenen einen dampfenden Teller abstellte. „Wieso ...?", seufzte er.

„Wieso? Ja, weil sie mir nichts gegeben hat!"

Steiningers Aufmerksamkeit war mit einem Mal wieder bei Ertl. „Das heißt, du bist sie auch angegangen um ein Geld?"

Ertl starrte in sein Glas. „Ja, vor ein paar Monaten. Angeblich hat sie nix mehr gehabt."

„Also Ertl, dass du mir das erst jetzt sagst." Steininger blickte sich um. „Wenn der Sedlak das rauskriegt, dann bist auf alle Fälle verdächtig für ihn, weil dann hast zur Gelegenheit auch noch ein Motiv."

„Was heißt Gelegenheit? Ich war ja gar nicht bei ihr. Geschlafen hab ich! Daheim!"

„Zeugen?"

„Die Klara."

„Du weißt, dass auf schlafende Ehefrauen als Zeugen nicht viel gegeben wird."

Ertl nickte traurig. „Das mit dem Geld ... Der Sedlak weiß das schon!" Ertl schien hinter seinem Glas zu schrumpfen. „Bei der Vernehmung hat er mich gefragt, und ich hab's ihm gesagt. Das war natürlich blöd, aber weißt schon, da ist dieser Wögerer gewesen und überhaupt ... ich hab mir nicht viel gedacht dabei. Bin ja ausdrücklich als Zeuge geholt worden."

Steininger packte ihn am Unterarm. „Und dann?"

„Nichts war. Das Protokoll hab ich unterschrieben, und dann haben's mich gehen lassen."

Steininger konnte seine Aufregung nur schwer verbergen. „Mein Gott, Ertl, weißt du gar nimmer, wie das beim Strasser gewesen ist? Der hat auch geglaubt, ihm als Kriminaler können sie nicht so leicht an, dann ist er als Zeuge zur Gestapo zitiert worden, und kurz drauf ist er schon in Dachau gesessen."

Ertl schluckte und hatte sichtlich Mühe, die Tränen zurückzuhalten. „Weißt, für mich ist es nicht leicht. Das Gehalt langt hinten und vorne nicht. Die Klara bildet sich allerhand ein, was die Inge haben soll. Besser soll's ihr gehen als uns, und da hat sie ja auch recht. Nur, wie soll ich das bezahlen? Ein Ehestandsdarlehen hat's noch nicht gegeben, wie wir geheiratet haben, und, weißt eh, was ein einfacher Kriminaler verdient. Die Klara macht sich ja keinen Begriff. Die glaubt, als Beamter liegst im gemachten Bett. Was sie nicht weiß, ist, dass ich alle 14 Tag beim Schwiegervater steh um ein Geld. Der hat leicht lachen, als Fleischhacker mit einem eigenen Geschäft. Und er lässt mich jedes Mal spüren, dass ihm ein anderer Schwiegersohn lieber gewesen wär. Einen fürs Gschäft hätt er wollen."

Steininger nickte. Das konnte man verstehen! Wenn der Rudi einmal mit einer Fleischhackertochter heimkäme, wäre das geradezu ideal. Aber im Moment war die Frage viel wichtiger, warum Sedlak Ertl hatte laufen lassen. Der Mann hatte kein belastbares Alibi, er hatte Geldschwierigkeiten, und die Erbschaft der Bremstaller war ihm zu Ohren gekommen. Für Steininger konnte dies nur eines bedeuten: Sedlak vermutete, dass Ertl nicht allein gehandelt hat und sich mit seinem Mittäter treffen wird. Mit anderen Worten:

Ertl fungierte als Lockvogel, mit dessen Hilfe *alle* Täter gefasst werden sollen. Steiningers Bärtchen begann zu jucken, ein unheilvolles Zeichen. Während Ertl weiterhin von seinen Schwierigkeiten mit dem Schwiegervater berichtete, sah sich der Kommissar verstohlen um. Wer hier kam als Gestapospitzel in Frage? Der Betrunkene kaum, er war zu sehr aufgefallen. Das Paar aus dem Protektorat ebenso wenig, die beiden hatten außerdem das Lokal längst verlassen. Auch den beiden Männern aus dem Altreich wollte Steininger eine Spitzeltätigkeit nicht zutrauen. Blieb nur mehr ein Mann, den Steininger auf Mitte bis Ende dreißig schätzte, der still an einem Ecktisch saß und von niemandem Notiz zu nehmen schien. Eben bestellte er beim Kellner, und Steininger glaubte seinen Tonfall dem Bayrischen zuordnen zu können. Im letzten Jahr waren zahlreiche Beamte aus dem Altreich nach Österreich gekommen. Ein bayrischer Gestapobeamter in Linz wäre daher nicht auszuschließen.

Es war zum Verrücktwerden! Da saß dieser verantwortungslose Ertl, der längst am Sedlakschen Haken hing und drauf und dran war, nun auch noch Steininger ins Unglück zu reißen. Nicht mit ihm! Wenn Ertl schon so dumm war, sollte er doch alleine dafür büßen. Er überlegte fieberhaft, wie er sich aus dem Schlamassel befreien konnte. Verstohlen blickte Steininger zu dem Mann am Ecktisch, der sich eine Zigarette anzündete und wie zufällig zu ihm herblickte. Er musste in die Offensive gehen, dem Gestapomann zeigen, dass er nichts mit Ertl zu tun hatte.

Steininger unterbrach mit einer unwirschen Handbewegung Ertls Ausführungen. Geradezu feierlich rückte er seinen Sessel nach hinten und stand auf. „Ertl Adolf, ich verhafte Sie!“

14
Mittwoch, 16. August 1939, 20 Uhr

Ertl war eben von der Klage über den Schwiegervater zu Klaras Vorliebe für Heinz-Rühmann-Filme übergegangen, als ihm die Worte Steiningers ins Bewusstsein drangen. „Verhaften?“, stammelte er, „mich?“

Steininger zögerte. Dieser Schritt war ihm noch als der einzig mögliche erschienen. Der einzige Weg, den eigenen Hals aus der Schlinge zu ziehen. Er hatte sich bereits im Verhörraum mit Wögerer gesehen, dessen Methoden auch bei der Kriminalpolizei bekannt waren. An die Mizzi hatte er denken müssen, und daran, dass sie wohl um die Witwenpension umfallen würde, wenn ihn die Gestapo in die Mangel nehmen würde. Nun aber, da er in das Gesicht des jungen Kollegen blickte, das Überraschung und Entsetzen spiegelte, fühlte er sich unwohl. Warum war er eigentlich aufgestanden? Er hatte gehofft, damit Entschlossenheit zu signalisieren. Doch nun wusste er nicht recht, wohin mit seinen Händen, er fühlte sich wie ein abgewiesener Brautwerber. Rundum waren die Gespräche verstummt, und man starrte die beiden mit unverhohlener Neugierde an. Er schielte zu dem vermeintlichen Gestapobeamten am Ecktisch. Der aß sein Beuschel und ließ sich von den Vorgängen in der Gaststube nicht ablenken. Im Radio hatten eben die Nachrichten mit neuen Schreckensmeldungen aus Danzig geendet, und man schien erneut eine Rossinioper in Angriff nehmen zu wollen.

„Es hilft nichts, kommen Sie mit!“, sagte er schließlich, und seine Stimme klang merkwürdig rau. Der Betrunkene kicherte.

„Warum sagst denn auf einmal ‚Sie‘ zu mir? Magst mich nimmer kennen, gell? Ich kann nicht mitkommen, was soll denn aus der Klara werden und aus der Inge?“ Ertl war nun ebenfalls aufgestanden und breitete in trotziger Hilflosigkeit seine Arme aus, als wäre so sein Unglück zu ermessen. In seinen Augen standen Tränen.

Steininger würgte an etwas Unsichtbarem in seinem Hals. Konnte er den armen Teufel wirklich verhaften?

Der Kellner eilte zu ihrem Tisch. „Die Herren wünschen zu zahlen?“

„Zahlen, ja, natürlich. Geht alles auf mich.“ Steininger langte nach seinem Jackett, das er neben Ertls Platz auf der Bank abgelegt hatte. Dabei beugte er sich zu ihm und flüsterte ihm ins Ohr. „Wenn ich bezahlt hab, sagst, du musst noch aufs Häusl, dort lass ich dich aus. Ich sag dann, du bist mir auskommen. Geh die nächsten Tage nicht heim. Mir wird schon was einfallen.“

Ertl nickte kaum wahrnehmbar.

Steininger zahlte, und die beiden gingen, an den starrenden Gästen vorbei, zur Tür der Bierstube.

„Ich müsst vorher noch aufs Klo, bevor wir aufs Präsidium gehen, Herr Kommissar“, tönte Ertl.

Etwas weniger auffälliger wäre auch noch recht gewesen, dachte Steininger. Man hatte alles gehört. Sie würden nach draußen gehen, Ertl würde durch die Hintertür verschwinden, er würde kurz warten und dann in die Gaststube stürzen und nach Ertl Ausschau halten.

Die beiden hatten eben die Tür geöffnet, als sich eine Schar junger, merklich angeheiterter SS-Männer hereindrängte. Ertl drückte sich an ihnen vorbei und verschwand, ohne sich umzudrehen, in Richtung der Toiletten, der deutlich voluminösere Steininger hingegen wurde von der lärmenden Truppe zurück in den Gastraum gedrängt.

„Wo ist was zum Saufen?“, „Bier her! Mir ham was zum Feiern“, „Wo san die Weiber?“, riefen sie durcheinander. Der Betrunkene juchzte laut und dem eilig herangeeilten Kellner wurde deutlich gemacht, dass die üblichen Regeln des Anstandes für die SS nicht galten. Der verhaltene Protest des Mannes verstummte, als ihm der Größte der Schar einen Fünfziger in die Brusttasche stopfte. „Bier und Schnaps, so lang das Geld langt, hast ghört?"

„Und was zum Essen wolln mir!"

„Bitte sehr die Herren, darf's ein Beuschel sein? Ganz frisch, die Spezialität des Hauses."

„Her damit! Hauptsach keine Polnische!"

Gelächter im Raum.

Man okkupierte den großen Tisch in der Mitte, und auch Steininger fand sich flugs auf einen Sessel gedrückt. „Was soll denn das? Auslassen, sag ich! Ich hab eine Amtshandlung vorzunehmen."

„Papa!"

Verwirrt blickte Steininger in die Runde. Tatsächlich! Einer der Burschen war sein Sohn! „Dolferl! Was machst denn du da?"

„Wir feiern! Weil s' uns bei der SS genommen haben. Bei der Verfügungstruppe! Grad vorhin haben wir die Uniform bekommen."

Steiningers Gesichtszüge hellten sich auf, und er betrachtete eingehend die schwarzen Uniformen, die bei manch einem schon ein bisschen mitgenommen aussah. „Das ist aber schnell gegangen!"

„Ja, die SS ist da flott. Ausgebildete Soldaten nehmen die mit Handkuss, grad jetzt. Ariernachweis ist ja sowieso kein Problem gwesen. Bei mir zumindest. Beim Schoiswohl Lois ist das ein bisserl anders gewesen, gell Lois?" Rudi ließ die Hand auf die Schulter des neben ihm Sitzenden fallen.

„Wieso?", fragte Steininger.

„Naja, es ist nicht gwiss gwesen, ob nicht die Oma vom Lois ein Panscherl mit einem Juden ghabt hat, gell?“ Rudi lachte schallend.

Schoiswohl blickte finster. „Red ned so daher, Dolferl. Weißt eh, wenn das einer ernst nimmt, kann's Umständ geben.“

„Aber warum denn, Lois, ist eh alles in Ordnung. Der Erzeuger von deinem Vater ist ein Arier gewesen, hat ja der Pfarrer bestätigt. Eigentlich ein Wahnsinn, dass man für so etwas Wichtiges wieder die Pfaffen braucht.“

Steininger nickte. Auch er hatte als Beamter einen Ariernachweis benötigt, und auch er war erleichtert, dass ihm von der Linzer Stadtpfarre die arische Herkunft bestätigt worden war.

„Das“, Rudi deutete auf seine Uniform, „das ist erst der Anfang. Wenn jetzt bald der Krieg kommt, geht's ruckzuck mit der Beförderung. Was glaubst, wie schnell ich Unterscharführer bin. Da kannst bei der Wehrmacht lang warten, bis du Unteroffizier bist.“

„Ja, da gratulier ich, Rudi, wirklich! Weiß das die Mama schon?“

„Noch nicht. Aber eins sag ich dir, wenn die wieder zum Sudern anfangt wegen dem Kirchenaustritt, zieh ich endgültig aus!“

„Keine Sorge, die Mama wird das schon verstehen. Jetzt, wo was wird aus dir! Ich bin stolz auf dich, Bub.“

„Geh Papa“, flüsterte Rudi, „sag doch ned Bub zu mir vor den Kameraden. Und überhaupt, mir ist Dolferl lieber als Rudi, hab ich dir ja schon gsagt. Und noch eins sag ich dir. Sobald ich Unterscharführer bin, heirat ich die Helga.“

„Unbedingt, Dolferl, unbedingt.“ Steininger hatte nur eine vage Erinnerung daran, dass die Mizzi kürzlich etwas von einer festen Freundin Rudis erzählt hatte. Deren Namen hatte er freilich vergessen.

„Wer ist denn das, Dolferl?“, fragte ein SS-Mann.

„Das ist mein Vater! Kriminalkommissar und Kriegsteilnehmer!“

Vielfache Bravorufe. Der Betrunkene erhob sich und deutete Verbeugungen in alle Richtungen an. Steininger bemerkte, dass der Gestapomann das Lokal verlassen hatte. Rudis Freunde nötigten Steininger, Bier und Schnaps zu trinken und vom Krieg zu erzählen. Dieser ließ sich nicht lange bitten, und nach einem halben Dutzend Sliwowitz erfand er erfolgreich abenteuerliche Heldentaten von der Isonzofront. Eigentlich war er nur einfacher Zahlmeister in der Heeresverwaltung gewesen. Nach dem Krieg waren ihm zwei Dinge klargeworden: Es hatten mehr Zahlmeister als Helden den Krieg unbeschadet überstanden. Nichtsdestotrotz galten Helden mehr als Zahlmeister. So war Steininger bereits vor Jahren dazu übergegangen, Geschichten seiner Heldentaten zu erfinden. Ein schlechtes Gewissen hatte er nicht, weil er außerdem festgestellt hatte, dass man erfundenen Erzählungen vom Krieg eher Glauben schenkte als wahren Erlebnissen.

Der Kellner brachte das Essen für die SS-Männer, die sich gierig darüber hermachten. Steininger konnte trotz des Lärms ganz deutlich seinen Magen knurren hören, und es gelang ihm, den Kellner am Arm festzuhalten. „Bringen S’ mir jetzt bitte auch ein Beuschel?“

„Beuschel ist aus, der Herr. Das sind die letzten Portionen. Einen Auflauf hätt ich noch, mit Birnenkompott.“

Der Kommissar schüttelte entsetzt den Kopf: „Was gibt’s denn sonst noch?“

„Gar nix mehr, der Herr. Da hätten S’ früher bestellen müssen. Sitzen eh schon länger da!“

Steininger schluckte. Mit glänzenden Augen beobachtete er das Verschwinden der Beuschel in den SS-Mägen.

„Warum bist denn eigentlich da?“, fragte Rudi nach einer Weile schmatzend.

Steininger seufzte. Er hätte doch den Ertl verhaften wollen, oder zumindest so tun, als ob. Und nun saß er da, an einem Tisch mit jungen SSlern, hatte eine Batterie leerer Gläser vor sich und unterhielt sich angeregt mit seinem Sohn. Er blickte sich um. Der Gestapomann saß wieder am Ecktisch, trank Bier und musterte die lärmende Runde mit Steininger in der Mitte. Ertl war mittlerweile längst weg. War er möglicherweise verhaftet worden, und war nun Steininger selbst an der Reihe? Oder war der Mann möglicherweise gar nicht von der Gestapo? Alles eine Folge seiner überreizten Nerven? „Ich muss jetzt gehen, Rudi, bin eh schon viel zu lang da. Die Mama wird sich Sorgen machen.“

„Geh Papa, bleib noch ein bisserl. Jetzt, wo's grad so gemütlich ist.“

„Na, nix da! Ich muss heim.“ Steininger erhob sich leicht schwankend und stürzte zur Tür hinaus. Aus den Augenwinkeln bemerkte er noch, wie ihn der Gestapomann grinsend anblickte. Nichts wie weg hier! Wenn es ihm schon an den Kragen gehen sollte, dann lieber jetzt. Besser gleich Gewissheit haben.

Er verließ das Lokal und stolperte davon, ohne sich recht klar zu werden, wo er war und wohin er wollte. Das grinsende Gesicht des Mannes wollte ihm nicht aus dem Kopf gehen. Er blickte sich um. Es waren nicht mehr viele Menschen unterwegs um diese Zeit. Zwei Männer in Ledermänteln auf der anderen Straßenseite gingen in Richtung Platzl. So gut es ging, verbarg sich Steininger in einem Hauseingang, bis die

Schritte der beiden nicht mehr zu hören waren, und eilte zur Donaubrücke. Die südliche Donauseite schien ihm unsinnigerweise sicherer zu sein als Urfahr, und er beeilte sich, die Brücke zu überqueren. Neben der alten Eisenbrücke arbeitete man bereits an der neuen, monumentalen Nibelungenbrücke. Überall lagen Bauholzstapel, Granitblöcke und Eisenträger. Als Steininger im Dunkeln über die Brücke stolperte, blickte er sich immer wieder um. Hinter jedem Kran, jedem Erdhaufen konnten Gestapomänner sein. Womöglich erwartete man ihn bereits auf Linzer Seite?

Auf dem Adolf-Hitler-Platz musste er kurz innehalten. Sein Herz raste. Er zerrte an seinem Kragen, war aber zu fahrig, um den Knopf öffnen zu können. Er sollte etwas mehr auf seine Gesundheit achten, dachte er, und beim Anblick des Alten Doms bat er Gott und alle Heiligen um Beistand. Er hastete weiter, vermied die Landstraße und eilte über Nebengässchen in Richtung Bürgerstraße. In der Mozartstraße raste ein Mercedes-Polizeiwagen mit Folgehornton vorbei. Erschrocken drückte sich Steininger wieder in einen Hauseingang. Er wartete einen Moment, dann ging er, sich immer wieder umblickend, heim.

Das Haustor war noch nicht abgeschlossen. Es war also noch nicht so spät, wie er gedacht hatte. In der modrigen Kühle des Stiegenhauses lauschte er zunächst, doch abgesehen vom Radioapparat aus der Wohnung der Rossmanns war nichts zu hören. Ohne Licht zu machen, schlich er die Stiege hinauf. Auf der letzten Stufe vor dem Stiegenabsatz seiner Wohnung stolperte er. Mit einem klatschenden Geräusch fiel er der Länge nach hin und unterdrückte ein Fluchen. Steininger rappelte sich auf und nestelte den Schlüssel hervor. Er hatte nur mehr den Wunsch, sich die verschwitzte Kleidung vom Leib zu reißen, sich zu waschen und ins Bett zu gehen. Er war sich nun sicher, hätte die Gestapo ihn verhaften wollen, hätte sie dies bereits auf dem Heimweg getan. Warum aber war er nur derart in Panik verfallen? Immerhin war er Kriminalkommissar, seit mehr als zwanzig Jahren im Dienst. Noch Anfang letzten Jahres war er vom Polizeipräsidenten Bentz anlässlich des zwanzigjährigen Jubiläums geehrt worden. Selbst Sedlak würde es nicht wagen, ihn zu verhaften. Oder gerade Sedlak?

Das mulmige Gefühl in Steiningers Magen kehrte zurück. Sie waren einander nie grün gewesen, und das Verhalten des Gestapomanns im aktuellen Fall zeigte doch, dass es um mehr ging als um das Gehabe rivalisierender Beamter. Und er hatte einen Fehler gemacht. Steininger hatte sich mit einem Hauptverdächtigen privat getroffen und ihm mehr von dem Fall erzählt, als er dürfte. Schlimmer noch, er hatte ihm zur Flucht verholfen. Selbst wenn Steininger nicht als Mittäter in Betracht gezogen wurde, sein Verhalten an diesem Abend rechtfertigte – nicht nur nach der Gestapopraxis, sondern auch nach herkömmlichem kriminalistischen Verständnis – eine Verhaftung. Wenn also Sedlak wollte, konnte er Steininger aus dem Weg räumen. Steininger dachte an Wögerers Hände, er dachte an Strasser und er dachte an Bentz: Wenige Wochen nach Steiningers Ehrung hatten die Nazis die Macht übernommen. Weitere zwei Tage später war die Leiche des Polizeipräsidenten gefunden worden – erschossen von denen, die nun das Sagen hatten.

Nach mehreren Versuchen war es ihm gelungen, das Schlüsselloch zu finden und die Tür zu öffnen. Durch die Milchglasscheiben der Küchentür war das dämmrige Licht der Deckenlampe zu sehen. Merkwürdig. War die Mizzi noch wach? Seit ihre Beine nicht mehr aufhörten zu schmerzen, ging sie früh ins Bett. Er wollte schon die Türe aufreißen, wie es seine Gewohnheit war, da hörte er eine fremde Stimme. Steiningers Bart juckte wie verrückt.

15
Mittwoch, 16. August 1939, 21 Uhr 30

Leonhard Wögerer öffnete die Tür zum Stiegenabgang und setzte seine Schritte, wie immer, wenn er in den Keller ging, langsamer als gewöhnlich. Bedächtig, aber nicht leise nahm er Stufe um Stufe. Er achtete darauf, mit dem Absatz seiner Stiefel zuerst aufzutreten. Das rhythmische Klacken, das dabei entstand, hallte in dem schachtartigen Abgang wider. Er wusste, unten im Keller hörten sie ihn, auch jene, denen es vergönnt gewesen war einzuschlafen. Der Schlaf hier unten war unruhig, schreckhaft, zur Angst bereit.

Gerade war Ruhe eingekehrt, es begann die stillste Zeit im Haus, zumindest in den Stockwerken, die über der Erde lagen. Die Nächte rochen bereits nach Herbst. Es waren nicht die sinkenden Temperaturen, sondern es war der Duft nach feuchtem Holz und ausgedörrtem Laub, der selbst hier in der Stadt in die Nase stieg. Zumindest er, der im Wald aufgewachsen und den größeren Teil seines Lebens dort verbracht hatte, nahm diesen Geruch ebenso deutlich wahr wie die Städter den Gestank, den die Rauchfänge der Franck-Fabrik ausstießen. Selbst da unten, im Keller, konnte er hinter dem Geruch von Angst, Schweiß, Urin und Moder noch die Jahreszeiten wahrnehmen.

Wögerer zögerte kurz. Dass ihm ausgerechnet auf dieser Stiege die merkwürdigsten Gedanken kamen.

Ein paar Tage zuvor hatte er darüber nachgedacht, was mit Deutschland geschähe, wenn der Führer einem Attentat zum Opfer fiele. Überall sonst hätte er sich diesen Gedanken verboten, der Führer war ein ‚Ausersehener', manch einer hatte es schon versucht, aber niemandem würde es gelingen, ihn zu ermorden. Auf dieser Stiege aber gestattete Wögerer sich das Gedankenexperiment eines Reichs ohne Adolf Hitler. Wer würde das Erbe bewahren? Wer die Feinde davon abhalten, sich über Deutschland herzumachen? Er kam zu keinem befriedigenden Ergebnis. Wögerer wusste, ihm fehlte einiges an Bildung, um derlei Fragen tiefgründig zu erörtern. Sein Chef, ja, der wäre der Richtige dafür, doch er wagte nicht, mit ihm ein Gespräch darüber anzufangen.

Laut pfeifend setzte Wögerer seinen Weg die Stiegen hinunter fort. Spätestens jetzt wussten sie da unten, wer sich ihnen näherte. Manche verkrochen sich unsinnigerweise im hintersten Winkel. Einer hatte sich Wochen zuvor vor Angst in die linke Hand gebissen. Noch im Verhörraum hatte die Wunde geblutet. Denn wie stets pfiff er dieselbe Melodie, einen ‚Boarischen', und alle, die in einem der Löcher im Keller saßen, auch wenn sie erst einen Tag hier waren, wussten, dass es nur einen Mann im Haus gab, den diese Melodie begleitete. Früher, als er noch Holzknecht im Salzkammergut gewesen war, hatte Wögerer viel mit den anderen gesungen und gepfiffen, damit die Arbeit schneller von der Hand ging. Hier, auf dem Weg zum Zellentrakt der Gestapoleitstelle in der Langgasse, pfiff er, um sich anzukündigen, um die Nacht für alle im Zellentrakt ins Unendliche zu dehnen. Für die da unten ging es um Leben und Tod, aber das war jetzt nicht einmal das Wichtigste. Jetzt ging es um den Schmerz. Wögerer konnte nur ahnen, wie sich die Schmerzen anfühlten, die er verursachte. Die Gefängnisse der Schuschniggzeit, die er als Häftling kennengelernt hatte, waren in dieser Hinsicht zögerlicher gewesen.

Wögerer war nicht der Einzige, der um diese Zeit verhörte, aber er war der Gefürchtetste. Er selbst wusste am besten, warum. Da waren einmal seine kräftige Statur und seine von jahrelanger harter Arbeit gezeichneten Hände, denen in diesem Keller alles zu tun erlaubt war. Da waren aber auch seine psychologischen Tricks, immer wieder neue Varianten, die er sich einfallen ließ, um ans Ziel zu kommen. Manchmal war ein Gefangener bereits im Verhörzimmer, noch ehe Wögerer die Stiege hinabgegangen war. Der Gefangene wusste nicht, von wem er verhört werden sollte, hoffte aber, es würde nicht Wögerer sein. Stundenlang musste der Gefangene im Verhörzimmer verbringen, mit sich alleine gelassen. Manchmal kam ein Beamter, der ihn nur nach seinem Namen fragte, manchmal kam niemand, und er wurde wieder in die Zelle zurückgebracht.

Gelegentlich hörten die Gefangenen in der Nacht Wögerer pfeifend die Stiege herunterkommen. Sie hörten, wie der Verhörraum aufgesperrt wurde und dann – nichts. Sie wussten, jemand würde verhört werden, aber nicht, wen es treffen würde. So konnte Stunde um Stunde vergehen, während sie in ihren Zellen auf die Entscheidung warteten. Niemand hier unten vermochte mehr zu schlafen, manche fluchten, manche beteten, manche weinten. Alle aber waren sie zermürbt, wenn sie schließlich in den Verhörraum nebenan gebracht wurden.

Auch an diesem Abend hatte sich Wögerer für diese Variante entschieden. Er setzte sich in den unbequemen Holzsessel, zündete eine Zigarette an und blickte auf den kümmerlichen Lichtschein, den die Glühbirne über dem Tisch ausströmte. An den Wänden und auf der Tischplatte waren Blutspritzer zu erkennen. Sie waren bewusst nicht entfernt worden, sie gehörten zum Programm. Erst jetzt überlegte Wögerer, was genau er den Mann, der am Tag zuvor eingeliefert worden war, fragen würde. Er war noch nicht richtig dazugekommen, die Erkenntnisse des letzten Tages zu ordnen.

Gemeinsam mit Sedlak hatte er die Parteien des Wohnhauses der toten Bremstaller auf Herz und Nieren überprüft. Natürlich war das alles schon von der Kriminalpolizei gemacht worden, aber sein Chef misstraute den Kollegen aus der Mozartstraße und hoffte nicht zu Unrecht auf die Wirkung von dunklen Ledermänteln und Gestapoausweisen. Der Mord war um 23 Uhr in der Wohnung der Alten geschehen, das Haustor war, wie jeden Tag, eine Stunde zuvor geschlossen worden. Der Hausmeister Hennerbichler war noch nicht zuhause gewesen, aber seine Frau hatte seinen Dienst übernommen. Sie hatte nach 22 Uhr nur vom Kommerzialrat Berger das Sperrgeld kassiert. Da vor 22 Uhr kein Fremder im Haus gesehen worden war, ging Sedlak davon aus, dass der Mörder ein Nachbar der Alten sein musste. Ein belastbares Alibi hatte eigentlich niemand im Haus, auch die Aussagen hatten ein paar Ungereimtheiten ergeben. Ein Einziger wollte zur Tatzeit eine junge Frau im Stiegenhaus gesehen haben. Und das Motiv? Die Bremstaller hatte vor Jahren Geld geerbt, das aber längst verschwunden war, vielleicht hatte sie es vor langer Zeit schon verjubelt. An diesem Punkt hatte Sedlak entschieden, sich auf den aus seiner Sicht Hauptverdächtigen zu konzentrieren. Wögerer hielt das für etwas voreilig. Auch wenn Sedlak es untersagt hatte: Was beispielsweise sprach dagegen, Hennerbichler näher zu befragen? Als Parteigenosse musste er nicht vertrauenswürdiger sein als andere. Im Gegenteil: Was beispielsweise hatte er mitten in der Nacht in der Wohnung des Mordopfers zu suchen? Bei einer Inspektionsrunde durchs Haus habe er ein Geräusch aus der Wohnung gehört. Lächerlich! Als ob der versoffene Kerl im Haus Kontrollgänge machen würde! Natürlich hatte er nachschauen wollen, ob sich nicht etwas abzweigen ließe in der Wohnung der Alten. Eine kleine, verspätete Arisierung, und noch dazu ohne Juden! Im letzten Jahr, als man darangegangen war, sich bei den Juden zu bedienen, waren ein paar Hausmeister in Linz reich geworden. Hennerbichler hatte halt das Pech gehabt, keine Juden im Haus gehabt zu haben. So war er damals leer ausgegangen. Wögerer hätte ihm eine kleine Entschädigung für den illegalen Kampf durchaus vergönnt. Auch Hennerbichler hatte sich vor 1938 für die Partei ausgezeichnet. Sollte ruhig was haben davon, die arme Sau!

Auch Wögerer hatte immer wieder Gelegenheit gehabt, etwas zu ‚requirieren', wie sie das in den ersten Wochen genannt hatten. Aber im Grunde genommen lag ihm nichts daran, seine Position auszunützen. Gewiss, wenn sich ihm, so wie vorhin, die attraktive Frau eines Gefangenen anbot, um damit Vorteile für ihren Mann herauszuholen, dann sagte er nicht nein. Aber das war dann auch schon alles.

Viel größere Freude bereitete ihm die heutige Nacht. Der Gefangene, den er sich bald holen lassen würde, war ihm aus seinem alten Leben bekannt. Damals, als Wögerer noch Holzknecht gewesen war in Gosau und gelegentlich bei Jagden aushelfen hatte müssen, hatte er ihn zum ersten Mal gesehen.

Ein Linzer, so hieß es, hätte die Jagd vom alten Hofrat Auerbach übernommen. Der hatte, nachdem er schon die Jahre zuvor nur mehr gelegentlich mit deutschen Gästen aufgetaucht war, mit seinen annähernd achtzig Jahren die Jagd an einen Freund seines Schwiegersohnes verkauft. Da waren dann andere Zeiten angebrochen: Beim alten Hofrat war es noch üblich gewesen, ihm zu Neujahr in seinem Jagdschlössl die Aufwartung zu machen, dafür erhielt man ein Geschenk als Dank für die Dienste im vergangenen Jahr. Und weil er die letzte Zeit nur mehr wenig zum Jagen gekommen war, drückte Auerbach ein Auge zu, wenn ein Einheimischer selbst einmal die Flinte zur Hand nahm und wilderte. Zu häufig hatte das natürlich nicht sein dürfen, und die schönsten Böcke waren nach wie vor dem Hofrat vorbehalten gewesen. Beim neuen Linzer Jagdherrn hatte das auf einmal nicht mehr gegolten. Als die Männer aus dem Dorf, allesamt Jagdhelfer und Wilderer, im ersten Jahr Neujahrwünschen gegangen waren, schmiss er sie hinaus. Mit der Bettelei sei nun Schluss, hatte es geheißen. Und wehe, ihm war von seinem Förster etwas über Wilderei zugetragen worden. Die ganze Gendarmerie aus der Gegend hatte der neue Jagdherr angesetzt, um den Wildschützen zu fangen. Lächerlich! Im Salzkammergut war bei jedem ein Stutzen in der Kammer zu finden gewesen. Wenn die Kinder mit hungrigen Mäulern dasitzen mussten, weil von der Saline wieder Leute auf die Straße gesetzt worden waren, schaute man natürlich, Fleisch in die Töpfe zu bekommen.

Auch Leonhard Wögerer hatte damals häufiger das Gewehr genommen, um für seine Familie Essen auf den Tisch zu bekommen. Sein Vater hatte wegen schwerer Gicht nicht mehr unter Tage arbeiten können. Die Pension hatte hinten und vorne nicht gereicht, um die Familie durchzubringen, noch dazu, wo Andreas, das etwas schwächliche, jüngste Kind der Familie nichts hatte beisteuern können, nachdem sich eine Anstellung in der Ischler Kurverwaltung zerschlagen hatte. Ein halbverhungerter Rehbock war dem Leonhard vor die Flinte gelaufen. Es war wenig an ihm dran, aber an diesem eiskalten Wintertag des Jahres 1935 war alles recht gewesen, um den Magen zu füllen. Den Harreither Sepp, Förster schon beim alten Auerbach, hatte Wögerer nicht kommen hören. Kaum hatte er sich den Bock auf die Schultern gelegt, war er dagestanden, der Sepp, und hatte nicht recht gewusst, ob er dem Wögerer die Flinte vor die Brust halten solle oder nicht. Dass er ihn der Gendarmerie übergeben und dem Jagdherrn melden müsse, hatte er gesagt, er, der Leonhard, wisse ja, der sei da sehr streng. Ohne den Bock auf den Schultern hätte Wögerer ihm vermutlich eine Ohrfeige gegeben. Ob sich der Sepp nicht schäme, hatte er geschrien, jetzt den wilden Mann zu markieren, wo ein paar Jahre zuvor, unterm alten Hofrat, das alles noch egal gewesen war. Und außerdem habe daheim keiner was zum Fressen, und von dem Bock würde sich der feine Herr aus Linz nicht einmal die Krickerl aufhängen wollen, so verhungert war der. Dem Förster war die Sache sichtlich unangenehm gewesen, aber der neue Jagdherr war strikt. Jeder Wilddiebstahl war mit voller Härte zu ahnden gewesen. Wögerer hatte ins Gefängnis müssen.

Nach seiner Entlassung hatte der Jagdherr dafür gesorgt, dass Wögerer in der Gegend keine Arbeit mehr finden konnte. Ein Arbeitskamerad, der lange im Bayrischen gewesen war, hatte ihm mehr von Hitler erzählt. Bis dahin hatte Wögerer nur gewusst, dass der Mann in Deutschland für Arbeit sorgte. Er hatte sich kurzerhand aufgemacht und bei Rosenheim mühelos Arbeit gefunden. Von nun an hatte er gute Reichsmark nach Hause schicken können. Er war überrascht gewesen, dass nur wenige Kilometer von seiner Heimat entfernt scheinbar jeder Arbeit finden konnte. Wögerer hatte sich für den Nationalsozialismus zu interessieren begonnen, und eines Tages, bei einer Veranstaltung, hatte ihm jemand von der ‚Österreichischen Legion' erzählt. Genau genommen hatte ihn also der Linzer Jagdherr zum Nationalsozialismus gebracht.

Wögerer zündete sich eine neue Zigarette an und lächelte. Eigentlich müsste man sich bei dem Mann bedanken, noch dazu, wo man einander nun so nahe war! Er überlegte, ob er mit den Nieren anfangen sollte oder mit den Fingern. Im Gang hörte er Schritte: die kleinen, schlurfenden des Gefangenen und die weiter ausholenden des Beamten, der ihn zum Verhörraum begleitete. Die Tür öffnete sich, der Mann wurde hereingestoßen, der Wachbeamte ging und schloss die Tür hinter sich. Der Gefangene blinzelte in Wögerers Richtung, ihn blendete selbst das schwache Licht der Glühbirne. Er erkannte den Gestapobeamten nicht, der breitbeinig auf dem Holzsessel saß und grinsend die Zigarette ausdämpfte.

„Kennst mich nicht mehr, gell?"

Ein Kopfschütteln.

„Mach's Maul auf, wenn ich mit dir red!"

„Ja."

„Jawohl, heißt das!"

„Jawohl."

Wögerer grinste. Sogar die Hacken schlug der Kerl zusammen, man musste diesen feinen Pinkeln nur schärfer kommen, schon parierten sie.

„Also, kennst mich nimmer?"

„Nein."

„Macht nix. Aber ich kenn dich. Hast einmal eine Jagd gehabt. Im Salzkammergut drin. Übernommen vom Hofrat Auerbach."

Der Gefangene sagte nichts, aber Wögerer merkte, wie der Mann sein Gedächtnis durchforstete.

„Du hast mich angezeigt. Beim Bezirksgericht Bad Ischl, wegen Wilddiebstahls. Unterhalb von der Iglmoosalm ist das gewesen."

Der Gefangene hob den Kopf. In seinen Augen war etwas zu lesen, das Überraschung, Bestürzung, Angst ausdrückte.

„Aber jetzt reden wir nimmer über die alten Geschichten. Wie du siehst, bin ich ned nachtragend. Jetzt unterhalten wir uns über ganz was anderes, du Sau. Oder soll ich immer noch Herr Kommerzialrat Berger sagen?"

16
Mittwoch, 16. August 1939, 22 Uhr

Zögernd öffnete der Kommissar die Küchentür. Marianne Berger saß Maria Steininger gegenüber an dem alten Tisch, dessen Weiß schon vor Jahren begonnen hatte abzublättern und für den sich seine Frau sichtlich schämte. Genauso wie für die altmodische Kredenz, die knarrenden Sessel und das einfache Kleid, das sie trug.

Die Schürze hatte sie noch abgenommen und auch rasch eine Strähne des zunehmend grauen Haars aus der Stirn gestrichen, als es unerwartet spät geklopft hatte. Neben der elegant gekleideten Dame, die einem Modejournal entsprungen sein mochte, fühlte sie sich ebenso alt und schäbig, wie ihr nun ihre Wohnung erschien. Sie hatte sich nicht dafür geschämt, der Frau Kommerzialrat keinen teuren Sherry anbieten zu können, wohl aber für das Glas, in das sie dem unerwarteten Gast Wasser eingefüllt hatte. Obwohl es ihr bestes war, erschien es nun abgestoßen und stumpf. Marianne Berger schien nicht darauf zu achten.

Leise hatten sie über dieses und jenes geredet, Alltagsdinge, das Wetter, die Kinder. Frau Berger hatte immer wieder auf die Armbanduhr geblickt. Maria Steininger hatte geredet und geredet, hatte sich bemüht, nicht am unangenehmen Thema, das die Berger hierhergeführt haben musste, zu streifen. Sie hatte sich vor dem Schweigen gefürchtet, denn es war kein gleichgültiges Schweigen wie zwischen alten Eheleuten, und sie hatte gehofft, ihr Mann käme möglichst bald nach Hause. Als er endlich den Kopf zur Tür hereinsteckte, war sie erleichtert. Sie verließ die Küche. Auch Frau Berger erhob sich.

„Mein Name ist Berger, Frau Kommerzialrat Berger. Sie wundern sich bestimmt, Herr Kommissar, dass ich Sie daheim aufsuche."

„Schon", sagte Steininger, der es gar nicht leiden konnte, wenn ihn seine Fälle auch noch zuhause einholten. „Aber setzen Sie sich doch bitte wieder."

„Der Herr Heumader war so liebenswürdig, mir Ihre Adresse zu verraten."

Natürlich, der Heumader wieder, ärgerte sich der Kommissar. Dem würde er die Leviten lesen! Zu allem Überdruss hat nun auch Mizzi das Weite gesucht und damit der einzige Mensch, der ihm verraten konnte, wie man sich einer feinen Dame gegenüber verhielt. „Wollen S' vielleicht einen Schnaps? Von der Schwägerin, ein prima Nussgeist ist das!"

Marianne Berger lehnte lächelnd ab. „Sie können sich vermutlich denken, was mich zu Ihnen führt."

„Ehrlich gesagt, nein."

Sie blickte ihn erstaunt an. „Das überrascht mich, gibt mir aber auch etwas Hoffnung. Mein Mann ist heute von der Gestapo verhaftet worden."

„Von der Gestapo?" Steininger riss die Augen auf. Hatte der Sedlak den Berger also tatsächlich einkassiert! Für den Ertl und ihn war das eine hervorragende Nachricht, bedeutete dies doch, dass sich die Kollegen aus der Langgasse fürs Erste nicht auf die beiden konzentrierten. Innerlich klopfte sich Steininger auf die Schulter: Hatte nicht er Sedlak darin bestärkt, in Berger den Hauptverdächtigen zu sehen? „Das ist natürlich ... überraschend", sagte er, bemüht, sich die Freude nicht anblicken zu lassen.

„Tragisch ist das, Herr Steininger, für mich ist das tragisch. Sehen Sie, gerade ist Valerie, unsere Tochter, aus Ostpreußen zurückgekehrt. Wir haben gedacht, jetzt geht alles wieder seinen gewohnten Gang, nachdem wir wochenlang Ängste um sie ausgestanden hatten. Und auf einmal wird mein Mann verhaftet aufgrund eines absurden Verdachts." Marianne Bergers stark geschminktes Gesicht hatte sich gerötet. Die Verhaftung ihres Gatten hatte sie sichtlich mitgenommen.

„Frau Kommerzialrat, Sie dürfen nicht vergessen, Ihr Mann ist in der Wohnung der toten Frau Bremstaller gefunden worden. Was hat er denn dort zu suchen gehabt?"

„Der wahre Verbrecher ist doch dieser Hennerbichler!", stieß sie hervor. „Der war ebenfalls in der Wohnung, *und* er hat meinen Mann niedergeschlagen. Ein Wunder, dass Alfred noch lebt. Dieser Hausmeister hat doch schon lange auf die Erbschaft von der Bremstaller reflektiert. Er wäre längst verhaftet, wenn er nicht ..." Sie verstummte und starrte auf das Glas Wasser, das sie mit beiden Händen umklammert hielt, so als könne sie damit die Schieflage korrigieren, in die ihr Leben geraten ist.

„Sie haben das gewusst von der Erbschaft?"

Marianne Berger errötete. „Jeder im Haus hat das gewusst. Nur im Unterschied zu uns hat manch anderer im Haus Geld gebraucht."

„Wer konkret?"

„Der Hennerbichler ist doch ein Trinker und ein Spieler. Einmal ist er sogar meinen Mann um Geld angegangen."

„Wann ist das gewesen?"

„Vor drei Monaten etwa, Alfred hat ihm natürlich nichts gegeben. Die Frau und die Kinder können einem leidtun."

„Wer noch?"

Sie überlegte kurz. „Die Schoiswohl. Ihr Sohn ist – bitte entschuldigen Sie diesen Ausdruck – ein missratener Kerl. Er nutzt sie aus, wo er nur kann, bettelt immer wieder um Geld und bekommt es auch. So wenig mich mit Frau Schoiswohl verbindet, so sehr bedauere ich sie, dass sie in ihrer Affenliebe zu ihrem Sohn gefangen ist."

„Ja, das kenn ich. Ist oftmals so bei den Frauen. Und der Herr Rosental?"

„Sie meinen den Herrn Rosenberg?"

Steininger nickte verwirrt.

„Von ihm weiß ich nichts. Nichts in Bezug auf Geld jedenfalls."

„Sie sind erstaunlich gut informiert über die Vorgänge im Haus."

„Diese Dinge sind ... im Haus allgemein bekannt."

„Wenn man sich dafür interessiert."

„Meine Haushälterin lässt gelegentlich Bemerkungen fallen."

Steininger nickte erneut. So war das mit den besseren Herrschaften. Waren dasselbe neugierige Volk wie alle anderen auch. Er stand auf, holte die Flasche Nussgeist und ein Glas aus der Kredenz. Aus der vagen Vermutung, damit eine höfliche Geste zu setzen, schenkte er das Stamperl voll und stellte es vor Frau Berger ab. Überrascht, dass sie es tatsächlich mit spitzen Fingern nahm und daran nippte, tat er einen tiefen Zug aus der Flasche. „Und was wollen Sie jetzt von mir?"

„Mein Mann ist zu Unrecht verhaftet worden. Ich will damit natürlich nicht sagen, dass die Gestapo falsch oder schlampig ermittelt hätte, aber in diesem Fall waren Ihre Kollegen doch etwas ... voreilig." Sie beugte sich zu ihm vor. „Man sagt, Sie seien ein intelligenter Mann, der in vielerlei Hinsicht weitblickender ist."

Er winkte errötend ab. „Ah geh, was reden S' denn da." Insgeheim aber musste Steininger ihr Recht geben. Andere mochten klug wirken, aber er *war* es!

„Doch, doch, bestimmt!", bekräftigte sie.

„Frau Kommerzialrat, was soll ich sagen? Auch wenn ich Ihre Meinung teilen würde, das heißt, ich sag ja gar nicht, dass ich Ihren Mann nicht für verdächtig halt, aber auch wenn's so wäre, dass er nicht der Täter ist, was könnte ich da machen?"

„Aber, Herr Kommissar! Ich verlange ja gar keine Vorzugsbehandlung für meinen Gatten, jetzt, wo wir doch alle Volksgenossen sind. Ich möchte nur gerechte Behandlung. Gleiches Recht für alle."

„Gerechtigkeit, freilich, das ist nur natürlich." Steininger nickte eifrig.

„Und Sie, Herr Kommissar", Frau Berger legte ihre Hand auf den Unterarm Steiningers, „sind doch der Einzige, der das bei der Gestapo durchsetzen kann."

„Das könnte sein“, bestätigte er. Er nahm erneut einen tiefen Schluck aus der Flasche und schenkte Frau Berger ebenfalls noch ein Glas voll. „Den Kollegen Sedlak kenn ich von früher. Der ist mein Lehrbub gewesen, müssen S' wissen. Ohne mich wär der gar nichts. Der tut, was ich sag.“ Je länger die manikürten Finger der Frau Kommerzialrat auf Steiningers Unterarm lagen, desto überzeugter war er, nur Sedlak anrufen zu müssen, um Berger freizubekommen. „Frau Kommerzialrat“, sagte er mit feierlicher Stimme und legte seinerseits seine Pranke auf den blassen Handrücken der Frau Berger, „ich versprech Ihnen, Ihrem Mann wird nichts passieren.“

Marianne Berger lächelte erleichtert. „Herr Kommissar, ich hab gewusst, dass ich in Ihnen einen Freund finden werde.“

Steininger wurde rot. Hoffentlich hatte das die Mizzi nicht gehört.

Aber die Mizzi hatte das sehr wohl gehört. Das heißt, gehört hatte sie es nicht, aber durch die Milchglasscheiben der Küchentür waren ein paar Bewegungen wahrzunehmen gewesen, die nicht so recht zu einer polizeilichen Befragung passen wollten. Nachdem die Berger gegangen war, stand sie auch schon in der Küche. „Eines sag ich dir, Pepi! Wenn du noch einmal so mir nix dir nix wildfremde Leut einladen tust, und bessere noch dazu, gibst mir vorher gefälligst Bescheid. Wie das ausgeschaut hat! Ich hab nix gerichtet ghabt. Nix zum Aufwarten ist daheim gwesen. Und zusammengeräumt war auch nicht ordentlich. Was sich die von mir denken muss!“

Der Kommissar schaute betrübt. „Aber die ist ja einfach so gekommen. Schuld hat der Heumader, der hat ihr die Adresse geben.“

Maria Steininger brummte unwirsch. „Was hat's denn überhaupt wollen, die feine Frau Kommerzialrat?“

„Darf ich dir nicht sagen. Es geht um einen Fall, den ich grad hab."

Sie sah ihn mit jenem Blick an, der keine Heimlichtuerei duldete.

Steininger seufzte. „Der Sedlak hat ihren Mann verhaftet, und ich soll schauen, dass sie ihn wieder auslassen."

„Und?"

„Was und?" Nun, da die schlanke Hand mit den lackierten Fingernägeln nicht mehr auf dem Unterarm des Kommissars ruhte, schien das Versprechen, das er gegeben hatte, doch nicht mehr so einfach einlösbar. „Ich schau halt, dass ich was machen kann!"

„Das heißt, die feine Frau Kommerzialrat hat dir recht schön getan."

„Aber Schmarrn. Sie hat nur gsagt, dass ich weitblickend bin. Und das stimmt ja. Könntest du ruhig auch einmal zugeben."

„Ich sag, du bist ein alter Gockel. Kaum schmiert dir so ein feines Weiberleut mit lackierten Nägeln den Grieß ums Maul, rennst schon. Aber dass du dir beim Sedlak den Kopf einrennen wirst, ist dir schon klar, oder?"

„Ich hab ihr ja gar nichts versprochen", log er.

„So eine Blödheit wirst ja nicht einmal du anstellen. Und jetzt tu endlich die Flasche weg. Sag nur, du hast neben ihr aus der Flasche getrunken?"

„Ihr hab ich eh ein Stamperl gegeben."

„Mein Gott, Pepi, mit dir ist's nur zum Genieren! Nur weil du so ein ungehobelter Kerl bist, hat man eine Nachred."

„Apropos, ich hab vorher den Rudi getroffen. Den haben s' genommen bei der SS."

„Den Rudi?" Sie sank auf einen Küchensessel. „Wie ist das denn auf einmal gegangen?"

„Die suchen jetzt Leute. Wahrscheinlich wegen der Polen."

„Glaubst, dass es einen Krieg geben wird?"

„Aber, wie denn! Der Führer haut wieder auf den Putz, und die Engländer und Franzosen tun ja doch wieder nichts. Wirst sehen. In drei Wochen haben wir Danzig wieder."

„Wieso wieder, wir haben's ja nie ghabt. Außerdem, es ist ja nicht verschwunden von der Landkarte, also ist es gar nicht weg."

„Von der Politik verstehts ihr Weiberleut nichts!"

„Aha, aber der Herr Parteimitgliedschaftsanwärter halt schon, gell?"

Steininger riss die Augen auf. Die Mizzi wollte partout streiten! Und das alles wegen einer einparfumierten Modepuppe, die sich in ihre Küche verirrt hatte. „Ich versteh was von der Politik. Schließlich bin ich im Krieg gewesen. Seit wir Deutsche sind, Mizzi, müssen wir aufpassen, dass die polnische Bagage unser Danzig nicht einkassiert. Drum müssen wir's holen, ins Reich, also heim! So schaut's aus! Und die Polen haben sowieso eine Abreibung verdient! Da muss man Stärke zeigen gegen die Einkreisungspolitiker in England und Frankreich! Weil sonst heißt's überhaupt: ‚Ade, mein Land Tirol'!"

„Danzig, Tirol – also, Pepi, jetzt redest dich wieder in einen Wirbel hinein." Sie nahm das leere Stamperl von Frau Berger zur Hand und füllte es mit Schnaps.

Steininger nahm das als Erlaubnis, selbst noch einen kräftigen Schluck zu nehmen und sich überdies eine Zigarette anzuzünden.

„Ich hoff, dass der Führer gscheiter ist als wie du, Pepi. Ich will nicht, dass der Bub in den Krieg muss."

„Das wär halb so wild, Mizzi! Die Gschicht wird schon nicht so arg werden!"

„Aber, ich versteh nicht, wieso er jetzt so schnell in die SS geht. Ich hätt mir dacht, dass er bei einem Amt eine schöne Stellung kriegt. Dann wär's auch leichter mit dem Heiraten."

„Kommt alles noch, Mizzi", brummte Steininger begütigend.

„Und ich hab auch gedacht, dass die sowieso nur Leute nehmen, die nicht in der Kirche sind."

„Vielleicht ist er eh nicht mehr dabei. Wer kann schon hineinschauen in die jungen Leut!"

Sie schüttelte den Kopf. „Nein, das geht doch nicht. Der Bub kann nicht einfach ..."

„Ist alles halb so wild, Mizzi", versuchte er sie zu trösten. „Wenn's zum Heiraten wird, wird er schon wieder eintreten. Und so, wie er geredet hat, dauert's nimmer lang!"

„Wirklich? Die Helga? Glaubst, dass sie ...?"

„Was?"

„Na, dass sie müssen?"

„Ja, glaubst du, die haben schon miteinander ...?" Steiningers Gesichtszüge hellten sich auf. „So ein Haldodri!", lachte er und trank den Rest vom Schnaps.

„Aber von was sollen s' denn leben? Bei der SS wirst auch nicht mehr verdienen als beim Barras."

„Aber Mizzi, glaub's mir, der Bub wird ruckzuck Offizier, bei der SS ist das ganz anders als wie bei der Wehrmacht. Und wenn ein Krieg ist, geht's ja ganz rasant. Und überhaupt hat er auch Pensionsanspruch!"

Frau Steininger starrte auf das Schnapsglas. „Ich weiß ned, mir gfallt das nicht. So einfach aus der Kirche austreten, als wär's der Musikverein. Das nimmt kein gutes End. Und die Helga? Passt der das, dass er ausgetreten ist?"

„Was weiß ich“, brummte Steininger, der nun rechtschaffen müde war.

Ihre Gesichtszüge hellten sich auf einmal auf. „Du, glaubst, dass er vielleicht in Mauthausen in dem Konzentrationslager arbeiten könnt? Dort ist ja SS. Dann hätt er nicht so weit heim. Das ist ja quasi wie ein Gefängnis.“

„Mizzi, ich weiß nicht recht. Am End heißt's dann unter seinen Kameraden, er ist ein Drückeberger.“ Steininger wurde mulmig zumute. Soviel ihm von Mauthausen bekannt war, war das kein Ort, an dem er seinen Sohn wissen wollte.

„Aber bevor er totgeschossen wird?“

„Wird sich alles weisen, Mizzi. Du, was hat denn eigentlich die Bergerin erzählt, bevor ich gekommen bin?“

Nur zögernd konnte Maria Steininger ihre Gedanken von ihrem einzigen Sohn wenden. „Dies und das halt. Zuerst hab ich mir gedacht, mich trifft der Schlag, wie so eine Dame vor der Tür gestanden ist. Ich hab ja gar nichts gerichtet ghabt. Und zusammengeräumt war auch noch nicht ganz ...“

„Hat doch gepasst, Mizzi. Außerdem hat die ganz andere Sorgen.“

„Du, Pepi, aber eins sag ich dir. Gleich nächste Woche gehen wir ins Möbelhaus. Beim Gatterbauer am Graben sollen's jetzt recht schöne Modelle haben.“

Steininger hob abwehrend die Hände. „Für so was hab ich keine Zeit und kein Geld. Jetzt sag schon, hat's was ausgeplaudert?“

„Sie hat mir gesagt, dass sie ihren Mann verhaftet haben. Und dass er wegen einer Lappalie zum Verdächtigen geworden ist. Weil er da halt zufällig in der Wohnung von der Toten niedergeschlagen worden ist.“

„Und?“

„Ja, und dass sie schon seit einiger Zeit eine schlechte Nachred haben im Haus und sie deswegen eigentlich schon längst hätt wegziehen wollen. Und dass sie das hätten tun sollen, weil sie sich dann das Ganze jetzt erspart hätten.“

„Noch was?“

„Dass er doch eh kein Geld gesucht hat. Für was auch?“

„Ja, so Leut müssen sich nicht um Geld kümmern. Die stinken ja förmlich danach.“

„Mir ist’s aber vorher so vorgekommen, als ob du’s ganz gern riechst, wie die duften, die feinen Herrschaften!“

„Geh Mizzi, jetzt hör aber auf! Weißt eh, dass mir ein Parfum wurscht ist.“

„Das Parfum vielleicht schon. Aber die Frau, die sich einparfumiert hat, nicht!“

„Mizzi! Glaubst du am End wirklich, dass die mir gefällt?“

Sie blickte ihn trotzig an.

Steininger verstand die Welt nicht mehr. Jahrelang hatte seine Frau ihm seine Esserei und Trinkerei vorgehalten. Hatte ihm vorgeworfen, er interessiere sich für nichts anderes auf der Welt. Und auf einmal hieß es, er interessiere sich *zu sehr* für etwas, was weder gegessen noch getrunken werden konnte. Sein Bärtchen juckte. „Weißt doch eh, dass ich das schönste Mannequin gegen einen Schweinsbraten tauschen würd!“

Sie starrte ihn kopfschüttelnd an. Was war nur aus dem Mann geworden? Vor ihrer Hochzeit hatte er ihr sogar gelegentlich Blumen oder Konfekt geschenkt, und nun? Ein Schweinsbraten war ihm lieber als eine verführerische Frau! Wogegen würde er dann sie mit ihrem Kreuzweh, ihren ausgetretenen Pantoffeln und ihrer ewigen Rechnerei ums Haushaltsgeld tauschen? Gegen ein Seidel Bier?

„Mizzi, das stimmt schon", fuhr Steininger ungerührt fort. „Wenn der Hausmeister in der Wohnung von der Bremstaller was sucht oder sonst wer aus dem Haus, dann geht's sicher um Geld. Aber ausgerechnet der Berger? Da geht's um was ganz anderes."

Trotz seiner Müdigkeit und seines Unwillens, sich über Gebühr mit diesem Fall zu beschäftigen, begann Steininger zu überlegen: Der Sedlak hatte erwähnt, dass der Kommerzialrat als Anhänger des Schuschniggregimes in seiner Position nur mehr geduldet werde. Die Berger wiederum hatte der Mizzi erzählt, sie hätten eine schlechte Nachrede im Haus. Womöglich aus demselben Grund? Vielleicht hatte er in dem Zusammenhang etwas gesucht bei der Bremstallerin? Etwas, das er nicht hatte finden können, weil er zuvor bereits niedergeschlagen worden war und das folglich noch in der Wohnung sein musste? Nur, was könnte eine Postratswitwe haben, das einen so feinen Mann dazu gebracht hatte, mitten in der Nacht in eine fremde Wohnung einzusteigen?

17
Donnerstag, 17. August 1939, 12 Uhr

„Da sind S', Herr Kommissar, na endlich. Ein Glück, dass ich Sie erwisch." Der junge Mann mit den mühsam gebändigten Locken zögerte. „Mein Gott, wie schaun denn Sie aus?" Kriminalassistent Heumader hatte sich nicht ohne mehrere Kollisionen mit Tischecken und Sessellehnen einen Weg durch den Schankraum der ‚Tiroler Weinstube' in der Domgasse gebahnt und stand nun vor dem einzigen Gast des Lokals.

Kriminalkommissar Steininger, hemdsärmelig, den Kopf auf den rechten Arm gestützt, zeichnete mit dem Zeigefinger kurzlebige Muster in die Weinpfütze auf seinem Tisch. Hinter der Theke wusch der griesgrämig dreinblickende Wirt geräuschvoll Gläser aus. Es roch nach kaltem Rauch, altem Fett und Zichorienkaffee. „Lass mich in Ruh!"

„Mit Verlaub, Herr Kommissar, das geht leider nicht. Der Herr Polizeipräsident ..."

Steininger blickte ihn aus glasigen Augen an. „Soll mich am Arsch lecken. Weißt du eigentlich, Heumader, dass mich der Propeller da immer schon furchtbar gereizt hat?" Steininger langte ungelenk nach der weiß gepunkteten Fliege an Heumaders Hals und versuchte daran zu drehen. „Huiuiui, da fliegt er schon, der Heumader." Der Kommissar kicherte und machte mit dem rechten Zeigefinger Drehbewegungen in der Luft.

„Meine Herren, das ist ein anständiges Lokal! Machen S' keine Anständ, sonst gibt's Zores!" Der Wirt hatte die Fäuste in die Hüften gestemmt, machte aber keinerlei Anstalten, hinter der Theke hervorzukommen. Er schien derlei Gäste gewohnt zu sein.

Heumader versuchte, sich keuchend zu befreien. „Bitte, Herr Kommissar, nicht. Der Herr Polizeipräsident ... es ist wirklich dringend."

„Was ist denn schon dringend heutzutag?"

„Der Mann, der heut früh zwei Kollegen erschossen hat, hat in Ottensheim jetzt auch noch einen Gendarmen umgebracht. Die Großfahndung läuft. Sie werden dringend im Präsidium erwartet! Alle verfügbaren Kräfte sind zur Jagd auf den Raders abkommandiert."

„Als ob ohne mich nix gehen tät. Weißt, wie's laufen wird, Heumader? Wer wird den Raders fangen? Wir von der Kriminalpolizei. Und weißt warum? Weil wir ein Hirnschmalz haben. Und ich, ich hab überhaupt einen Weitblick. Das wissen sogar die Mannequins. Nur müssen wir halt leider den Kerl abliefern bei der Gestapo. Und weißt, was die dann macht? Der Raders wird ruckzuck liqui … lidi … liquidiert. Und im ‚Volksblattl' wird stehen: ‚Die Geheime Staatspolizei hat wieder einen Volksschädling unschädling … ah unschädlich gmacht.' Und was tun wir dann, kannst mir das sagen, Heumader? Wir tun wieder die Trotteln sein."

Der junge Beamte blickte Steininger flehend an. „Ich bitt Sie, Herr Kommissar, seit drei Stunden such ich schon nach Ihnen. Der Herr Polizeipräsident hat gsagt, umgehend sollen S' bei ihm sein. ‚Umgehend', hat er gsagt! Das Fräulein Rabitsch sucht Sie auch. Dringend! Ihre Frau hat auch nicht gewusst, wo Sie sind. Wir haben uns ja nicht ausgekannt, wie Sie auf einmal in der Früh abgehauen sind aus dem Präsidium. Zuerst haben wir uns gedacht, Sie ermitteln auswärts und haben nur vergessen, das wem zu sagen. Und dann haben wir uns gedacht …"

„Sei stad!"

„Wie bitte, jetzt hab ich Sie nicht …?"

Da war es wieder, das hilflos lächelnde, verständnislose Heumadergesicht. Steininger winkte müde ab. „Ist ja schon recht, ich komm ja schon." Der Kommissar erhob sich mühsam und wischte dabei eine halbvolle Weinflasche vom Tisch. Mit einer Hand stützte er sich bei Heumaders Schulter ab, mit der anderen nestelte er einen Schein aus der Hosentasche, den er achtlos in die Weinpfütze auf dem Tisch fallen ließ. Schwankend verließen die beiden, vom Wirt misstrauisch beäugt, die ‚Weinstube'. Heumader keuchte unter der schweren Last, während Steininger lauthals einen alten Schlager anstimmte.

„Ich bitt Sie, Herr Kommissar, singen S' doch ein bisserl leiser. Die Leute schauen schon."

„Welche Leut?" Steininger sah sich rülpsend um.

„Wieso haben S' denn gar so viel getrunken?"

„Viel?", rief Steininger. „Viel zu wenig hab ich gsoffen!"

„Ist das alles wegen dem Mord? Ich mein, weil Sie ja gestern auf der Nacht im ‚Budweis' waren, wie ich gehört hab, und heut in der Früh da zwei von uns erschossen wurden. Ich versteh ja, dass einen das mitnimmt, das hat uns alle mitgenommen, aber dass akkurat Sie ..."

„Halt's Maul, Bürscherl. Verstehst ja doch nix."

Der Heumader verstand wirklich nichts, er konnte nichts verstehen. Zu viel war in den letzten Stunden passiert, zu viel für einen müden, alten Polizisten wie Steininger.

Da war zum einen frühmorgens die Nachricht gekommen, im Gasthaus ‚Zur Stadt Budweis' habe ein Mann die Kollegen Donner und Manzenreiter erschossen und sei geflüchtet. Schon dieser Anruf hatte Steininger wie ein Schlag getroffen. Und als er kurz darauf die Personenbeschreibung des Mörders las, war er vollends außer sich gewesen: Das war jener Mann, den er am Vorabend in der Gaststube für einen Gestapobeamten gehalten hatte! Das unwahrscheinliche Glück, nicht selbst Opfer von Raders geworden zu sein – und dafür hielt es Steininger –, hatte ihn beunruhigt und berauscht zugleich. Sofort aber hatte er zu sinnieren begonnen: War es einfach nur das Glück des Tüchtigen, oder doch die Vorsehung, die mit ihm noch etwas im Schilde führte und ihn deshalb verschont hatte?

Steiningers Gedanken über seine künftige Rolle im Weltgeschehen waren aber jäh von einem weiteren Anruf unterbrochen worden. Sedlak war am Apparat gewesen. Ungewöhnlich freundlich hatte der über Raders zu reden begonnen. Dann war der Fall Bremstaller zur Sprache gekommen: Der Täter sei gefasst, hatte er gesagt. Wie nicht anders zu erwarten, habe sich der Verdacht, Berger sei der Täter gewesen, erhärtet. Der Mann habe nicht lange nach seiner Verhaftung gestanden. Die Bremstaller habe seine staatsfeindlichen Handlungen zur Anzeige bringen wollen. Um nicht aufgedeckt zu werden, habe er sie ermordet. Steininger hatte zunächst nicht recht gewusst, was er von der Sache halten sollte. War der Fall tatsächlich so einfach? Manches war zumindest unklar: Woher hätte eine Postratswitwe von offenkundig schwer zur Last fallenden staatsfeindlichen Handlungen erfahren sollen? Und woher wiederum hätte Berger vom Wissen der Bremstaller erfahren sollen? Hatte sie ihn erpresst? Davon war bei Sedlak keine Rede gewesen. Steininger war von der Nachricht auch erleichtert gewesen: Ertl war nun endgültig frei vom Mordverdacht, noch viel wichtiger aber: Er, Steininger selbst, brauchte nun keine Angst mehr vor der Gestapo zu haben und Marianne Berger würde einsehen müssen, dass für ihren Mann nichts mehr zu machen sei. Von nun an musste er auf die Milde des Richters hoffen. „Glaubst du", hatte er Sedlak gefragt, „dass der Berger hingerichtet wird?"

„Das geht nicht mehr", war die knappe Antwort gewesen, „Berger ist bereits tot." „Herzanfall", hatte er schließlich hinzugefügt, eine glatte Schweinerei von dem Kerl, seine Herzschwäche bei der Verhaftung zu verschweigen. Aber an seiner Täterschaft sei nicht zu rütteln, hatte er ergänzt. Knapp vor seinem Tod hätte er noch das Geständnis unterschrieben. Mit einem Mal war Steininger klar gewesen, warum Sedlak so freundlich war: Ein Verdächtiger durfte beim Verhör nicht sterben, sogar bei der Gestapo war das ein kapitaler Schnitzer.

Der Kriminalkommissar hatte ein knappes „Danke“ gemurmelt und den Hörer auf die Gabel gelegt. Unter anderen Umständen hätte er sich über das schlechte Gewissen Sedlaks gefreut. Nun aber hatte er das Gefühl gehabt, von einer gewaltigen Last erdrückt zu werden. In seinem Kopf verwoben sich Gedankenblitze zu einem unentwirrbaren Bündel. Steininger vermochte nur zwei Dinge klar zu fassen: Er selbst war nur knapp einem Polizistenmörder entronnen und der Kommerzialrat war getötet worden. Vielleicht gerade in dem Moment, in dem er Marianne Berger versprochen hatte, ihren Ehemann aus dem Gefängnis zu holen! Nur vage hatte er Rabitsch wahrgenommen, die währenddessen auf ihn einredete. Etwas mit Briefen hatte er verstanden, mehr nicht. Neben ihr war ein junger, blasser Schupo gestanden, Steininger wusste nicht, ob er ihn kennen sollte oder nicht. Der Heumader hatte ebenfalls auf ihn eingeredet. Auszahlungsbelege vom Sparkonto der Bremstaller hatte er ihm unter die Nase gehalten. Offenbar waren regelmäßig kleinere und mittlere Beträge abgehoben worden und so im Laufe eines Jahres das Konto geleert worden. Steininger hatte nur widerwillig zugehört. Schließlich hatte er etwas gemurmelt, war aufgestanden und hatte sich auf den Weg gemacht.

Und nun, vier Stunden später, war das Erste, das Steininger bewusst wahrnahm, das Gesicht des bestürzt dreinschauenden Portiers der Polizeidirektion. Heumader mühte sich, den betrunkenen, an seine Schulter geklammerten Kommissar die Stufen zum Tor des Präsidiums hinaufzuwuchten. Er deutete dem Portier, mitanzufassen. Gemeinsam gelang es ihnen,

Steininger ins Innere des Gebäudes zu verfrachten. In der Eingangshalle nahm Steininger aus glasigen Augen eine adrette Frau wahr, die auf ihn zuhielt und ebenso dreinblickte wie der Portier gerade eben. Sie kam ihm bekannt vor, und sie schien mit seinem derzeitigen Zustand in Verbindung zu stehen.

Tatsächlich war Frau Berger umgehend zur Polizeidirektion geeilt, nachdem ihr der Tod ihres Mannes telefonisch mitgeteilt worden war. Sie hatte sich auf Steininger verlassen. Es hatte sie am Vorabend Überwindung gekostet, diesen unkultivierten Mann in seiner schäbigen Kleinbürgerwohnung aufzusuchen und ihn um Hilfe zu bitten. Seit sie mit Alfred verheiratet war, hatte sie um nichts mehr bitten müssen. Doch in diesem Moment hatten ihr Mann um sein Leben und sie um ihre Existenz gekämpft. Ihre anderweitigen Kontakte waren in dieser Angelegenheit nutzlos gewesen und ihr Instinkt hatte ihr nahegelegt, den Kriminalpolizisten für ihre Zwecke zu nutzen. Nur wenige Stunden, nachdem ihr Steininger versprochen hatte, ihren Mann zu befreien, hatte sie die Nachricht von Alfreds Tod erhalten. Ihr war sofort klar gewesen, dass er von der Gestapo ermordet worden war. Herzschwäche! Lächerlich! Alfred war kerngesund gewesen. Nach dem ersten Schock war in ihr der Wunsch nach Bestrafung des Kommissars immer drängender geworden. Bestrafen für Alfreds Tod, mehr aber noch dafür, sie belogen zu haben. Als Steininger gerade stockbetrunken von einem jungen Mann in die Eingangshalle der Polizeidirektion geschleppt worden war, war ihre Wut nur größer geworden. Ihr Mann tot, ihr Leben am Abgrund, und dieser Kerl feierte! Rasch ging sie zu ihm hin und schlug zu, so fest sie konnte. Sie achtete nicht darauf, was dieser Schlag bei ihm anrichtete, sie war zufrieden, als er stolperte und hinfiel. Ohne sich umzudrehen, lief sie hinaus. Erst jetzt wurde ihr bewusst, dass sie auf sich allein gestellt war.

Steininger rappelte sich mühsam auf. Mit einem Male fühlte er sich zwar immer noch müde, aber nüchtern. Der Portier hatte einstweilen mit einem Taschentuch die Blutung in Heumaders Gesicht gestoppt. Vorsehung, dachte Steininger. Die Berger hatte es zwar auf ihn abgesehen gehabt, aber durch sein Stolpern war ihre Faust auf Heumaders Lippe gelandet.

„Jammern S' nicht", fuhr er den jungen Kollegen an. „Der Polizeipräsident wartet!" Er bedeutete Heumader, ihm zu folgen. Auf einer Toilette schütteten sich beide kaltes Wasser ins Gesicht. Heumader betastete seine Lippe, die anzuschwellen begann.

„Gott sei Dank, alle Zähne noch da. Da wird die Mama heute schön schaun."

„Seien S' froh, dass das eine Dame war und kein Unterweltgorilla."

„Apropos, das Fräulein Rabitsch hat Sie auch gesucht, Herr Kommissar."

„Soll warten. Wer weiß, was die wieder angestellt hat."

„Und der Kollege Keplinger möchte wissen, ob er bei uns Uniform tragen soll oder nicht."

„Welcher Keplinger?" Steininger blickte Heumader ratlos an.

„Na, der neue Kollege von der Schutzpolizei. Das Fräulein Rabitsch hat heut in der Früh vorgeschlagen, ihn für die Ermittlungen im Fall Bremstaller anzufordern."

„Und warum ausgerechnet einen Schupo?"

„Können S' sich denn gar nimmer erinnern, Herr Kommissar? Die Haussuchung? Die Briefe?"

„Ned frech werden, Heumader!“ Steininger hatte keine Ahnung, wovon der Kollege sprach. Verdammt, er musste zum Polizeipräsidenten und war in Bezug auf den Fall nicht auf dem neuesten Stand! Er schob Heumader beiseite und stürmte nach draußen. Vor seinem Büro krachte er mit der Rabitsch zusammen.

„Da sind Sie endlich, Herr Kommissar! Ich glaube, wir sind der Lösung des Falles um einiges näher gekommen!“

„Fräulein Rabitsch. Falls Sie es noch nicht gehört haben sollten, der Fall Bremstaller ist geklärt.“

„Geklärt?“ Sie starrte ihn fassungslos an.

„Genau. Der Berger hat ein Geständnis abgelegt. Der Fall Bremstaller ist erledigt.“

„Aber, was soll das Motiv sein?“

„Fräulein Rabitsch, wenn ein Kriminalist ein Geständnis hat, braucht er nix mehr auf der Welt. Da wird jedes Alibi und jedes Motiv wurscht.“

„Und die Briefe?“

Er starrte sie an. Was hatten die alle hier immer mit ihren Briefen?

18
Donnerstag, 17. August 1939, 15 Uhr

Doktor Plakolm nickte Steininger nur kurz zu, als dieser etwas unschlüssig in der Tür stehenblieb. Der Polizeipräsident telefonierte und deutete dem Kommissar, sich zu setzen. Steininger ließ sich auf den Sessel fallen. Trotz eines halb geöffneten Fensters, durch das feuchtkühle Luft strömte, hing der Geruch von Bohnenkaffee und kaltem Rauch im Raum. Beides, Kaffee und Zigarette, hätte Steininger nach seinen Eskapaden in der

‚Weinstube' jetzt gut vertragen, aber Plakolm machte keine Anstalten, ihm etwas anzubieten oder auch nur einen Aschenbecher zuzuschieben. Steininger vermochte nicht zu erraten, worum es in dem Telefonat ging, denn Plakolms Beitrag zu diesem Gespräch beschränkte sich auf ein paar eingestreute „Natürlich" und „Jawohl". Erstaunlicherweise deutete Plakolm auch immer wieder einen Diener an, sein Gesprächspartner schien ein hohes Tier zu sein. Ein dreifaches „Jawohl" beendete das Telefonat. Plakolm seufzte, füllte ein Glas Wasser und leerte es in einem Zug. Trotzdem es im Raum kühl war, schwitzte er. „Wissen Sie, wer das war?"

Steininger schüttelte den Kopf.

Plakolm schien derart von diesem Telefonat in Beschlag genommen zu sein, dass er weder die vormittägliche Abwesenheit des Kommissars noch dessen mangelhaftes Erscheinungsbild kommentierte. „SS-Gruppenführer Kaltenbrunner!"

„Oha!" Steininger wusste nicht recht, was ihm Plakolm damit mitteilen wollte.

Der Präsident begann, im Büro auf- und abzugehen. „Sie sagen es, Herr Kommissar! Sie können sich denken, warum ich Sie habe rufen lassen. Ist das nicht schon heute Morgen gewesen? Man verliert hier ganz den Kopf. Wie auch immer, ich verlange Ihren vollen Einsatz in der Sache! Die Kriminalpolizei darf hier nicht das Nachsehen gegenüber SS und Gestapo haben!"

Steininger blickte Plakolm erstaunt an. „Ich glaub, ich versteh Sie jetzt nicht ganz, Herr Doktor."

„Wollen Sie etwa in der Zeitung den Aufmacher lesen: ‚Mordbestie immer noch nicht zur Strecke gebracht'? Ich nicht, lieber Steininger, ich nicht! Und ich rede hier nicht nur vom ‚Linzer Tagblatt', wenn Sie verstehen, was ich meine! Der Fall hat die Aufmerksamkeit des gesamten Reichs."

„Aber, das gibt's doch gar nicht."

„Im Vertrauen, Steininger", Plakolm beugte sich etwas über den Schreibtisch und begann eindringlich zu flüstern. „Der Gruppenführer hat angedeutet, dass der Reichsführer SS dem Führer gegenüber eine Erwähnung in der Sache gemacht hat. Stellen Sie sich das vor! Dem Führer gegenüber! Eine Erwähnung!"

„Aha."

„Also, die Sache ist klar. Sie machen sich auf der Stelle auf den Weg. Drehen Sie mir jeden Grashalm im Mühlviertel um. Jeden! Und keine Gnade!"

„Aber, Herr Doktor, der Mörder ist ja schon gefasst und praktisch unter der Erde. Die Gestapo hat ihn ..." Steininger verkniff sich eine entsprechende Handbewegung.

„Was? Wovon reden Sie? Natürlich ist der Raders noch nicht gefasst!"

„Der Raders? Ach so, um den geht's."

„Um wen denn sonst, Steininger? Sagen Sie mal, leben Sie auf dem Mond? Ganz Oberdonau, ach, was sage ich, das halbe Reich ist hinter dem her! Und die Kriminalpolizei muss jetzt endlich einen gewichtigen Beitrag leisten. Ich will, dass der Mord an den Kollegen gesühnt wird!"

Steininger schluckte. „Das heißt, ich soll den Raders fassen?"

„Natürlich! Ruckzuck! Nehmen Sie Ihre Leute mit, fahren Sie! SS, SA und Gestapo sind bereits nördlich von Ottensheim ausgeschwärmt. Am besten, Sie klären die Lage vor Ort. Und fassen Sie ausreichend Munition! Der Mann ist brandgefährlich!"

Steininger schluckte erneut. Der Raders hatte bereits drei Polizisten ermordet. Auf einen mehr oder weniger würde es ihm nicht ankommen, zumal Raders wissen musste, was ihm im Falle einer Festnahme blühte. Den sollte er festnehmen? Vor SS, SA und Gestapo? Steininger sah sich bereits mit Heumader durch die Mühlviertler Wälder irren.

„Sie können gehen, Steininger. Und denken Sie an die toten Kameraden!"

An die dachte Steininger tatsächlich, weshalb er auch auf dem Sessel sitzen blieb.

Plakolm hatte sich längst wieder einem Schriftstück zugewandt. „Ist noch etwas?"

„Bitteschön, Herr Doktor, das geht doch nicht", sagte der Kommissar vorsichtig.

„Was heißt das, das geht nicht?"

Steininger suchte fieberhaft nach einem plausiblen Grund, sich nicht zum nächsten Opfer Raders machen zu lassen.

„Ich muss mich doch um den Fall Bremstaller kümmern!" Er hätte die dritte Flasche Wein nicht mehr trinken sollen. Sein Kopf sehnte sich nach einem ruhigen Plätzchen und war derzeit außerstande, glaubwürdige Ausreden zu erfinden.

„Aber der Fall ist doch schon geklärt. Die Gestapo hat den Täter dingfest gemacht."

„Das schon. Sagt zumindest die Gestapo. Aber es gibt Hinweise, dass der Täter, das heißt der Berger ... also der, den der Sedlak kassiert hat, Sie wissen schon, die Gestapo ... die Bremstaller *nicht* umgebracht hat."

„Ich weiß nicht recht, ob ich Ihnen folgen kann." Plakolms Stimme klang nun eine Spur eisiger.

„Im Detail kann ich Ihnen das jetzt nicht auseinandersetzen, aber es gibt ... eben Hinweise."

Der Polizeipräsident runzelte die Stirn. „Jetzt hören Sie mir gut zu, Steininger. Da draußen", er deutete mit einem Finger zum Fenster, „läuft ein Irrer herum. Ein Berufsverbrecher, der drei Polizisten erschossen hat. In einer Zeit, in der Deutschland eingekreist ist von feindlichen Mächten, können wir es uns nicht leisten, dass so eine Mordbestie seelenruhig herumspaziert. Und Sie kommen mir mit nicht näher benennbaren *Hinweisen* zu einem längst geklärten Fall!"

Das Wort Hinweise klang bei Plakolm wie ein ekelerregendes Insekt.

„Wenn Sie mir jetzt nicht auf der Stelle klar und deutlich darzutun vermögen, was Sie an einer Verfolgung des Raders hindert, muss ich davon ausgehen, dass Sie bereits zu alt sind für diesen Beruf!"

In Steininger stieg eine drängende Sehnsucht nach der ‚Tiroler Weinstube' auf. „Herr Präsident ..."

„Also?"

„Der Göring, also der Herr Generalfeldmarschall ..."

Plakolms Augenbrauen hoben sich. Er schien, Interesse zu finden. „Was ist mit ihm?"

„Der Herr Generalfeldmarschall könnte ein Interesse zeigen an dem Fall, also an dem Fortgang von dem Fall. Weil es ja doch seine Tante ist. Und wenn er dann erfährt, dass der Fall zurückgestellt worden ist ..." Steininger hatte einfach drauflosgeplappert. Zu seiner Überraschung schienen seine Worte einen Sinn zu ergeben, denn Plakolm beugte sich mit beunruhigter Miene über den Tisch.

„Was sagen Sie da?"

„Naja, die Frau Bremstaller ..." Steininger zögerte. Sollte er hier wirklich die Geschichte mit der Verwandtschaft zu Göring aufwärmen? Andererseits war es ihm bereits herausgerutscht.

Plakolm erhob sich aus seinem Sessel und begann wieder, auf und ab zu gehen. „Mir ist natürlich zu Ohren gekommen, dass es Gerüchte in Bezug auf ein Verwandtschaftsverhältnis zum Generalfeldmarschall gibt. Natürlich nur in der Form, dass es sich hier um Gerüchte handelt." Er blickte Steininger stirnrunzelnd an. „Oder gibt es hierzu neue Erkenntnisse, die die Dringlichkeit des Falles in anderem Lichte erscheinen lassen?"

„Der Herr Generalfeldmarschall ist als Alleinerbe von Frau Bremstallers Besitztümern eingesetzt." Steininger staunte über sich selbst. Dass ihm nach seinen vormittäglichen drei Flaschen Wein und dem tätlichen Angriff der Frau Berger eine derart hervorragende Idee kommen konnte! Die Vorsehung musste es gut mit ihm meinen. Es wäre wohl besser, auch künftig weniger zu denken und mehr den Instinkt über seine Worte entscheiden zu lassen.

„Aber Steininger, mein Gott, warum sagen Sie das nicht gleich? Ich wusste ja nicht ... Das ist ja ..." Plakolms Gesicht färbte sich rot. „Umgehend kümmern Sie sich wieder um den Fall Bremstaller. Und liefern Sie mir Ergebnisse! Die Sache muss hieb- und stichfest sein. Und dass mir ja keine Geschmacklosigkeiten zu Tage kommen! Sie sind mir persönlich dafür verantwortlich, Steininger. Ich möchte dem Generalfeldmarschall nicht mitteilen müssen, dass seine Tante weiß Gott was ..." Plakolm schüttelte, entsetzt über seine Gedanken, das Gesicht. „Jedenfalls werde ich umgehend nach Berlin telegrafieren, dass der Fall Bremstaller trotz der Affäre Raders weiterhin mit Hochdruck verfolgt wird. Sie können gehen, Steininger! Ach ja, noch etwas: Es handelt sich hier um den Fall Bremstaller und auf gar keinen Fall um den Fall Göring, verstanden?"

Der Kommissar nickte und erhob sich schwerfällig.

„Ach Steininger! Ich werde in knapp zwei Wochen anlässlich des Sonderparteitages in Nürnberg sein. Dort werde ich möglicherweise mit dem Generalfeldmarschall zusammentreffen. Persönlich, Sie verstehen? Dort habe ich dann möglicherweise mündlichen Bericht über die Details in Bezug auf die Ermordung seiner Tante zu erstatten."

Steininger schluckte. Der Sonderparteitag sollte am 2. September beginnen, die Sonderzüge aus allen Teilen des Reichs würden die tausenden Teilnehmer und Schaulustigen in den Tagen zuvor nach Nürnberg bringen. Er hatte selbst überlegt, dorthin zu fahren, um seinen Willen, der Partei beizutreten, unter Beweis zu stellen. Allerdings hatten ihn schließlich die aberwitzig anmutenden Preise für Unterkunft und Verpflegung von diesem Vorhaben abbringen lassen. In zwei Wochen also musste der Fall tatsächlich abgeschlossen sein. Steininger ächzte. Und dem Göring wollte der Plakolm auch noch schreiben!

Und Schuld an den ganzen Ballawatsch hatte natürlich wieder einmal der Heumader. Der hatte ihn schließlich aus der ‚Weinstube' hierher gezerrt.

19
Donnerstag, 17. August 1939, 17 Uhr

Die Hennerbichler Therese, Hausmeisterin, Südtiroler Str. 8, ist eine Hur. Ihr Mann ist Parteigenose und alter Kämpfer und wenn er außer Haus ist poussiert sie mit einem Bierkutscher. Oft zwei, drei Mahl in der Woche. Sie ist Hebamme und oft bei der Nacht weg. Sagd, eine Wöchnerin hat sie gerufen, dabei ist sie gewis bei den

Männern. Ist eine ganz ausgeschamte Persohn, die Kinder verkomen gans und gar. Bitte ich ergebensd dieses abzustelen. Heil Hitler! Ein Freund.

Kopfschüttelnd las Steininger das Blatt Papier. „Wo habts ihr das gfunden?"

„In einem Wandtresor. Im ehemaligen Arbeitszimmer vom verstorbenen Herrn Bremstaller." Anna Rabitsch versuchte, ihre Unsicherheit zu unterdrücken. Sie hatte befürchtet, ihr Vorgesetzter würde auch bei einem derartigen Fund ein Haar in der Suppe finden. Doch wider Erwarten blieb Steininger friedlich.

„Ich sag's ja immer. Wenn man nicht zweimal schaut! Und was glaubts ihr jetzt, was das heißt?"

„Wir glauben, dass diese anonymen Briefe erklären, warum Frau Bremstaller ermordet worden ist. Und wir glauben auch, dass der Täter oder die Täterin unter den Personen zu finden ist, die hier angezeigt wurden."

Poldl fand es zwar nett, aber auch reichlich übertrieben von Anna, dass sie die Einordnung des vortägigen Fundes als gemeinsame Leistung darstellte. Schließlich hatte sie alle Schlussfolgerungen aus dem Fund der Briefe alleine gezogen. Er hatte immer nur genickt.

Nachdem sie am Vortag den Umschlag mit den Briefen in der Bremstallerschen Wohnung entdeckt und über dessen Bedeutung gerätselt hatten, hatte Anna den Umschlag eingesteckt, Poldl bei der Hand gepackt und war mit ihm, so schnell es die behäbige Straßenbahn zugelassen hatte, in die Mozartstraße gefahren. Kommissar Steininger hatten sie nicht mehr angetroffen. Als sie, etwas unschlüssig, im Gang gestanden waren, hatte ihn Anna auf einmal gefragt, ob er sich vorstellen könne, eine Weile bei der Kriminalpolizei mitzuarbeiten. Schließlich bringe er ihr Glück.

Wenn er gewusst hätte, wie ernst sie es meinte, hätte er vehementer protestiert. Sie hatte ihn aber mit einer Bestimmtheit, der er sich nicht entziehen konnte, hinter sich her in die Abteilung gelotst. Ihr schien tatsächlich etwas an ihm zu liegen. In seinem Bauch rumorte es heftig.

Kriminalassistent Heumader zumindest schien ihm ganz nett zu sein, wenn er davon absah, dass der Kerl Anna anhimmelte. Er hatte am Vormittag beim Kommandeur der Schutzpolizei erwirkt, dass Poldl bis auf weiteres der Kriminalpolizei zugeteilt war. Kommissar Steininger hingegen war ihm ein Rätsel. Am Morgen war er völlig in Gedanken gewesen und kaum eine Stunde, nachdem er gekommen war, auch schon wieder verschwunden. Von Poldl hatte er, scheint's, nicht einmal Notiz genommen. Dann hatte der Polizeipräsident nach Steininger verlangt, und im Büro war alles Kopf gestanden. Den halben Vormittag hatten Heumader und Poldl damit zugebracht, ihn zu suchen. Etwas überraschend hatten sie sich dabei auf eine Handvoll teils übel beleumundete Lokale konzentriert. Den Kommissar dann mittags stockbetrunken neben Heumader zu sehen, hatte ihn dennoch verwundert. Anna, die den Vormittag über an den Briefen gesessen war, hatte ihn sofort mit ihren neuesten Erkenntnissen überfallen. Aber Poldl hatte gleich gesehen, dass Steininger in seinem Zustand bestenfalls für einen Hering und Kopfwehpulver zugänglich war, nicht aber für Ermittlungen. Dann war er wieder verschwunden, und nun saß er hinter seinem Schreibtisch. Heumader hatte ihm Bier und Knackwürste bringen müssen. Kauend begutachtete er Annas und Poldls Fund. Der dicke Kommissar mit dem Hitlerbärtchen wirkte auf Poldl durchaus gutmütig und entsprach so gar nicht dem Bild eines bösartigen Patriarchen, als welcher ihn Anna geschildert hatte.

„Herr Kommissar, ich hab mir ein paar Dinge zu den Briefen überlegt."

Steininger nickte Anna zu.

„Die Briefe sind allesamt anonym verfasst. Sie sind alle auf Schreibmaschine geschrieben und Abschriften von Originalen, die im Laufe des letzten Jahres bei der Gestapo gelandet sind. Ich hab mich bei den Kollegen in der Langgasse erkundigt. Der erste ist im Juni 1938 eingelangt, der letzte Anfang Juli dieses Jahres. Angezeigt worden sind alle Parteien im Haus: die Frau Hennerbichler wegen angeblicher Männergeschichten, die Frau Schoiswohl, weil sie einen Pfarrer bestochen haben soll, um Angaben für den Ahnenpass ihres Sohnes zu fälschen, dann der Herr Berger, weil er ein Gegner des Nationalsozialismus sein soll, und schließlich der Herr Rosenberg wegen vermuteter Homosexualität. Ebenfalls angezeigt worden ist die Bedienerin der Familie Berger, die Pauline Rossbacher, weil sie angeblich umstürzlerische Treffen bei den Bergers gedeckt und dafür auch Botengänge erledigt haben soll."

„Pauline Rossbacher?", fragte Poldl.

Anna nickte und fuhr fort: „Eine weitere Anzeige liegt vor gegen einen Albert Ramhartinger, weil er angeblich Halbjude ist und sich überdies abschätzig über den Führer und verschiedene Minister geäußert haben soll. Außerdem noch ein Anton Weinhard, ehemaliger Untermieter der Frau Bremstaller, der ein Attentat auf den Gauleiter geplant haben soll."

„Sodom und Gomorrha", brummte Steininger schmatzend.

„Dieser Ramhartinger ist im Juni verstorben, der Weinhard ist ebenfalls schon tot, Lungenentzündung", fuhr Anna fort. „Allerdings wurden auch einzelne Leute angezeigt, die nicht im Haus wohnen. Da ist zunächst einmal Karl Kremser, dem Brief zufolge wohnhaft in der Holzstraße und beschäftigt beim Milchhof, er soll mit Jüdinnen verkehren. Und schließlich Simon Pollaschek, wohnhaft in der Hauptstraße, er soll unsittlichen Umgang mit Schülern gepflegt haben."

„Grauslich", kommentierte Steininger und legte eine angebissene Wurst auf den Schreibtisch. „Was haben denn die Herrschaften von der Gestapo zu dem Ganzen gesagt?"

„Nichts, das heißt, noch nichts. Die bekommen offenbar so viele anonyme Anzeigen aus der Bevölkerung, dass sie mit der Bearbeitung gar nicht nachkommen."

„Das heißt, wir wissen nicht, ob da was dahintersteckt." Steininger wischte sich die Hände an der Hose ab und steckte sich eine Zigarette an.

„Das wissen wir nicht", bestätigte Anna, „aber entscheidend ist doch etwas ganz anderes."

Der Kommissar warf ihr einen tadelnden Blick zu, von dem sich Anna aber nicht beirren ließ.

„Wesentlich ist, dass jeder und jede einzelne dieser sieben ein Motiv hat. Die genannten Anschuldigungen sind keine Kavaliersdelikte. Es ist in jedem Fall denkbar, dass jemand die Frau umgebracht hat, als Rache für die Anzeige."

„Denkbar ist das schon", Steininger überlegte. „Wenn die Leute das gewusst haben, dass die Bremstaller sie angezeigt hat ... Kommt in den Briefen eigentlich auch der Herr Generalfeldmarschall vor?"

„Ja, in der Anzeige gegen Albert Ramhartinger. Der soll Göring als ‚fette Sau' bezeichnet haben."

„Und sonst noch was Politisches?"

Anna verneinte.

Steininger freute sich zwar über alles, was die Suche nach einem anderen Täter als den Berger und sein Fernbleiben von der Suche nach Raders rechtfertigte, aber etwas mehr Göring in den Briefen wäre gut gewesen, um das Interesse des Polizeipräsidenten an intensiven Ermittlungen zu stützen.

„Habts sonst noch was gfunden in der Wohnung? Geld vielleicht?"

„Nur das hier." Anna reichte ihm eine rote Mappe mit Zeitungsausschnitten vom Mai 1938, in denen es um den Spatenstich für die Hermann-Göring-Werke ging. Auf mehreren Bildern war Frau Bremstaller mit Göring zu sehen.

„Ach so, die Gschicht." Steininger legte die Mappe beiseite und lehnte sich nachdenklich zurück. Was sollte er Plakolm sagen?

„Was mich wundert", meinte Heumader, der sich konzentrieren musste, dem Gespräch folgen zu können, „ist, dass die Bremstaller nur einen von ihren Untermietern angezeigt hat. Ich meine, sonst hat sie das ganze Haus angezeigt, und hier nur einen? Niemanden hätte sie besser beobachten können, bei denen hätte sie auch Gelegenheit gehabt, die Sachen zu durchsuchen und so weiter."

Poldl wandte sich zur Tür. „Entschuldigung, mir ist nicht recht gut."

„Wer ist denn das überhaupt?" Steininger hatte ihn noch immer nicht bemerkt.

„Wachtmeister Keplinger, Herr Kommissar. Ich bin vorübergehend der Kriminalabteilung zugeteilt worden."

„Aha!" Steininger wurde ärgerlich. „Auf einmal geht's, dass ich wen krieg. Und wer wird von der Sache nicht in Kenntnis gesetzt? Ich natürlich!"

Heumader schüttelte den Kopf. „Aber, Herr Kommissar, das ist doch schon heut in der Früh besprochen worden. Der Herr Keplinger und das Fräulein Rabitsch haben Ihnen doch schon auseinandergesetzt, dass ..."

Steiningers Gesicht verfärbte sich. „Willst du mich vielleicht für einen Trottel hinstellen, Heumader?"

„Selbstverständlich nicht, Herr Kommissar. Ich hab nur gemeint."

„Du brauchst nicht zu meinen, Heumader, dass ich ein Trottel bin! Und apropos, den Ertl können wir schön langsam wieder zur Arbeit lassen. Ich glaub, dass der jetzt auch offiziell rehab... rebell... also wieder unschuldig ist."

Rabitsch und Heumader nickten zustimmend. An der Unschuld Ertls hatten sie nie gezweifelt.

„Aber jetzt, wo der", er deutete in Richtung Tür, „schon da ist, soll er sich halt nützlich machen. Und die Uniform braucht er bei uns nicht anzuziehen. Also morgen in Zivil!"

„Warum hat sie eigentlich Abschriften von den Briefen angefertigt?", fragte Heumader.

„Das ist doch wurscht, Heumader", herrschte ihn Steininger an. „Heutzutag hat doch jeder einen Vogel! Das heißt, fast jeder", beeilte er sich zu korrigieren, „der Führer hat natürlich keinen."

„Ich glaube", unterbrach Rabitsch, „dass Kollege Heumader da einen interessanten Gedanken geäußert hat." Heumaders Ohren begannen zu glühen. „Ich glaube nämlich auch, dass das von Bedeutung ist."

„Haben S' überprüft, ob die Bremstaller eine Schreibmaschine gehabt hat?"

„Sie hatte eine ältere ‚Adler'. Ich habe Schriftproben gemacht, und es schaut so aus, als ob die Briefe auf der Maschine getippt worden sind."

„Na also, sehen S'?"

Rabitsch wusste nicht, was damit geklärt war, aber ehe sie etwas einwerfen konnte, fuhr Steininger schon fort.

„Aber an eins haben Sie nicht gedacht, Rabitsch." Steininger beugte sich mit überlegenem Grinsen vor. „Dass nämlich die Herrschaften nur dann einen Grund gehabt hätten, die Alte umzubringen, wenn s' von den Briefen gewusst hätten. Und warum hätte die Bremstaller den ganzen Leuten sagen sollen, dass sie sie anzeigt?"

„Da haben Sie recht, Herr Kommissar. Aber nur, wenn die Bremstaller selbst die Briefe geschrieben hat."

„Was meinen S' denn damit?"

„Ich meine damit, dass die Briefe jemand anderer geschrieben hat."

20

Freitag, 18. August 1939, 13 Uhr

Pauline Rossbacher packte in ruhigen Bewegungen Kleidungsstücke in Koffer und Taschen. Aus dem Nebenraum, dem Arbeitszimmer des verstorbenen Kommerzialrats, war die Stimme von Marianne Berger zu hören. Sie telefonierte seit dem Morgen: mit der Direktion der Tabakfabrik, dem Hauseigentümer, dem Wohnungsamt, mit einflussreichen Bekannten und sogar der Gauleitung. Alle Telefonate schienen denselben Verlauf zu nehmen. Zunächst war die Stimme der Frau Kommerzialrat ruhig und freundlich, dann schwenkte sie ins Flehende um, bis schließlich das Knallen des Hörers auf der Gabel zu hören war, und zwischen den Gesprächen das Klicken eines Feuerzeugs und, immer häufiger, das Geräusch von Flüssigkeit, die in ein Glas geleert wurde. Pauline blickte auf die große Standuhr. Frau Berger hatte seit dem Frühstück nichts mehr gegessen. Sie würde auch nun nichts wollen, aber pro forma fragte die Bedienerin noch einmal nach. Frau Kommerzialrat schüttelte hinter der leeren Sherryflasche nur stumm den Kopf. Wozu essen?, schien sie zu fragen, es gab Wichtigeres zu tun. Unter anderen Umständen hätte Pauline Mitleid verspürt. Aber hier verstand sie die Sturheit der Berger nicht. Natürlich würden sie die Wohnung räumen müssen. Mit dem Tod des Kommerzialrats war das sorgenfreie Leben endgültig vorbei. Schon in den letzten Monaten war klargeworden, dass Herr Berger nicht auf ewig seine leitende Position in der Tabakfabrik würde halten können. Er galt als Mann des alten Systems. Sie erinnerte sich noch gut an die Jahre vor dem Anschluss. Rauschende Feste, viel Gelächter und vor allem das Privileg, sich keine Sorgen machen zu müssen. Das hatte sich seit dem letzten Jahr geändert. Der Kommerzialrat hatte alle Hände voll zu tun gehabt, die Nazis von der eigenen Unersetzbarkeit zu überzeugen. Klammheimlich hatte sich eine Schwere in die Wohnung geschlichen. Nichtsdestotrotz war es für die Bergers undenkbar gewesen, jemals materielle Sorgen zu haben.

Und nun war der Kommerzialrat tot, sein Einkommen war versiegt, die Dienstwohnung umgehend zu räumen und natürlich war keine Rede von einer Pension für die Witwe eines mutmaßlichen Mörders. Wie es um die Ersparnisse der Bergers aussah, vermochte Pauline nicht einzuschätzen. Eines aber war ihr klar: Bei dem Lebenswandel, den Marianne und Valerie Berger gewöhnt waren, würden auch noch so große Rücklagen nicht lange vorhalten. Nun gut, dachte Pauline, die mittlerweile begonnen hatte, das Porzellan in Zeitungspapier einzuwickeln. Würde es den Bergers halt von nun an so gehen, wie es Tausenden anderen schon die letzten Jahre ergangen war. Man hatte gut gelebt, nun würde man sich in schlechtere Zeiten fügen. Was nutzte es, sich dem zu widersetzen?

Für Pauline bedeutete dies in erster Linie, sich nach einem anderen Posten umsehen zu müssen. Sie wusste, sie war eine gute Kraft. Nicht nur *ein* Gast des Hauses hatte sie für den eigenen Haushalt abwerben wollen, sie würde also wieder Arbeit haben. Aber sie musste vor allem rasch eine gutbezahlte Stellung finden. Wie sonst sollte sie ihrer Familie helfen können? Ihre Familie, das waren ihre ältere Schwester Antonia, deren Mann und die drei Buben, die freilich mittlerweile längst erwachsen waren. Willi, Leo und Pezi, wie sie die drei immer noch nannte – nur für sich freilich, alles andere hatten ihr die drei längst verbeten. Eine Heirat hatte sich für Pauline nie ergeben, aber angesichts ihrer drei Neffen empfand sie es nicht als Mangel, keine eigenen Kinder zu haben. Sie hatte engen Kontakt zu allen dreien. Umso schlimmer war es für sie, einen der drei in Schwierigkeiten zu wissen und ihm nicht helfen zu können. Willi hatte sich in Schulden gestürzt, um für seine junge Familie eine Wohnung einrichten zu können. Er war an einen Wucherer geraten, der ihn in den Ruin zu stürzen drohte. Am schlimmsten aber empfand sie das Gefühl der Ausweglosigkeit, das mittlerweile Antonias Familie beherrschte. Jedes Mal, wenn sie an ihrem freien Sonntagnachmittag zu Besuch kam, schien es, als wäre die nächste Tür, die eben noch eine mögliche Rettung verheißen hatte, verschlossen. Das absehbare Ende von Willi und seiner Familie lastete auch auf seinen Eltern und auf seinen Brüdern. Alle taten, was sie konnten, um zu helfen, aber ein Gefühl von Machtlosigkeit und zunehmend auch Resignation schien sie mittlerweile zu lähmen. Auch Wut war dabei, vor allem bei den Brüdern. Nur zu verständlich, denn jede neue Geldquelle, die aufgetan wurde, jede ersparte Reichsmark schien nur dazu zu dienen, den durch die horrenden Zinsen verursachten Anstieg der Schulden bestenfalls zu dämpfen. Ein Fass ohne Boden. Nach langem Hin und Her hatte man sich mit dem Wucherer auf eine Abschlagzahlung von 800 Reichsmark einigen können. Bis Ende August hatte er als Frist eingeräumt, dann würde er pfänden lassen. Willis Familie würde über Nacht ohne Möbel auf der Straße stehen. 800 Reichsmark waren viel Geld, aber eine lächerliche Summe, wenn Pauline an das viele Geld dachte, das die Bergers Monat für Monat verschleuderten. Die Familie hatte sich ausgeblutet. Sämtliche Ersparnisse waren fort. Auch sie selbst hatte ohne zu zögern ihre Ersparnisse geopfert. Natürlich hatte sie auch die Bergers um Unterstützung gebeten, aber mehr als ein paar Mark Gehaltsvorschuss mochten sie nicht geben. Pauline konnte ihnen das nicht einmal verdenken. Wer wäre so verrückt, so viel Geld herzugeben, ohne ausreichende Sicherheiten in der Hand? Vermutlich hätte das auch die Bremstaller nicht gemacht, aber wer war schon schlau aus dieser Frau geworden. Eher im Scherz hatte Pauline ihre Neffen auf die ältere Frau und ihre mutmaßliche Erbschaft hingewiesen. So viele Leute waren schon zu ihr gepilgert und hatten um Geld gebeten. Warum sollte nicht auch für jemanden etwas abfallen, der wirklich Hilfe benötigte? Kürzlich, als sie vom Ausflug ins Salzkammergut heimgekommen waren, hätte sich für Leo die Gelegenheit ergeben. Er hatte sie zu ihrem Geburtstag eingeladen und war noch auf eine Jause in die Wohnung mitgekommen. Sie hatte ihm noch einmal von der Bremstaller erzählt, aber er schien wenig interessiert zu sein. Für ihn als Amtsperson musste es ja auch unangenehm sein, eine wildfremde Frau um Geld zu fragen. Und mittlerweile war die Gelegenheit verstrichen. Seufzend verstaute Pauline ein Service in eine Kiste.

21
Montag, 21. August 1939, 14 Uhr

Sie hatte Karl nur kurz gesehen. Gerade einen Blick von ihm hatte Therese Hennerbichler erhascht, als sie in das Büro der jungen Kriminalbeamtin geführt wurde. Anders hatte er ausgesehen. Er war dagesessen auf der abgewetzten Holzbank in dem muffigen Gang der Polizeidirektion, wo pausenlos Telefone geläutet hatten, Türen waren auf- und zugegangen, Menschen vorbeigehastet. Er war einfach dagesessen und hatte auf die Wand gegenüber gestarrt. Die mächtigen Hände, die ihr so gut gefielen, waren nutzlos in seinem Schoß gelegen. Therese Hennerbichler hätte nicht sagen können, ob er nachdachte oder tatsächlich das Plakat mit der Ankündigung des Nürnberger Parteitages studierte. Wie gerne hätte sie sich neben ihn gesetzt, seinen Arm um sich gewusst.

Erst als die junge Beamtin aus einer der Türen trat und sie aufforderte hineinzukommen, hatte er Therese bemerkt. Karl Kremser hatte die Augen aufgerissen und den Mund leicht geöffnet, aber zu wenig, um ihr ein Wort zukommen zu lassen.

Geredet hatte er nie viel in den kurzen Momenten, in denen sie einander sehen konnten. Ja, sie hatte gewusst, es ging ihm nicht ums Reden, wenn er sie besuchte, anfangs zumindest nicht. Dazu hatte alles viel zu banal begonnen, wie sie fand. Sie hatte ihm gefallen, irgendwann war er ihr in den Keller nachgegangen und dann noch einmal und kurz darauf erneut. Er hatte sie bedrängt, sie hatte abgewehrt, er hatte begonnen, mit ihr zu reden. Und irgendwann war es passiert, sie hatte sich mit ihm auf die alten Teppiche im Kellerabteil der Schoiswohl gelegt. Mehr hatte er nicht von ihr gewollt, mehr hatte auch sie von ihm nicht gewollt. Vor ein paar Wochen war es anders geworden. Mit einem Mal war er länger geblieben als sonst. Hatte nicht nur mit wenigen Worten die Zeit überbrückt, die er brauchte, um eine Zigarette zu rauchen. Sie hatte sich bereits wieder die Kleider gerichtet, gewiss hatten die Kinder auf das Abendessen gewartet, und der Kleine hätte längst im Bett sein müssen. Er aber war einfach vor ihr stehengeblieben, hatte sie angeblickt. Nicht mehr und nicht weniger. Und sie hatte zum ersten Mal überlegt, wie es wäre, den Toni los zu sein, diesen ewig schwachen Lumpen, der das Geld versoff und verspielte und aus dem Jammern nicht herauskam. Wie es wäre, stattdessen mit Karl zu leben, dem starken Karl, der nichts fürchtete und kräftig für drei war. Dazu würde es wohl nie kommen, dachte sie, als Anna Rabitsch sie in ein Büro in der Polizeidirektion Mozartstraße bat.

„Frau Hennerbichler, kennen Sie diesen Brief?“

Sie nahm das Blatt Papier und las. Wirklich überrascht war sie nicht, als eine „Hur“ bezeichnet zu werden. Von einer Sache mit einem Milchhofarbeiter war hier die Rede. Dass die Bremstaller ihre Affäre mit Karl bemerkt hatte, wunderte sie aber doch. Karl arbeitete jetzt bei der Brauerei, die Alte musste sie also schon vor Monaten angezeigt haben, als er noch beim Milchhof beschäftigt gewesen war. Therese Hennerbichler fuhr mit dem Zeigefinger langsam über die Zeilen und formte die Wörter, die sie da las, stumm mit den Lippen. Sollte die junge Beamtin sie ruhig für dumm halten. Sie brauchte etwas Zeit, um nachzudenken. Warum zeigte ihr die Beamtin diesen Brief? Dass sie eine Affäre mit Karl hatte, konnte für die Kriminalpolizei doch keine Bedeutung haben. Oder sollte das tatsächlich etwas mit dem Mord an der Bremstaller zu tun haben? „Von wem ist das?"

„Kennen Sie diesen Brief?", fragte die junge Beamtin erneut.

Therese Hennerbichler schüttelte den Kopf und musterte sie. Vielleicht Mitte zwanzig war die Frau. In diesem Alter war sie gerade zum zweiten Mal schwanger gewesen. Karl fiel ihr ein. Ob er auch von der Beamtin befragt werden würde? Eine Tür ging auf, ein junger, etwas verwirrt dreinblickender Mann steckte den Kopf herein.

„Ich wollt Ihnen nur sagen, Fräulein Rabitsch, dass der Herr Kremser jetzt drüben vom Herrn Kommissar befragt wird, und der Kollege Ertl wär jetzt auch wieder da, wenn Sie Unterstützung brauchen."

Die Beamtin atmete hörbar aus und nickte ungeduldig. Therese Hennerbichler lugte an dem Mann vorbei in den Nebenraum. Dort saß, mit dem Rücken zu ihr, Karl. Ihn würde man also auch zu dem Brief befragen. Das bedeutete also, man sah dahinter einen möglichen Grund für die Ermordung der Bremstaller und befragte auch ihn über ihr Verhältnis. Diese alte Hexe! Natürlich ergäbe das aus Sicht der Polizei Sinn. Die Bremstaller war ihnen draufgekommen, hatte sie angezeigt und ihnen das brühwarm erzählt. Als Rache hatten sie die Alte umgebracht.

„Brauchen S' noch etwas, Fräulein Rabitsch? Einen Tee vielleicht?", fragte der Kollege.

„Nein, danke!“ Die Beamtin wirkte bereits unwirsch.

„Wie bitte?“ Der junge Mann trat näher an die beiden Frauen heran, und Therese konnte unbemerkt in den angrenzenden Raum blicken.

„Nein! Danke!“ Die Rabitsch schrie beinahe, Karl drehte sich um und bemerkte Therese.

„Was ist denn da los?“ Hinter Karl erschien ein dicker Mann mit Hitlerbart, ein Kommissar vermutlich, und schimpfte. „Fix laudum, Heumader, machen S’ die Tür zu! Muss ja nicht ein jeder alles wissen da herinnen!“ Er stampfte auf die offene Türe zu, um sie zu schließen, aber Heumader stand immer noch im Weg.

Karl nutzte das allgemeine Durcheinander und machte Therese hektisch Zeichen. Sie gab ihm durch ein Lächeln zu verstehen, dass sie begriffen hatte. Die Polizei wusste also doch nichts von ihnen beiden. Karl musste aus einem anderen Grund hier sein. Vielleicht vermuteten die Beamten etwas, nachweisen konnte man ihnen aber nichts. Wenn beide nichts zugaben, würde ihre Beziehung nicht auffliegen. Und damit hätten sie auch keinen Grund gehabt, die Bremstaller umzubringen.

Der junge Beamte war wieder verschwunden und die Beamtin atmete tief durch. „Noch einmal: Kennen Sie diesen Brief, Frau Hennerbichler?“

„Nein, hab ich ja eh schon gsagt.“

„Ach so, ja.“ Rabitsch schien verwirrt.

„Hat das die Bremstallerin geschrieben?“

Aus dem Nebenraum war eine aufgeregte Stimme zu hören. „Das tut nichts zur Sache. Außerdem will *ich* etwas von *Ihnen* wissen!“ Karl. Wenn er laut wurde, hatte das etwas zu bedeuten. Therese Hennerbichler hatte Mühe, sich auf die junge Beamtin zu konzentrieren.

„Sie arbeiten also als Hebamme."

„Ja."

„Wie oft sind Sie da außer Haus?"

„Unterschiedlich. Seit ein paar Monat bin ich öfter weg, weil mehr Kinder auf d' Welt kommen."

„Und sind Sie dann lang weg?"

„Kann schon spät werden. Wenn sich's Buzerl Zeit lasst."

„Auch mal eine ganze Nacht?"

„Ja, freilich, warum?"

„Stellen Sie sich nicht dümmer, als Sie sind, Frau Hennerbichler. Sie sind nämlich nicht dumm. Haben Sie einen Geliebten?"

„Wie kommen Sie da drauf? Ich bin verheirat und hab drei Kinder."

„Das ist keine Antwort auf meine Frage."

Hennerbichler zögerte und blickte auf ihre roten Hände. „Ja, stimmt schon. Ab und zu treff ich mich mit andere Männer."

Rabitsch starrte sie an. Mit diesem Bekenntnis hatte sie offenbar doch nicht gerechnet. „Welche Männer?"

„Mal der, mal der. Wer mir halt gfallt."

„Geht's genauer?"

„Ich hab noch keinen nach seinem Ausweis gfragt."

„Ist da auch ein Milchhofarbeiter dabei?"

„Nach dem Beruf frag ich auch nicht. Wen ich mag, mag ich, wen nicht, den nicht. Sie werden's ja nicht anders halten."

Rabitsch ignorierte diese Beleidigung. „Wo lernen Sie die Männer kennen?"

„Mein Gott, da gibt's Möglichkeiten. Wenn ich unterwegs bin in der Stadt. Oder auch nur, wenn ich's Trottoir kehr."

„Wo treffen Sie sich?"

„Dort, wo's grad passt. Meistens in den Wohnungen von den Männern."

„Wann?"

„Steht eh da!" Sie tippte auf den Brief.

„Das heißt, wenn Sie sagen, Sie müssen zu einer Geburt, dann gehen Sie eigentlich zu einem Mann?"

„Immer nicht, aber manchmal halt."

Rabitsch notierte etwas in ihr Notizbuch. „Wer weiß davon?"

„Niemand. Ich schau schon, dass keiner was sieht."

„Und im Haus in der Südtirolerstraße? Haben Sie dort auch Männerbesuch?"

„Daheim? Wo denken S' hin? Wo mich doch alle kennen und die Kinder sind und überhaupt."

„Also nicht?" Rabitsch blickte sie misstrauisch an.

„Täten Sie das machen?"

„Um mich geht's hier nicht, Frau Hennerbichler." Rabitsch beugte ihr Gesicht wieder über ihre Notizen.

Die Hebamme musste grinsen. Das dumme Mensch! „Wollen S' eigentlich gar ned wissen, warum ich mit andere Männer was hab?"

„Eigentlich nicht."

Therese Hennerbichler beugte sich vor. „Ich erzähl's aber trotzdem. Ich geh zu andere, weil der Meinige aus dem Saufen und aus dem Spielen nimmer rauskommt. Weil er überhaupt nix mehr arbeiten tut und alles an mir hängen bleibt. Weil er mir jede dritte Nacht von wem andern bracht wird, weil er so angsoffen ist, dass er nimmer heimfindet. Weil mir schon graust, wenn ich den versoffenen Hund nur seh. Weil ich mich um die drei Gfrasta kümmern muss, ums Kochen und um mei Arbeit. Und weil der Toni, wenn er heimfindet, nur mehr ins Bett fallt und sich um nix mehr scheißt, am wenigsten um mich. Und wenn er's doch einmal probiert, dass er mit mir was macht, dann bringt er nix mehr zusammen, weil er sich wirklich alles versoffen hat. Darum geh ich zu andere Männer. Ich hätt das schon längst machen sollen. Das ist mein Recht!" Sie lehnte sich zurück und verschränkte die Arme vor der Brust.

„Weiß Ihr Mann von Ihren ... Affären?"

„Der? Da könnt ich mit einem andern neben ihm liegen, würd der nix merken!"

„Und sonst jemand aus dem Haus?"

„Hab ich Ihnen ja schon gsagt. Daheim passiert nix."

„Und der Brief?"

„Was weiß ich. Da wird sich wer was zusammengereimt haben."

„Aber man könnte Sie ja doch einmal ..."

„Sie glauben also, dass mich die Bremstallerin einmal gsehen hat, und damit s' stillhält, hab ich s' umbracht."

„So könnte es gewesen sein, meinen Sie nicht?"

Hennerbichlers Augen verengten sich zu Schlitzen. „An ihrer Stell würd ich mir das womöglich auch denken. Aber eins haben Sie schon vergessen!"

„Nämlich?"

„Dass sich die Bremstallerin selber gar nichts geniert hat."

„Das heißt?"

„Das heißt, sie ist selber die größte Hur gwesen. Das haben alle im Haus gwusst. Einer ist ihr grad so recht gwesen wie der andere. Einmal hab ich sie selber gsehn. Im Keller. Mit einem von die Männer, die bei ihr gwohnt haben. Ich hätt schon lang was ausplaudern können!"

Rabitsch war mit einem Male hellwach. „Was sind das für Männer gewesen?"

„Alte, Junge, Schöne, Schiache. Da ist alles dabeigwesen. Den letzten hab ich mir gmerkt. Wie der geheißen hat, weiß ich nicht. Aber das ist der gewesen, der zum Schluss bei ihr gewohnt hat."

22
Dienstag, 22. August 1939, 18 Uhr

In der Wohnung der Familie Steininger hing der Geruch von Kernseife und angesengtem Haar. Steininger saß im Unterhemd am Küchentisch vor einer Waschschüssel und einem kleinen Spiegel und rasierte sich. Nicht und nicht wollte es ihm gelingen, den richtigen Winkel zu finden, mit dem sich sein Bärtchen unter der Nase ausrasieren ließ.

„Fix noch einmal! Schon wieder gschnitten!" Wie das der Führer nur machte? Aber der hatte vermutlich einen eigenen Barbier, der nichts anderes zu tun hatte, als das bedeutendste Bärtchen Deutschlands zu trimmen. Gemessen an der Brauchbarkeit der jeweiligen Bartmode fand Steininger den Nationalsozialismus zwar einen Fortschritt gegenüber der Monarchie mit ihren Backenbärten und aufgezwirbelten Bartenden. Gegenüber der Republik mit ihren unverdächtigen und pflegeleichten Schnurrbärten hatte das Dritte Reich jedoch das Nachsehen.

„Mizzi! Bring mir's Alaun!"

„Liegt eh schon dort!"

„Wo?"

„Neben die Schüssel hab ich's hinglegt!"

„Mizzi! Da is nix! Tummel dich!"

Maria Steininger stürmte in die Küche und deutete mit der Brennschere neben die Waschschüssel. „Da liegt's! Vor deiner Nasen! Sperrst halt einmal die Augen auf! Und jetzt mag i meine Ruh! Sonst wird's nix mit dem Ondulieren!"

„Was treibst denn gar so einen Aufwand?"

„Alle Tag sind wir nicht bei einem Doktor eingeladen. Noch dazu einem aus dem Altreich."

Während Steininger den Alaunblock auf die blutende Stelle legte, dachte er darüber nach, ob er sich darüber freuen sollte, von den Rossmanns, die man ja eigentlich kaum kannte, zum Essen eingeladen zu werden. Immerhin konnte man damit rechnen, ausreichend verköstigt zu werden, aber ob das Abendessen auch ordentlich sein würde? Was wusste man darüber, was Menschen aus Schwerte in Westfalen zu essen pflegten? Worüber sollte man mit diesen Leuten reden? Wenn er wenigstens schon Parteimitglied wäre!

„Du, dass du mir ja ned den Schnaps anpackst. Der ist für den Doktor Rossmann!", tönte es von nebenan.

„Weiß ich ja eh!" Steininger schielte nach der braunen Flasche auf der Kredenz. Unsinn, den Leuten so etwas Gutes mitzunehmen. Hätten nicht die Blumen genügt, die er auf dem Heimweg noch hatte besorgen müssen?

„Wann kommt eigentlich der Rudi?", fragte sie.

„Jetzt fragst schon wieder! Wird schon kommen, der werte Herr Sohn!"

„Was bist denn gar so grantig heut?"

Steininger brummte ärgerlich und wusch die Reste der Rasierseife ab. Die Mizzi hatte natürlich wieder einmal keine Ahnung. In knapp einer Woche würde der Polizeipräsident in einem der Sonderzüge zum Parteitag in Nürnberg aufbrechen. Bis dahin musste er den Mörder der alten Bremstaller gefasst haben, damit sich Plakolm vor Göring nicht blamierte. Und dabei war die ganze Arbeit im Grunde genommen umsonst! Der Polizistenmörder Raders war mittlerweile von einer SS-Streife erschossen worden. Der Fall war erledigt und somit hatte Steininger keinen Grund mehr, Zweifel an der Täterschaft Alfred Bergers vorzutäuschen. Aber natürlich konnte er jetzt schlecht die Ermittlungen im Fall Bremstaller abbrechen. Und allmählich begann ihm die Zeit davonzulaufen. Trotzdem war er heute früher heimgegangen, weil sich die Mizzi eingebildet hatte, er müsse sich waschen und rasieren.

Steininger schielte erneut nach der Schnapsflasche. Sie war randvoll. Kurzerhand entkorkte er sie und nahm einen tiefen Schluck. Etwas weniger in der Flasche würde nicht auffallen, zur Not würde man mit Wasser nachfüllen können. In langen Ehejahren hatte er die Fertigkeit erworben, einmal geöffnete Flaschen wieder so zu verkorken, dass niemand etwas bemerkte.

Und dann die Rabitsch! Sie schien ja nicht ganz ohne Talent für die Arbeit zu sein. Was die Hennerbichler da über ein mögliches Verhältnis der Bremstaller mit dem Ertl erzählte, war für Rabitsch nicht mehr als eine Räubergeschichte. Wieso beispielsweise, hatte sie gefragt, hätte sich der Ertl mit der Bremstaller im Keller treffen sollen, wo die zwei ja eine gemütliche Wohnung gehabt hatten. Und außerdem hat sich recht leicht herausfinden lassen, dass der Ertl, wie ihn die Hennerbichler im Keller gesehen haben will, gar nicht in Linz war. Alles zusammen also nur eine billige Geschichte, mit der die Hausmeisterin von sich ablenken wollte. So weit, so gut.

Aber mit den Briefen machte die Rabitsch alles nur noch komplizierter, als es eh schon war. Da fand sie in der Wohnung der Alten einen Stapel Briefe, in denen die gesamte Nachbarschaft angezeigt wurde, und dann behauptete sie allen Ernstes, die Briefe stammten gar nicht von der Bremstaller. Die zahlreichen Rechtschreib- und Grammatikfehler ebenso wie der Schreibstil würden auf eine Person mit geringer Bildung schließen lassen, hatte sie gemeint. Und das traf auf die Bremstaller, die immerhin das Lyzeum besucht hatte, nicht zu. Steininger war die Sache rätselhaft erschienen. Er hatte an den Briefen nichts Bemerkenswertes entdeckt, mit der Ausnahme, dass sie allesamt am Hauptpostamt aufgegeben worden waren, wie man an den Stempeln der Originale sehen konnte. Umso mehr wurmte ihn die Selbstsicherheit, mit der dieses Fräulein aus Wien daherkam und behauptete, Johanna Schoiswohl habe die Briefe geschrieben. Jener Brief nämlich, in dem Beschuldigungen gegen die Schoiswohl ausgebreitet wurden, war, abgesehen von einem Tippfehler, fehlerlos und in einem einwandfreien Stil verfasst. Nach Ansicht der Rabitsch war das der einzige von der Bremstaller selbst geschriebene Brief. Steininger war das alles zu kompliziert gewesen.

Die Rabitsch war aber auch gleich mit einer weiteren Theorie dahergekommen: Die Schoiswohl hatte aufgrund ihrer schweren Gicht kaum die Möglichkeit, die Briefe ordentlich zu schreiben und beim Hauptpostamt am Bahnhof aufzugeben. Vielmehr, so die Vermutung von der Rabitsch, hatte die Bremstaller für die Schoiswohl die Korrespondenz besorgt. Zuvor aber hatte sie die Briefe abgetippt und zwar mitsamt den Fehlern, um ihre Überlegenheit gegenüber der Schoiswohl, die nur Volksschulbildung besaß, deutlich zu machen. Möglicherweise hatte sie die Beschuldigten erpressen wollen oder die Schoiswohl selbst, indem sie ihr drohte, die Angezeigten auf Schoiswohls Denunziation aufmerksam zu machen. Dadurch sei die Bremstaller auch draufgekommen, dass ihre Nachbarin einen Pfarrer bestechen wollte, der die Pfarrmatriken fälschen sollte, um die rein arische Herkunft des Sohnes der Schoiswohl belegen zu können. Wahrscheinlich hatte die Bremstaller ihre Nachbarin damit erpresst, hatte selbst den Sachverhalt niedergeschrieben und gedroht, ihn der Gestapo mitzuteilen. Steininger erschien die Sache recht konstruiert, aber ganz auszuschließen war das nicht. Wenn man bedachte, was heutzutage vom Ariernachweis alles abhing! Der Schoiswohl hatten sie auf alle Fälle zu wenig Beachtung geschenkt. Aber so bösartig und klatschsüchtig die Frau auch war – war sie zu einem Mord fähig? Wäre sie alleine körperlich in der Lage, einen Mord zu begehen? Alleine ihre von Gichtknoten deformierten Hände. Konnten die überhaupt ein Messer halten?

Die Sache konzentrierte sich jedenfalls auf die Bewohner des Hauses in der Südtirolerstraße. Denn auch die beiden hausfremden Personen, die in den Briefen belangt worden waren, Karl Kremser und Simon Pollaschek, waren vom Haus aus zumindest sichtbar: Pollaschek war Lehrer in der Goetheschule, dessen Pausenhof vom Haus aus eingesehen werden konnte. Und Kremser, sinnierte Steininger fälschlicherweise weiter, arbeitete im schräg vis-a-vis des Hauses gelegenen Milchhof. Aber half ihnen das wirklich weiter?

Er seufzte und trank noch einmal vom Nussgeist. Gerade heute war wieder so ein Tag, an dem ihn niemand recht verstehen wollte. Zum Beispiel der Ertl. Da hatte er den jungen Kollegen gewissermaßen aus den Händen der Gestapo befreit, aber kaum war er rehabilitiert, blickte ihn der Kerl nur mehr mit säuerlicher Miene an. Da half man, wo man konnte, und erntete nur Undank. Steininger lauschte nach dem Schlafzimmer und nahm einen weiteren Schluck aus der Flasche. Er seufzte neuerlich. Was wusste er eigentlich von der Gicht? Nur, dass ihm die Mizzi immer wieder diese Krankheit prophezeite. Man würde einen Arzt konsultieren müssen. Was heutzutage alles von einem Polizisten verlangt wurde!

Er hörte Rudi kommen. Die Wohnungstür wurde schwungvoll geöffnet, mit der Selbstverständlichkeit desjenigen, dem nichts passieren konnte, riss er auch die Küchentür auf. „Servus, Papa!" Noch bevor Steininger überhaupt wusste, was los war, nahm Rudi einen tiefen Schluck aus der Schnapsflasche.

„Ist das ein Nussgeist von der Tante? Der ist und bleibt der beste."

Steininger staunte erneut über seinen Sohn. Noch vor wenigen Jahren war er hier am Tisch gesessen, hatte über seinen Hausübungen gebrütet und war vom Wunsch besessen gewesen, Schauspieler zu werden. Und nun? Ein selbstbewusster, schlanker junger Mann in SS-Uniform.

Maria Steininger hatte ebenfalls die Wohnungstür gehört und stand nun, frisch onduliert, in der Küche. Strahlend begrüßte sie Rudi, schwenkte aber sofort in Geschäftigkeit um. „Mein Gott, Bub, heut schaust wieder mager aus. Hast sicher einen Hunger. Ich hab dir was vom Mittagessen auf die Seiten glegt. Iss nur recht ordentlich! ... Hast deine Wäsch mit? ... Nicht? Ja, warum denn nicht? Hätt's dir gleich gwaschen ... Magst was zum Trinken? Ein Bier vielleicht? Der Papa holt dir eins!"

Rudi wehrte ab. „Mama, ich schau nur kurz vorbei, ich bin gleich mit der Helga verabredet. Wir gehen ins Kino und nachher in den Paradiesgarten tanzen."

„Da schau her. Der Herr Sohn. Noblig, muss ich sagen", grantelte Steininger.

„Geh Pepi, gib eine Ruh mit deiner Matschkerei", fuhr ihn seine Frau an und wandte sich umgehend wieder mit besorgter Miene ihrem Sohn zu.

„Aber, gehst du nicht mit zu den Rossmanns? Grad auf dich hätten sie sich gefreut."

„Geht nicht, Mama. Ich muss wirklich gleich los."

In Maria Steiningers Gesicht war die Freude der Enttäuschung gewichen. „Immer musst gleich wieder weg. Nie hast Zeit, dass wir einmal miteinander reden."

„Morgen, Mama. Ich versprech's."

„Nimmst die Helga mit, gell? Gleich zum Mittagessen. Ich mach uns was Schönes. Und am Nachmittag ..."

Rudi machte abwehrende Handbewegungen. „Ich schau, dass es sich ausgeht, Mama. Jetzt muss ich dann aber wirklich."

„Dann lass dir zumindest ein bisserl ein Geld geben, Bub. Der Paradiesgarten ist teuer. Pepi, gib schnell das Portemonnaie her. Da, schau, zehn Mark. Junge Leut brauchen ja immer ein Geld."

Steininger brummte verärgert. Dass die Mizzi so mir nix dir nix über sein Geld bestimmte, wurmte ihn. Seufzend gab er Rudi einen Schein, der ihn lachend einsteckte und sich aufmachte, zu gehen.

„Aber nicht auf einmal auf den Putz hauen! Wirst schon noch sehen, was das Geld wert ist, wennst selbst im Geschirr stehst!"

„Wir machen's besser, Papa. Zuerst räumen wir mit der polnischen Wirtschaft auf und dann wird der Jud ins Gschirr gsteckt."

„Apropos, kennst du eigentlich einen Schoiswohl Alois? Ein bisserl älter als du ist er, aus Linz. Der will auch zur SS gehen oder ist schon dabei."

„Den Lois? Ja, freilich. Ist jetzt bei der Verfügungstruppe. Ein prima Kamerad. Kennst ihn eh. Ist ebenfalls im ‚Budweis' gewesen. Kannst dich nimmer erinnern? Der neben mir gesessen ist."

Steininger hatte nur eine trübe Erinnerung an einen stillen, dunkelhaarigen Burschen. „Weißt du was über ihn?"

„Ned viel. Der Vater ist vor ein paar Jahren bei einem Unfall gestorben. Seine Mutter dürft krank sein. Sie schaut sich recht um den Lois, weil er der einzige Bub ist und sie ihn so spät gekriegt hat obendrein. Warum fragst?"

„Nur so. Du, sag, ist der öfter daheim, der Lois?"

„Schon. Ziemlich oft sogar. Aber nicht, weil er bei der Kittelfalten hängt. Er sagt, er muss der Mutter helfen."

„So ein braver Bub", kommentierte nun auch Maria Steininger.

„Geh Mama, das ist was anderes! Dem Itzig seine Mama ist wirklich ganz allein."

„Itzig? Warum Itzig?" Steininger blickte überrascht zu Rudi auf.

„Ah, jetzt ist mir das rausgerutscht", lachte Rudi. „Wir haben den Lois immer ein bisserl am Schmäh gehabt, weil es sich bei ihm zuerst beim Ariernachweis gespießt hat. Jetzt hat halt ein Stubenkamerad das aufgebracht, dass der Lois wahrscheinlich eh ein Vierteljude ist."

„Und?"

„Nix und! Hat halt ein bisserl länger gedauert mit dem Nachweis. Wird der Pfaff geschlampt haben."

„Rudi!" Maria Steininger hob empört die Augenbrauen.

„Na weil's wahr ist. Da wartet man und wartet und dann dauert's extra lang. Jedenfalls ist alles in Ordnung mit ihm, sonst hätten s' ihn ja nicht genommen bei der SS."

„Hast recht", bestätigte sein Vater. „Du, aber solche Schmäh können in die Hose gehen, gell. Nicht, dass am End wer glaubt, der ist wirklich ein Jud."

„Wird eh nimmer gesagt. Der Lois hat ja sogar einmal einen mächtig verdroschen, der ihn vor dem Spieß Itzig geheißen hat. So, jetzt muss ich aber wirklich." Rudi küsste seine Mutter und verließ die Wohnung.

Maria Steininger sank seufzend auf einen Küchensessel und begann zu weinen. „Dass es dem Buben immer so pressiert. Wir haben noch gar ned über das mit der Kirche reden können."

„Er wird schon kommen morgen, Mizzi. Bestimmt!"

Sie nickte stumm, trocknete die Tränen und ging ins Schlafzimmer, um sich weiter herzurichten.

Wie seine Frau dachte auch Steininger an die katholische Kirche. Der Kirchenaustritt seines Sohnes war ihm freilich herzlich egal. Was ihn viel mehr interessierte, war die Frage, was es kosten mochte, einen Pfarrer dazu zu bewegen, aus jüdischen Vorfahren kreuzbrave Christen zu machen.

23
Dienstag, 22. August 1939, 19 Uhr 10

„Und, wie ist so das Wetter bei Ihnen?"

Maria Steininger trat nach dem Schienbein ihres Gatten. Mit diesem Mann war es doch ein rechtes Kreuz! Da saß man bei den Rossmanns in der guten Stube, die Frau des Hauses hantierte noch in der Küche, und dem Pepi fiel nichts ein, um etwas zur Unterhaltung mit dem Doktor beizutragen. Herr Rossmann hatte eben vom Salzkammergut erzählt, wo die Familie ein paar Tage verbracht hatte. Armin, der zehnjährige

Sohn der beiden, hatte artig einen Diener angedeutet und von seinen Schulleistungen berichtet. Damit wären die Steiningers mit dem Erzählen an der Reihe gewesen, aber die Plauderei wollte nicht so recht in Gang kommen. Die schulische Karriere Rudis war schon zu lange her und überdies wenig ruhmvoll verlaufen, weshalb Frau Steininger dieses Thema lieber vermied. Und das Salzkammergut war ein unerreichbarer Traum für sie, so wie sie auch sonst kaum etwas vom Reisen zu erzählen wusste. Das sich breitmachende Schweigen war ihr etwas unangenehm, aber bei weitem nicht so peinlich wie die Fragen, mit denen ihr Mann ein Gespräch in Gang bringen wollte. Er schien den Fußtritt bemerkt zu haben, denn er blickte sie irritiert an.

„Ich meine, bei Ihnen daheim", ergänzte er. „Ist es recht kalt da oben?"

Sie atmete hörbar ein und zwickte den Pepi in den Oberschenkel.

„Sie meinen, in Schwerte? Ja, wissen Sie, Herr Steininger, so weit im Norden ist das gar nicht. Das Wetter ist eigentlich wie hier, vielleicht etwas mehr Niederschlag. Meine Frau, die Trude, stammt ja aus Berlin, die ist doch immer wieder überrascht, wie ausgiebig es in Schwerte regnen kann, aber ..."

„Ein Segen für den Bauernstand, gell?"

„Vermutlich, ja. Ich habe da ja weniger Beziehung zu."

„Apropos, was isst man denn so bei Ihnen daheim?"

Obwohl Doktor Rossmann mit einem eleganten Lächeln die Frage ignorierte, glaubte Frau Steininger, vor Scham schier im Erdboden versinken zu müssen. Wenn das so weiterging, würde das die letzte Einladung zu den Rossmanns gewesen sein.

Wieder machte sich Schweigen breit. Trotz der angespannten Situation registrierte Frau Steininger, wie nobel man hier eingerichtet war: ein feines, weißes Tischtuch aus Damast, dazu Besteck aus Solinger Herstellung und am Boden ein Perserteppich. Wenn nur der Pepi hier nichts anpatzte! Oder sich am Ende ganz ungehörig benahm und jene Witze erzählte, bei denen es einem Gutteil der Zuhörer die Rede verschlug. Beim Trinken jedenfalls musste er unbedingt Maß halten, schon allein, weil man hier einen guten Weißwein aus dem Altreich in richtigen Weingläsern kredenzt hatte. Wie in einem Restaurant fühlte sie sich, und sie wusste nicht, ob dieses Gefühl angenehm für sie war. Zumindest hatte sich der Pepi die Serviette bereits in den Kragen geschoben, er bemühte sich also, ihr keine Schande zu machen.

Feine Leute waren das, die Rossmanns, eigentlich viel zu fein für diese Wohnung. Gemälde hingen an den Wänden, und am Fenster stand eine Vase mit Blumen. Die Bücher im Regal sahen tatsächlich gelesen aus und auf einem Salontischchen lag nicht nur der ‚Völkische Beobachter', sondern auch ‚Das Reich'. Und dann die beiden selbst: Doktor Rossmann, eine große, hagere Erscheinung, strahlte eine gewisse legere Weltläufigkeit aus, während Gertrude Rossmann mit ihren kurzen, braunen Haaren und der gedrungenen Gestalt auf den ersten Blick eher den häuslichen, praktisch veranlagten Typ darzustellen schien. Frau Steininger hatte aber durchaus bemerkt, dass die Hände der Frau Doktor sehr gepflegt waren und die so einfach scheinende Frisur gewiss regelmäßig in einem teuren Salon entstand.

„Was hat Sie denn eigentlich nach Linz verschlagen?"

„Der Dienst, lieber Herr Steininger, der Dienst. Ich bin bei der hiesigen Gauleitung für Fragen der Volksgesundheit zuständig. Eine gerade heutzutage für das Volk überlebenswichtige Frage! Ich würde sogar behaupten, dass wir beide, lieber Herr Steininger, sehr ähnliche Aufgaben wahrnehmen."

„Ach so? Sind S' leicht auch bei der Polizei?"

Rossmann lachte und nippte an seinem Weinglas. „Nein, nein, ich meine im übertragenen Sinne! Zu dieser Aufgabe gehört es, nicht mehr blind allen Teilen des Volkes Heilung zukommen zu lassen. Um den Volkskörper gesund zu halten, ist es heutzutage unumgänglich, auch auszumerzen, und zwar jene Teile des Volkskörpers, die das Überleben des Volksganzen in Gefahr bringen. Wenn ich das mal vergleichen darf, dann sorgen Sie, lieber Steininger, dafür, dass sich die Krebsgeschwüre des Verbrechens nicht weiter im Volkskörper verbreiten. So gesehen, sind Sie ja auch gewissermaßen ein Arzt, wenn ich das mal so sagen darf."

Steininger staunte. „Ich, ein Doktor? Na hören S' auf! Am End soll ich noch Rezeptln schreiben!"

Frau Steininger blickte ihren Mann tadelnd an. „Das ist ja gar nicht wörtlich gemeint. Sie sind ja direkt ein Literat, Herr Doktor!"

Rossmann winkte ab.

„Fesch haben Sie's hier, wirklich. Recht geschmackvoll", lobte sie.

„Danke, Frau Steininger, aber das ist das Werk meiner Frau. Der Mann ordnet die Welt, das Weib das Heim! Auch wenn es wohl nur für ein Weilchen sein wird. Wir sehen uns nach einem Haus um, meine Frau möchte so gerne einen Garten."

„Ja, das eigene Fleckerl Grund, gell?"

„Ach, wisst ihr was? Wollen wir nicht Brüderschaft trinken? Da spricht es sich doch viel leichter, nicht?" Rossmann stellte eine Schnapsflasche und vier Gläser auf den Tisch. Seine Frau Trude kam gerade rechtzeitig mit einem Berg dampfender Schnitzel, um sich der allgemeinen Verbrüderung anzuschließen.

„Na, was sagst du, Josef? Wiener Schnitzel! Meine Idee war das ja nicht, aber Trude meinte, es wäre ne feine Sache, wenn wir unsere Gäste mit einer ostmärkischen Spezialität bewirten."

Steininger gingen die Augen auf. „Ja, da schau her, wer hätt sich das denkt, was Mizzi?"

„Ich hoffe, mir ist das Schnitzel gelungen. So oft hatte ich ja noch nicht die Gelegenheit! Gottlob war der Metzger so freundlich und hat mir ein paar Winke gegeben." Trude Rossmanns Backen glühten. Sie ließ Steininger nicht aus den Augen, als er nach einem Stück Fleisch und den Petersilerdäpfeln langte.

„Und, schmeckt's?"

„Hervorragend, Gertrude, wirklich!" Steininger schmatzte.

„Aber nenn mich doch Trude! Das freut mich jetzt aber, Josef. Dieses Lob von einem Ostmärker!"

„Aber wo, wir sind doch jetzt eh alle dieselben Deitschen."

„Da bin ich nun aber wirklich erleichtert. Heiner hatte mich ja schon ganz kirre gemacht. Trude, sagte er, Trude, du kannst doch einem Ostmärker kein Schnitzel auftischen! Das wäre dasselbe, als würdest du einem Ostpreußen Königsberger Klopse servieren."

Frau Steininger registrierte zunehmend pikiert, dass sich ihr Mann eine Portion nach der anderen schmecken ließ. Dabei starrte er Frau Rossmann an, als ob auch sie ein Schnitzel wäre. Tatsächlich war ihr bewusst, dass die pausbäckige Frau so ganz nach dem Geschmack ihres Mannes war. Und auch diese schien Gefallen an dem Gast zu finden, der mit kindlicher Begeisterung ihre Kochkünste würdigte. Nach dem vierten

Schnitzel, das im Mund ihres Gatten verschwand, begann sie sich wirklich zu ärgern. Was fiel dem Pepi nur ein, hier derart zu fressen? Sie selbst hatte Maß gehalten, und der Doktor schien seine Portion mit bedächtigen Bewegungen geradezu sezieren zu wollen. Bei besseren Leuten, wusste sie, galt es als unfein, alles in sich hineinzustopfen, was einem serviert wurde. Auch, wenn ihnen hier so splendid aufgewartet wurde, hätte der Pepi also durchaus mit zwei Schnitzeln das Auslangen finden können. Er aber langte gerade nach dem siebten Stück und war damit drauf und dran, jene Bestmarke, die er am Ostersonntag vor zwei Jahren – daheim, wohlgemerkt! – aufgeboten hatte, einzustellen. Und das bei einer dummen Gans aus dem Altreich, die gerade eben die ersten Schnitzel ihres Lebens gemacht hatte.

„Ach Gottchen, ich muss noch einmal nachholen! Dass du mir aber ja noch Platz lässt für etwas Nachtisch, Josef!"

„Was gibt's denn dann Feines, Trude?"

„Quarkstrudel. Mit Tunke! Ich dachte, wenn schon Wiener Küche, dann richtig!"

„Aha. Ist das was Süßes?"

Sie kicherte. „Du bist ja ulkig, Josef!"

Nach sieben Schnitzeln, wohl einer ganzen Schüssel Erdäpfel und drei Portionen Topfenstrudel bemerkte Maria Steininger im Gesicht ihres Mannes nicht nur das übliche Gemisch aus Schweiß und Fett, sondern, zum ersten Mal seit langer Zeit, auch wieder den Ausdruck ungetrübten Glücks.

„Jetzt steht's aber wirklich an bei mir", schnaufte er und lehnte sich zurück. Sie merkte, wie mit jedem Bissen ihres Mannes ihre Wut auf ihn zugenommen hatte. Direkt zum Genieren war dieser Mann! Wie aus Versehen hatte sie ihn zwischendurch mit ihrer

Gabel in den Handrücken gestochen, was er aber nur mit einem gutmütigen Lächeln quittiert hatte. „Trude, ich muss sagen, das sind wahrscheinlich die besten Schnitzel gewesen, die ich in meinem Leben gegessen hab!“ Ihre Augen verengten sich zu Schlitzen, und Frau Rossmann unterstand sich nicht und kicherte dazu wie ein Backfisch!

„Pepi, jetzt wird's allmählich Zeit zu gehen“, flüsterte Frau Steininger ihrem Mann zu.

„Ein Verdauungsschnäpschen, Josef? Eine kolossale Leistung von dir, muss ich sagen.“

„Das ist so schön, endlich mal ein richtiger Mann mit gesundem Appetit. Der Heiner ist da ja leider anders.“

„Ein kleiner Esser bin ich noch nie gewesen. Aber nicht, dass ihr glaubt, ich ess immer so viel!“, sagte Steininger stolz.

„Pepi, wir gehen jetzt“, zischte seine Frau.

„Gleich, Mizzi, nur noch das Schnapserl da.“

„Will denn niemand das letzte Stück Schnitzel? Josef, du?“ Frau Rossmann hielt dem Kommissar das gewiss nicht kleine Stück Fleisch unter die Nase.

Auch Doktor Rossmann schien Gefallen am Essvermögen seines Gastes gefunden zu haben. „Na klar! Josef, nun lass doch sehen, ob du das letzte Schnitzel auch noch verdrücken kannst.“

„Das wär dann mein achtes!“

„Das achte? Donnerwetter! Das schaffste nie!“

„Pepi, bitte! Hast schon genug ghabt. Es ist doch zum Genieren.“

„Ein gesunder Appetit kann gar ned zum Genieren sein. Eins ist keins, sag ich immer.“ Mit zwei Bissen verdrückte der Kommissar auch noch das letzte Schnitzel.

Die Rossmanns rissen die Augen auf. „Mensch, Josef, du bist 'ne Wucht!“

Steininger strahlte. „Jetzt brauch ich aber noch einen zweiten Schnaps."

„Sollste haben!" Doktor Rossmann schenkte nach.

„Der Mann wird und wird nicht gescheiter", jammerte Maria Steininger.

„Apropos, Heiner, was ich dich fragen wollt: Wie ist denn das eigentlich mit der Gicht?"

Rossmann grinste. „Haste Muffensausen, Josef? Keine Bange! Kann noch keinerlei Anzeichen bemerken bei dir."

„Wieso bei mir? Schmarrn. Ich möcht nur wissen, wie das ist, wenn einer die Gicht hat. Kann der dann ein Messer halten zum Beispiel? Oder kann er Stiegen steigen?"

Rossmann füllte die Schnapsgläser erneut. „Das hängt davon ab, ob es sich um schwere Gicht handelt und welche Körperteile hauptsächlich davon betroffen sind. Viele Patienten haben zwischen den Gichtanfällen ein recht ordentliches Leben. Es gibt aber natürlich auch die Neunmalklugen, die nach dem ersten Anfall immer noch nicht zum Arzt gehen und weder das Fressen noch das Saufen lassen. Das gilt auch für dich, Josef. Einmal über die Stränge zu schlagen, mag ja angehen. Aber dass du mir nicht alle Tage einen Berg Schnitzel verdrückst!"

„Was sag ich dir immer, Pepi? Wenn du so weitermachst, kannst dich bald nimmer rühren!", schlug seine Frau in dieselbe Kerbe.

„Aber wenn es dem Josef doch so schmeckt!", nahm Frau Rossmann ihren Gast in Schutz. „Es gibt doch für eine Frau nichts Schöneres, als den eigenen Mann zu verwöhnen."

„Na, ich wüsst mir da schon auch noch was anderes. Dem Pepi schmeckt's halt jeden Tag! Nicht nur, wenn *du* ihm die Schnitzel hinstellst!" Trude Rossmann schwieg, räumte dafür aber den Tisch recht lautstark ab.

„Wem das Essen schmeckt, dem schmeckt auch die Arbeit", versuchte Steininger die Debatte über seinen Gesundheitszustand zu unterbinden. „Ich möcht jetzt aber schon noch wissen, wie das ist bei der schweren Gicht."

„Wenn sie nicht behandelt wird, bekommt man ernste Schwierigkeiten: Zuerst in den Beinen, dann auch in den anderen Gelenken."

„Das heißt, es wär möglich, dass jemand, der die Gicht hat, sich wirklich nimmer rühren kann?"

„Das müsste schon ein sehr schwerer Fall sein. Aber natürlich, denkbar ist das. Aber jetzt lassen wir mal die ernsten Gedanken beiseite, Josef. Komm, wir trinken noch nen Schnaps! Auf einem Bein steht man nicht gut, was Josef?"

„Pepi, wir müssen jetzt gehen!"

„Aber wieso denn? Ist doch grad so gemütlich!"

Sie bemerkte im Gesicht ihres Mannes Anzeichen, die ihr gar nicht gefallen wollten: rote Flecken und glasige Augen.

„Pepi, bitte!", zischte sie.

„Aber ihr nehmt doch noch ein Tässchen Kaffee!" Trude Rossmann hatte wieder ihre freundliche Miene aufgesetzt und begann, Kaffeetassen aufzutragen. „Echter Bohnenkaffee! Zur Feier des Tages!"

„Da schau, Mizzi. Einen Bohnenkaffee werden wir zwei doch nicht auslassen, gell?", wandte sich Steininger lachend an seine Frau. „Jessas, was Süßes gibt's auch noch. Da geht's uns gut heut, was Mizzi?"

Sie konnte nicht umhin, den großen Teller Konfekt, denTrude mittlerweile geholt hatte, anerkennend anzustarren. „Geht dir sonst aber auch nichts ab, Pepi, oder?"

„Ohne eine klitzekleine Süßigkeit schmeckt mir der beste Kaffee nicht“, kicherte Frau Rossmann. „Ach, und natürlich noch ein Likörchen! Wie konnte ich das bloß vergessen!“ Eilig holte sie eine Flasche mit hellbrauner Flüssigkeit und mehrere Sherrygläser.

Frau Steininger beschloss, erst einmal den sündteuren Bohnenkaffee zu genießen. Dem Pepi würde sie daheim eine Strafpredigt halten. Sollte er doch gleich zu seiner Trude ziehen, wenn sich die besser um ihn umschauen konnte als sie!

„Und woran erkenn ich das, ob wer wirklich eine schwere Gicht hat oder nur so tut?“

„Mensch Josef, du lässt nicht locker, was? Na, für gewöhnlich hat jemand mit schwerer Gicht Knötchen an den Gelenken. So richtige Wülste, verstehste? Na, da fällt mir ne Geschichte ein ... Komm, nimm noch nen Schnaps, Josef, dieses klebrige Zeug ist ja doch mehr für die Damen ... Als ich noch Oberarzt bei der Wehrmacht war, hatten wir mal nen Rekruten, ne richtig faule Sau. Der Kerl wusste, ein Zweitagesmarsch stand an, und er wollte ums Verrecken nicht mit. Da hat er sich beim Sani gemeldet. Starke Gelenkschmerzen hieß es. Ab ins Lazarett. Da sagte ich zum Sani: ‚Moment mal! Den Kerl werd ich mir mal zur Brust nehmen!‘“

Steininger kicherte. Auf seiner Stirn perlte der Schweiß.

„Da hab ich mir den Knaben holen lassen. Zuvor noch ein Wort mit dem Sani gewechselt. Der Rekrut wird mit der Bahre reingebracht. Ich sag zu ihm: ‚Mensch Meier‘, der hieß wirklich Meier, musste wissen.“

Steininger kicherte erneut.

„‚Meier‘, sagte ich, ‚Sie arme Sau, was ist denn los?‘ Und der Kerl beginnt zu jammern, was nicht alles kaputt ist an seinen Beinen. Und auf einmal stürzt der

Sani rein und schrie: ‚Feuer! Alles raus!' Na, ich raus, die beiden Träger auch. Und was glaubste, wer auch die Beine untern Arm nahm? Na? Der Meier! Lief wie ein Wiesel."

Steininger bog sich vor Lachen. „Sehr gut, Heiner, so ein Tachinierer! Das heißt", er wurde plötzlich nachdenklich, „man müsst so was bei der alten Hex auch einmal probieren."

Herr Rossmann runzelte die Stirn, Frau Steininger schüttelte den Kopf. Wenn der Kerl besoffen war, war einfach gar nichts mehr mit ihm anzufangen!

24
Mittwoch, 23. August 1939, 9 Uhr 30

Kriminalassistent Heumader öffnete die Tür zu Steiningers Büro im Kommissariat IIa und räusperte sich hörbar. „Feuer, Feuer, wir müssen alle raus", sprach er in leierndem Tonfall in den Raum hinein.

Johanna Schoiswohl drehte sich auf ihrem Sessel mühsam zu Heumader um, der in seltsamem Widerspruch zu seinen Worten ruhig stehenblieb, und wandte sich wieder Steininger und Ertl zu. „Was sagt er?"

„Brennen tut's, Frau Schoiswohl, schnell!" Steininger bemühte sich, die fehlende Verve in Heumaders Tonfall zu kompensieren.

„Aber geh, woher denn?" Sie hielt die Nase in die Höhe, schnupperte, drehte sich noch einmal zu der offenen Türe. „Schaun S'! Gar nix los da draußen. Und riechen tut man auch nix."

Tatsächlich war am Gang keinerlei Hektik zu erkennen. Ein Amtsdiener trug, einen Schlager vor sich hin pfeifend, einen Stoß Akten vorbei, Telefonläuten war zu hören, und die Sekretärin von Kriminalinspektor Huber schlenderte gemächlich mit einer Tasse Kaffee vorbei. Ein ganz gewöhnlicher Spätsommervormittag, wie es schien. Dennoch sprangen Ertl und Steininger auf und eilten, Heumader mitreißend, zur Tür hinaus.

„Meinen Sie, dass es klappen tut, Herr Kommissar?“, fragte Heumader.

„Vielleicht hätt's klappen können, wenn du Rindvieh dich ein bisserl mehr angestrengt hättest“, schimpfte Steininger schnaufend. Die Strapazen der ungewohnten Eile waren ihm anzusehen.

„Aber ich hab's doch genau so gemacht, wie Sie's mir aufgetragen haben!“

„Schmarrn! Tun hättst sollen, als ob's wirklich brennt, schreien und gleich die Tür zuschmeißen, dass die Alte nix merkt. Und was machst du? ‚Feuer‘, sagt er, als ob's drum geht, dass dem Amtsdiener ein Zehennagel eingewachsen ist.“

Heumader runzelte die Stirn und formte die Hand zu einem Trichter an seinem Ohr. „Den Amtsdiener brauchen S'? Sekunde, Herr Kommissar.“

Steininger blickte dem davoneilenden Heumader nach, ließ sich auf eine der unbequemen Holzbänke im Gang fallen und schloss die Augen. „Das macht er mir alles nur z' Fleiß. Der will mich partout unter die Erd bringen.“

„Hätte vielleicht so auch nicht geklappt“, versuchte Ertl den Kommissar zu beruhigen.

„Wie meinst? Sicher hätt das geklappt! Die ganze Woche hab ich mir das Hirn zermartert, bis mir das eingefallen ist!“

Die Bürotür Steiningers öffnete sich und Frau Schoiswohl humpelte heraus. „Mir scheint, mich brauchen S' eh nimmer, Herr Kommissar. Dann geh ich jetzt heim. Ich muss nämlich schauen, dass das Essen fertig wird auf Zwölfe, da kommt der Bub. Also, Heil Hitler und auf Wiederschaun, gell?“

Steininger nickte müde, und Ertl begleitete Schoiswohl nach unten. Der Kommissar trottete seufzend zu seinem Schreibtisch zurück und überflog die Notizen, die er sich während des Gesprächs gemacht hatte.

„Jetzt sind wir so gescheit wie vorher“, brummte Steininger, als Ertl zurückkam.

„Nicht ganz“, erwiderte Ertl. „Erstens ist sie die Stiege ganz allein hinuntergegangen. Ich hab so getan, als würd ich gar nicht merken, dass sie marod ist. Und auf der Straße hab ich sie gefragt, ob ich ihr ein Taxi holen soll, da hat's gemeint, sie hat ihr Lebtag noch kein Taxi genommen. Und dann hab ich ihr noch einen Wisch hingehalten zum Unterschreiben. Und das hat s' auch gschafft, dass sie den Stift hält und schreibt.“

„Das heißt, so schlimm ist es mit ihr nicht, dass sie nicht zumindest ein Stückerl gehen kann, und ein Messer würd s' auch halten können. Sie sagt zwar, dass sie die Briefe nicht geschrieben hat und keinen Pfarrer bestochen hat, aber die lügt, das sieht ein jeder.“

„Glaub ich auch. Außerdem ist der Mord im Affekt passiert. Das heißt, der Mörder hat eine schöne Wut ghabt auf die Frau Bremstaller. Und in der Wut kann man ja auf einmal Sachen, von denen man gar nicht gewusst hat, dass die möglich sind.“ Ertl blickte Steininger mit ungewohnt hartem Ausdruck an. „Und wenn man sich nicht mehr zum Helfen weiß, kann auch manch Kollege ganz anders werden, als wie man glaubt.“

Der Kommissar ignorierte die Spitze seines Kollegen. „Jaja, sogar die alten Weiber können noch zur Furie werden. Die Meinige wird auf ihre alten Tag auch so eine werden, fürcht ich. Das heißt, wenn die Rabitsch recht hat mit den Briefen, dann ist die Schoiswohl die Hauptverdächtige."

„Ja, aber sie ist trotzdem nur *eine* Verdächtige. Da gibt's schon noch ein paar andere. Mit dem Beschuldigen soll man überhaupt vorsichtig sein!"

„Sag, was hast denn auf einmal, Ertl? Ich sag ja gar nicht, dass du allweil auf die Knie herumrutschen musst vor lauter Dankbarkeit, aber dass du mir in letzter Zeit gar so patzig daherkommst ..."

Ertl starrte Steininger nun mit unverhohlener Wut an. In die zum Zerreißen gespannte Atmosphäre läutete das Telefon.

„Steininger ... Was? Wer ist dran? ... Der Heumader? Ist mir wurscht, von wo du anrufst ... Den Amtsdiener hast noch nicht gefunden ... Wie? Dringend? Den Amtsdiener brauch ich gar nicht, du terrisches Rindviech! ... Was, den Plakolm hast troffen? Was will er denn? ... Den Abschlussbericht zum Fall Bremstaller? Hast ihm gsagt, dass wir den Täter noch nicht haben? ... Was? Warum nicht? ... Weil er nicht gfragt hat?" Steininger donnerte den Hörer auf den Apparat. „Alle wollen s' mich unter die Erd bringen, alle! Der Heumader sekkiert mich, wo er nur kann, die Rabitsch stellt die größten Theorien auf, dabei kann sie nicht einmal Verdächtige befragen, und die Mizzi spinnt auch, seit wir bei den Nachbarn zum Essen eingeladen gwesen sind. Und das alles nur wegen ein paar Schnitzerl!" Er wischte mit dem Handrücken über die Augen und zündete sich hastig die letzte ‚Korso' aus der Packung an. „Und der Fall ist überhaupt zum Narrischwerden. Längst in Pension hätt ich gehen sollen!"

„Aber Steininger, ich glaub mit ein bisserl einer Systematik wird's schon noch werden." Ertl, von Steiningers weinerlicher Stimme etwas besänftigt, holte Zettel und Bleistift aus der Lade. „Wer kommt denn als Täter in Frage? Vielleicht kommen wir gar nicht über das Motiv weiter."

„Sondern?" Steininger holte ein Sacktuch aus der Hosentasche und schnäuzte sich geräuschvoll.

„Schauen wir zuerst einmal, wer überhaupt Gelegenheit gehabt hätt. Die Frau Bremstaller hat gegen 23 Uhr den Stich erhalten, an dem sie dann gegen ein Uhr verstorben ist. Das Haustor ist um 22 Uhr abgesperrt worden. Gehen wir einmal davon aus, dass die Frau vom Hausmeister nicht gelogen hat – und ich seh eigentlich keinen Grund, warum sie hätte lügen sollen –, dann ist nach 22 Uhr keine fremde Person mehr ins Haus gekommen. Sperrsechserl ist nur vom Berger kassiert worden. Das ist so gegen dreiviertel elf gewesen. Das heißt, es muss jemand aus dem Haus gewesen sein. Dafür spricht auch, dass die Bremstaller ihren Mörder offenbar gekannt hat, sonst hätt sie ihn kaum so spät in die Wohnung gelassen."

„Ich sag's dir", Steininger pochte erregt mit dem Zeigefinger auf den Schreibtisch, „das ist die Schoiswohl gwesen. Solche Weiber, wenn's einmal alt werden, sind die die Bösartigkeit in Person!" Er holte eine neue Zigarettenpackung aus der Lade, warf das beigelegte Führerbildchen achtlos auf den Tisch und zündete sich eine an.

Ertl öffnete ein Fenster und fuhr fort. „Vom Haus selbst fallen weg: die Tochter von den Bergers, die war nachweislich in Ostpreußen, und der Hausmeister Hennerbichler, der hat sich wieder einmal versoffen ghabt. Das ist jetzt auch bestätigt. Wir haben da die Aussage von einem Herrn Pribil, der in dieser Nacht mit ihm gezecht hat."

„Aber dann bleiben immer noch ein halbes Dutzend Leute: die Frau vom Hennerbichler, der Rosenberg, die Schoiswohl, der Schoiswohl ihr Bub, die Bergerin, die Bedienerin von den Bergers und der Berger selbst, den können wir ja trotzdem nicht ausschließen. Und außerdem kann's ja sein, dass die Hennerbichlerin wirklich was hat mit einem Mann, und der ist unser Mörder. Und zudem sind da noch die ehemaligen Untermieter von der Bremstaller und natürlich auch der Kremser und der Pollaschek. Und wahrscheinlich noch hundert Leute, die die Alte um ein Geld angegangen sind."

„Und was ist mit der Frau, die die Schoiswohl gegen 23 Uhr im Haus gesehen haben will?", ergänzte Ertl.

„Die Alte lügt. Sonst hätt die der Rosenberg ja auch sehen müssen. Der hat sich ja um die Zeit, wo die Schoiswohl die Frau gesehen haben soll, mit ihr unterhalten. In seinem Vernehmungsprotokoll steht aber nix. Die hat spitzkriegt, dass wir sie im Visier haben, und will sich selber nur aus dem Schlamassel holen."

„Kann sein, kann aber auch nicht sein. Wir wissen einfach immer noch viel zu wenig." Steininger nahm gedankenverloren einen Rotstift und begann, das Führerbildchen zu verzieren. „I glaub denen Leuten gar nix mehr. Ein jeder, der das Maul aufreißt, lügt in diesem Haus. Ich sag's dir: Ein jeder tut, als wär er das reinste Lamperl, dabei ..."

Ertl warf einen nachdenklichen Blick auf den Plafond. „Ein bisserl mehr können wir aber mittlerweile schon sagen. Der Berger zum Beispiel kann's kaum gewesen sein. Der ist schließlich erwiesenermaßen erst spät heimgekommen, hat dann gejausnet, was seine Frau und die Bedienerin bestätigt haben, und dann hat er nach Ostpreußen hinauftelefoniert wegen seiner Tochter."

„Angeblich."

„Nicht nur angeblich, der Heumader hat sich das von dem Pflichtjahrführer bestätigen lassen." Er nahm einen Zettel zur Hand. „Die scheinen da oben recht genau Buch zu führen, wie Preußen halt so sind."

„Du, sag mir nix gegen die Deitschen. Sind ganz manierliche Leut. Sogar kochen können s'!"

„Wie auch immer: Ein Anruf vom Berger ist wirklich registriert worden und zwar am fraglichen Abend um 23 Uhr 10. Und um 22 Uhr 25 hatte die Frau Berger schon im Lager angerufen."

„Solche Umständ!", wunderte sich Steininger.

„Aber wenn's ums eigene Kind geht?"

„Trotzdem, was das kostet!" Konzentriert kritzelte er weiter am Führerbild.

„Aus meiner Sicht fällt damit der Kommerzialrat Berger als Täter aus. Außerdem würde ich auch die Bedienerin streichen. Die hat zur fraglichen Zeit die kalte Platte herrichten, auftischen und abräumen müssen. Und beide, die Bedienerin und der Berger, haben außerdem auch das Alibi von der Frau Berger bestätigt."

„Na, wer weiß, was die Madame alles ausgfressen hat."

„Den Mord wohl nicht. Von knapp vor 23 Uhr bis 23 Uhr 20 hat sie mit einer Freundin telefoniert."

„Ja, kennen die Leute gar keinen Genierer mehr wegen dem Geld?"

„Die fragliche Dame hat das bestätigt, das hat übrigens auch der Heumader recherchiert."

„Das ist ja das Mindeste, dass der auch was tut, mein ich. Unsereins ruiniert sich bei der Arbeit und der …"

Ertl sah den schimpfenden Steininger missbilligend an. „Könntest ruhig netter sein zu ihm. Ich kann mich noch gut erinnern, wie's mir vor ein paar Jahren da gegangen ist."

„Gottlob, der Sedlak ist ja jetzt weg."

Ertl hieb mit der Faust auf den Tisch „Um den Sedlak geht's nicht. Um dich geht's!"

Steininger starrte entgeistert auf das wutverzerrte Gesicht seines Kollegen. „Du hast mich schließlich verhaften wollen! Wegen dir hab ich mich verstecken müssen!"

„Warn eh nur zwei Tag", entgegnete Steininger patzig.

„Kannst du dir nicht vorstellen, was die Klara mitgemacht hat? Ganz zu schweigen von mir?"

„Reiß dich zsamm! Die Polen stehen vor der Tür und du machst so einen Radau, nur weil du zwei Tag nicht bei der deinigen bist."

Ertl hatte sichtbar Mühe, die Kontrolle zu bewahren. Mit einem Ruck stand er auf, ging zum Fenster und starrte auf die Straße.

„Na gut, Ertl, ich steh nicht an drum. Entschuldige bitte, dass du Unannehmlichkeiten gehabt hast, aber du musst auch sehen ..."

Die Tür ging auf, Heumader trottete mit bekümmertem Gesichtsausdruck in den Raum. „Bittschön, Herr Kommissar, nicht einmal auf dem Klo hab ich ihn gefunden, den Amtsdiener."

„Ist schon gut, Heumader", erwiderte Steininger mit gütigem Lächeln. Er ahnte, dass Ertl durch seine Entschuldigung, der er selbst noch gerne eine Reihe von Einschränkungen hinzugefügt hätte, nicht zufriedengestellt war, und war deshalb froh über die Gelegenheit, das unangenehme Gespräch abbrechen zu können. „So, jetzt aber genug geratscht. Na, schön, Ertl, dann sind's vielleicht nicht die Bergers gewesen, hab ich ja eh immer gsagt. Aber uns rennt die Zeit davon. Ich wett mit dir, die Schoiswohl ist's gewesen. Wir wissen jetzt, dass man zustechen kann, auch wenn man eine schwere

Gicht hat. Die Bremstallerin hat sie anzeigen wollen, da ist sie durchgedreht. Vielleicht hat sie's nicht einmal absichtlich umbringen wollen, aber womöglich hat die eine die andere einfach zur Raison bringen wollen. Die alte Schoiswohl muss das einfach gewesen sein. Wenn ich dem Plakolm nicht gleich einen Mörder präsentier, dreht mich nicht nur er, sondern auch der Göring durch den Fleischwolf. Am End kost's mich die Pension!"

Ertl atmete mehrmals tief ein. „Mag sein, ich würd mir jedenfalls das mit der Frau, die angeblich gesehen worden ist, noch einmal anschauen. Ein Sperrsechserl ist von der offenbar nicht kassiert worden. Da sollte man noch einmal mit der Frau Hennerbichler reden. Und das", Ertl deutete auf das Bild des Führers, den mittlerweile rote Locken und üppige Lippen zierten, „tät ich jetzt lieber weg an deiner Stell. Könnt sonst missverstanden werden, wenn's der Falsche sieht."

Steiningers brummte etwas Unverständliches und zündete das Bild an. „Ich sag's dir Ertl: Wenn die Rabitsch und der Keplinger von dem Pfarrer heimkommen, haben wir unsern Mörder!"

25
Mittwoch, 23. August 1939, 10 Uhr 55

Friedrich Sedlak stand am Fenster seines Büros und starrte auf das Gebäude des Karmelitinnenklosters gegenüber. Noch immer fand er die unmittelbare Nähe dieser beiden Einrichtungen zueinander bemerkenswert. In der Kirche wurde gegen den Nationalsozialismus gepredigt, während in den Gestapogefängnissen Priester verprügelt wurden. Er verzog das Gesicht und legte die linke Hand auf die Bauchdecke. In seinem Magen hatte sich ein anhaltendes Kribbeln breitgemacht. Ein Zeichen, das ihm nur zu gut bekannt war. Etwas passte nicht zusammen, und es hatte nichts mit der Nähe von Karmelitinnen und Gestapo zu tun.

Eigentlich hätte Sedlak zufrieden sein können. Der Polizistenmörder Raders war im Mühlviertel im Wagen einer Schaustellertruppe erschossen worden. Die Presse hatte ausführlich über die Angelegenheit berichtet und besonders das entschlossene Handeln von SS und Polizei hervorgehoben. Auch Himmler und Heydrich waren angetan von der Arbeit der Sicherheitskräfte. Gerade zur rechten Zeit, wie er fand. Der Führer würde wohl nicht mehr lange dem Treiben der Polen zusehen. Tag für Tag war über die Schandtaten im Osten zu lesen. Ob die einzelnen Meldungen über Massaker, Vergewaltigungen und Brandschatzungen tatsächlich stimmten, war zweitrangig. Wichtig war, dass nun die Leute im Reich selbst forderten, das polnische Problem endgültig zu lösen. Da kam es gerade recht, dass die Sicherheitskräfte in Oberdonau ihre Schlagkraft unter Beweis gestellt hatten. Wenn der Krieg ausbrach – und dass er ausbrechen würde, lag für Sedlak auf der Hand –, würde er in Linz alle Hände voll zu tun haben, für Ruhe und Ordnung zu sorgen. Beförderungen würden rascher möglich sein als sonst, und der Kriegszustand würde die eine oder andere bislang nicht getroffene polizeiliche Maßnahme rechtfertigen. Möglicherweise würde er sich für eine Weile an die Front versetzen lassen, um sich ein, zwei Auszeichnungen abzuholen.

Sedlak hätte also zufrieden sein können, aber er war es nicht. Unruhig zog er an seiner Zigarette. Die vermaledeite Sache mit dieser Bremstaller wollte ihm nicht aus dem Kopf. Natürlich hatte er Steininger durchschaut und dessen anhaltendes Interesse an diesem Fall als das erkannt, was es war: ein Manöver, mit dem der Kriminalkommissar der ungemütlichen Jagd auf Raders entgehen wollte. Sein nervöses Kribbeln im Bauch aber legte Sedlak nahe, die Bremstallersache auch noch in einem anderen Zusammenhang zu sehen: als mögliche Ursache für Wögerers plötzliche Versetzung ins Altreich. An sich war an der Versetzung nichts Ungewöhnliches. Gestapobeamte wurden kreuz und quer im Reich herumgeschickt, und Wögerer hatte sich eindeutig für höhere Aufgaben empfohlen. Sedlak selbst hatte in seinen Beurteilungen immer wieder Wögerers Erfolge, besonders bei Verhören, hervorgehoben, und es war also nur eine Frage der Zeit gewesen, bis die Linzer Gestapo diesen Mann verlieren würde. Aber gerade der Zeitpunkt machte Sedlak stutzig. Am Mittwochabend hatte Wögerer den Kommerzialrat Berger als Verdächtigen verhört. Bemerkenswert, aber noch nicht außergewöhnlich war das Interesse des Kriminaloberassistenten gewesen, die Befragung Bergers selbst durchzuführen. An sich hätte sich Sedlak den Mann zuvor gerne angesehen, aber dem feinen Pinkel wäre eine Nacht in der Zelle gut bekommen, bevor er ihn in die Mangel genommen hätte. Schon etwas merkwürdiger war ihm Bergers Tod erschienen. Natürlich kam es gelegentlich vor, dass einem Beamten der Verhörte unter der Hand wegstarb. Aber einem trotz seiner Jugend so erfahrenen Mann wie Wögerer? Wögerer, der stets mit schlafwandlerischer Sicherheit jene Grenze sah, die er bei einem Verhör nicht überschreiten durfte?

Donnerstagfrüh also war Berger tot gewesen und Sedlak hatte, trotz der merkwürdigen Umstände, die

Lösung des Falles als solche akzeptiert und die Akte Bremstaller geschlossen. Doch schon einen Tag später hatte ihm Wögerer von seiner Abberufung ins Altreich erzählt, und heute Morgen war er bereits in den Zug gestiegen, der ihn nach Berlin bringen sollte. Er hatte etwas von einer Spezialausbildung erzählt, einem mehrwöchigen Lehrgang, den er nun an der Führerschule der Sicherheitspolizei in Charlottenburg absolvieren würde. Sie hatten noch eine Zigarette geraucht, über den unvermeidlichen Krieg geredet und dann war Wögerer weg gewesen.

Auch wenn sich Sedlak verboten hatte, über die Sache nachzudenken, ertappte er sich doch immer wieder dabei, Zusammenhänge herzustellen. Geradezu abenteuerlich, was er sich da zusammenreimte, und doch konnte er seiner Fantasie eine gewisse Logik nicht absprechen. Sedlak pflegte seine Kontakte in die Mozartstraße, die bis in das Vorzimmer des Polizeipräsidenten reichten. Daher wusste er von Görings Interesse an dem Fall. Wenn das Gerücht ging, es wäre *seine* Tante, die da ermordet worden war, könnte der Reichsmarschall durchaus geneigt sein, selbst Schritte zu setzen und sich nicht allein auf die lokalen Behörden zu verlassen. Rasches Auffinden und entschlossenes Ausmerzen aller Feinde des Reiches und seiner Führer, gerade in Zeiten der Bewährung für Deutschland! Was also konnte näher liegen, als einen Beamten vor Ort, der ohnedies in die Ermittlungen eingebunden war, zu ermutigen, die Lösung des Falles zu ‚beschleunigen'? Diesen Beamten wiederum könnte man nicht nur mit dem Verweis auf die höheren Interessen des Reichs, sondern auch mit persönlichen Vorteilen zu einer Mitarbeit überzeugen. Zwar waren einander Himmler und Göring nicht grün, doch der Einfluss des Reichsmarschalls würde zweifelsohne ausreichen, um einem Polizisten, der ihm einen großen Dienst erwiesen hatte, eine glänzende Laufbahn zu ermöglichen.

War Leonhard Wögerer ein Mörder? Ein absurder Gedanke natürlich und Sedlak bemühte sich, ihn rasch wieder zu verscheuchen. Und doch setzte er sich in seinem Kopf fest. Sedlak seufzte und zündete sich die nächste Zigarette an. Seine Frau fand, er rauchte zu viel, doch nur die Zigaretten erlaubten ihm, einen klaren Gedanken zu fassen.

Vieles sprach natürlich dagegen. Göring hatte wohl Besseres zu tun, als sich mit einem lokalen Gerücht auseinanderzusetzen. Und selbst wenn: Würde er den Mord eines vermutlich gänzlich unbeteiligten Menschen nicht nur in Kauf nehmen, sondern auch anordnen, um dem Volk zu zeigen, dass die Führer Deutschlands unangreifbar seien? Zu dem nervösen Kribbeln gesellten sich allmählich Kopfschmerzen. Sedlak öffnete das Fenster, und frische, spätsommerliche Luft strömte herein.

Es klopfte und Kriminalassistent Hofer trat ein. „Heil Hitler!“ Ganz gegen die Gewohnheit der meisten im Hause, die nur ein nachlässiges „Heil“ murmelten, strotzte der junge Mann noch vor Korrektheit.

„Was gibt's?“

„Herr Kommissar, es handelt sich um eine Angelegenheit, die ein bisserl delikat ist.“

„Nämlich?“

„Der Wögerer ...“ Hofer schien nicht recht zu wissen, wie er die Sache anpacken sollte.

„Was ist mit ihm ...?“ Das Bauchkribbeln verstärkte sich.

„Kürzlich bin ich in der Früh beim Wögerer ins Büro, und da ...“

„Was, da? Reden Sie schon!“ Der hämmernde Kopfschmerz machte Sedlak Mühe, Hofers Worte zu verstehen.

„Also, da war der Wögerer ... und eine Frau war auch da ...“ Wieder stockte Hofer. Sein Gesicht glühte.

Was war nur los mit ihm? Hofer kam üblicherweise direkt zum Kern der Sache.

„Die haben miteinander ...“

„Ich verstehe, und?“

„Die Frau hat das nicht freiwillig gemacht.“

„Bedauerlich.“ Vereinzelt war es in der Vergangenheit schon vorgekommen, dass einzelne Gestapobeamte ihre Macht über Leben und Tod eines Gefangenen deren Frauen gegenüber ausspielten. Sedlak war das zuwider, er verbuchte es aber als Jugendkrankheit der Gestapo, die bald ausgeheilt sein würde.

Hofer stand immer noch da und schien mit etwas zu kämpfen.

„Ich hoffe, keine Jüdin!“

Hofer wehrte erschrocken ab. „Nein, nein, das sicher nicht.“

„Machen Sie sich keine Sorgen, Hofer. Es kommt schon mal vor, dass sich das Weib von so einem Kommunisten anbietet, um ihren Mann freizukriegen. Natürlich sollten wir dem widerstehen, aber auch wir sind nur Menschen. Wenn Wögerer noch hier wäre, würde ich natürlich ein ernstes Wort mit ihm reden.“

„Da ist noch etwas, Herr Kommissar. Die Schupo ist am Samstag in die Südtirolerstraße gerufen worden, weil es Probleme bei einer Wohnungsräumung gegeben hat. Eine Frau hat sich gegen die Räumung gewehrt. Die Schupos haben sie erkennungsdienstlich behandelt, und weil sie auch staatsfeindliche Äußerungen von sich gegeben hat, ist ihre Akte zu uns geschickt worden.“

„Und?“ Der Kopfschmerz drohte allmählich, Sedlaks Kopf zu sprengen.

Hofer hielt ihm wortlos eine Akte hin, in der Sedlak ohne rechtes Interesse zu blättern begann. „Die Frau, die ausziehen hätte sollen ... das ist die Frau, die beim Wögerer gewesen ist. Sie hat im selben Haus gewohnt wie die Bremstaller.“

Sedlak starrte zuerst auf das Foto von Marianne Berger und dann auf Hofer. „Wann ist das gewesen? Ich meine, das in Wögerers Büro.“

„Letzten Donnerstag. Etwa um acht Uhr in der Früh.“

„Danke“, murmelte Sedlak abwesend. „Sie können gehen. Die Sache hat vermutlich keine Bedeutung, aber behalten Sie die Angelegenheit trotzdem für sich.“

Hofer wirkte erleichtert und schloss leise die Tür.

Sedlak setzte sich und starrte auf die Fotos, die Marianne Bergers Gesicht frontal, im Profil und im Halbprofil zeigten. Der Tod ihres Mannes und die Auseinandersetzung um ihre Wohnung schienen Spuren hinterlassen zu haben. Sie wirkte deutlich älter, als sie Sedlak von einer Befragung in Erinnerung hatte, weniger gepflegt, aber auch entschlossener. Oder war sie einfach verzweifelt? Er schüttelte den Kopf. Kein dummes Psychologisieren!

Was bedeutete das? Wögerer reißt sich um das Verhör Bergers, verliert jede Kontrolle und um sechs Uhr in der Früh ist Berger tot. Zwei Stunden später kommt seine Frau zu Wögerer, vermutlich wollte sie sich für seine Freilassung verwenden. Wögerer erzählt ihr offenbar nichts vom Tod des Kommerzialrats, sondern gaukelt ihr womöglich auch noch vor, dass sie mit ihrem Entgegenkommen ihrem Mann Erleichterungen verschaffen könnte. Oder hat er ihr die Wahrheit gesagt und sie dann vergewaltigt? Den Mann töten, der

Frau Gewalt antun und sie demütigen, und das alles innerhalb weniger Stunden? Hatte der ansonsten so beherrschte Wögerer die Kontrolle verloren? Ausgerechnet bei jener Sache, die ihm möglicherweise eine hervorragende Laufbahn bescherte? Oder steckte hinter all dem etwas ganz anderes, etwas Persönliches, von dem Sedlak nichts wusste?

Er legte die Stirn auf das kühle, dunkle Holz seines Schreibtisches und schloss die Augen. Entweder hatte sich der Bursche kaufen lassen, oder persönliche Motive, von denen niemand wusste, spielten hier eine Rolle. Hatte er sich so in Wögerer getäuscht?

Er würde es kaum herausfinden, die Sache war zu heikel, um ihr nachzugehen. Sedlak atmete tief ein und aus, eine Methode, mit der er gelegentlich schon das Hämmern in seinem Kopf hatte beruhigen können. Der fette Steininger hatte vermutlich nie Kopfschmerzen. Wenn er sie doch dem Kerl an den Leib zaubern könnte! Mit einem Mal erschien ein Lächeln in Sedlaks Gesicht. *Er* würde nie herausfinden, welche Rolle Wögerer hier gespielt hatte. Aber vielleicht jemand anderer. Jemand, der dumm genug war, sich von ihm auf dieses Glatteis führen zu lassen!

26
Donnerstag, 24. August 1939, 11 Uhr 30

Der Pfarrhof von Niederholzkirchen war ein stattlicher, allerdings etwas heruntergekommener Bau unmittelbar gegenüber von Kirche und Friedhof. Auf dem Dach wucherte das Moos, der Kalkverputz bröckelte ab, und die Färbelung der Marienfigur in der Nische über der Tür war kaum mehr zu erkennen.

Anna Rabitsch stellte den Steyr 100 der Kriminalabteilung neben der Gartentür des Pfarrhofs ab und hupte. Poldl blickte sie fragend an, aber Anna wollte durchaus nicht diskret sein. Sollten die Leute ruhig wissen, dass sich die Polizei für ihren Pfarrer interessierte. Allerdings näherte sich, abgesehen von zwei träge dahertrottenden Hunden, nur ein kleiner Bub dem Auto. Interessiert blickte er auf Anna.

„Bist du gfoan?"

„Ja, wundert dich das?"

Der Kleine zuckte ratlos die Schultern. „Späta hob i a a Auto, oba ned so a schiache Schissl", fuhr der Bub mit einem verächtlichen Kopfzucken in Richtung des Polizeiautos fort.

„Ist der Pfarrer daheim?", fragte Anna. Der Bub zuckte erneut mit den Schultern und begann, mit einer großen Zehe Muster in den Straßenstaub zu zeichnen. Der Ort wirkte wie ausgestorben. Kurz hatte sich bei Annas Hupen in der Tür des größten Hauses am Platz – ‚Franz Pommer. Gastwirtschaft, Fleischhauerei, Selcherei' – ein stattlicher Glatzkopf mit blutiger Fleischerschürze blicken lassen, doch ansonsten schienen die Polizisten wenig Aufmerksamkeit zu erregen.

„Wenn wir Pech haben", sagte Poldl, „hat der Pfarrer eine Landwirtschaft. Dann ist er jetzt auch am Feld."

Sie hatten ihren Besuch telefonisch angekündigt. Allerdings hatten sie die Strecke völlig unterschätzt, weshalb sie eine gute Stunde zu spät angekommen waren. Sie wollten eben die grob gezimmerte Gartentür öffnen, als aus dem Pfarrhof eine ältliche Frau mit Kopftuch trippelte. „San Sie die Herrschaften aus Linz?"

Poldl und Anna nickten.

„Hochwürden tät Ihnen bitten, dass Sie jetzt ins Haus einischauen. Er wartet schon eine gute Stund und hat was anders a zum Erledigen.“ Sie trat zur Seite, um die beiden ins Haus zu lassen: „Und außerdem is er bald mit dem Essen fertig.“

Anna grinste. War es dem Herrn Pfarrer also vielleicht wirklich unangenehm, wenn sie hier auf der Straße Aufmerksamkeit erregten?

Im Haus verstärkte sich der Anschein ehemals prächtiger Schäbigkeit. Der Steinboden im Vorhaus war peinlich sauber, was aber dennoch nicht darüber hinwegtäuschen mochte, dass etliche Platten gesprungen waren. Die Haushälterin nötigte sie durch eine niedrige Tür in einen dunklen Raum, der dem Pfarrer als Studierzimmer dienen mochte. An den Wänden hingen Marienbilder nebst Herz-Jesu-Darstellungen, allesamt billige Drucke in einfachen Rahmen. Als einziges Stück, das kunsthandwerklich schön gearbeitet war, bemerkte Anna im Eck einen filigranen Kachelofen. Die rußige Decke zeigte allerdings, dass auch der seine besten Tage bereits gehabt hatte. Am Jogltisch im Eck saß ein hemdsärmeliger Mann über einem Teller Gulaschsuppe. Dessen Jugend mochte nicht so recht zum Haus passen, Anna schätzte ihn auf Mitte dreißig. Beim Eintreten der beiden erhob er sich und reichte ihnen die Hand.

„Grüß Gott, wir haben telefoniert. Martin Ebenbichler, ich bin da der Pfarrer.“

Poldl fand den Mann auf Anhieb sympathisch. Mit einem unangenehmen Gefühl dachte er daran, was dem Mann möglicherweise bevorstand.

„Bitte entschuldigen Sie, dass ich mein Essen nicht unterbrech, aber unter der Erntezeit ist nicht nur das Vieh, sondern auch der Pfarrer eingespannt.“

„Nur keine Umstände, bitte, wir sind zu spät gekommen“, wehrte Anna ab. „Sie haben eine Landwirtschaft dabei?“

„Nur mehr zwei kleine Felder und ein paar Viecher. Hendln und eine Sau. Aber bei uns ist halt leider der Pfarrer auch sein eigener Knecht. Über kurz oder lang wird sich das sowieso aufhören.“ Hastig schlang er einen Löffel nach dem anderen hinunter. „Vor allem heutzutag, wo ein Pfarrer nicht mehr so viel gilt in der Gemeinde und ein jeder schaut, wo er selbst bleibt. Ich bin nur gspannt, wer wirklich noch bei der Kirche bleibt, wo die Kirchensteuer eingeführt worden ist. Entschuldigen S’ bitte, ich kann Ihnen leider gar nichts von der guten Gulaschsuppe anbieten, weil ich selber nicht mehr hab. Aber wollen S’ vielleicht einen Most?“

Poldl und Anna winkten dankend ab. „Sind Sie hier schon lange Pfarrer?“

„Fünf Jahre. Vorher bin ich Kooperator gewesen ... Was will denn eigentlich die Kriminalpolizei von mir?“, fragte er in beiläufigem Ton, ohne von dem Teller aufzusehen.

Sie blickten einander an. Der Mann hatte erkennbar Angst und bemühte sich, es nicht zu zeigen. Kein Wunder, dachte Poldl. Was noch vor zwei Jahren undenkbar gewesen wäre, hörte man nun häufiger: Priester und Ordensleute wurden drangsaliert, verhaftet und sogar ins Konzentrationslager gesteckt. „Wir würden uns gerne eine Pfarrmatrik ansehen. Genauer gesagt, den Band mit den Taufen aus dem Jahr 1856.“

Er starrte sie an. „Wegen so was kommt die Linzer Kriminalpolizei den weiten Weg zu mir heraus?“

„So ist es. Würden Sie uns bitte den Band bringen? Jetzt gleich?“

Er blickte sie kurz zweifelnd an, erhob sich mit einem Ruck und holte, ohne lange suchen zu müssen, aus einem Kasten einen alten Folianten hervor. „Bitte“, sagte er tonlos. „Das Zimmer da ist Studierzimmer,

Esszimmer und Kanzlei in einem, wie Sie sehen." Er setzte sich wieder und aß weiter, scheinbar ungerührt, seine Suppe.

Poldl aber registrierte sehr wohl, dass Pfarrer Ebenbichler nun deutlich langsamer aß und immer wieder auf die im Buch blätternde Anna blickte. „Das Haus schaut aber recht groß aus."

„Groß schon, aber oben regnet's hinein. Und fürs Reparieren fehlt's Geld. Was suchen S' denn in den Matriken?"

„Eine Taufe vom 3. März 1856. Ah, hier ist sie!" Anna fuhr mit dem Finger die Zeile des Taufeintrags entlang. „Also, da haben wir: Siegfried, katholisch, Mutter: Juliane Schoiswohl, ledige Dienstmagd beim Oberbauern in Reith."

„Reith ist eine kleine Ortschaft Richtung Baumschlag", erklärte der Pfarrer.

„Also, ledige Dienstmagd. Das heißt, der Siegfried Schoiswohl ist ein uneheliches Kind gewesen."

„Wahrscheinlich ist's der Oberbauer selbst gewesen", meinte Ebenbichler trocken. „Die Mägde haben da einiges zum Aushalten gehabt. Und leider", fügte er seufzend hinzu, „ist's heute nicht viel anders."

„Sie haben recht, Herr Pfarrer. Es ist zwar ein lediges Kind gewesen, aber in der Spalte für den Vater steht: Jakob Schmeissner, Oberbauer zu Reith, römisch-katholisch, verheiratet."

„Und warum interessiert Sie das jetzt?"

„Der Jakob Schmeissner ist der Vater vom Siegfried Schoiswohl, und der wiederum ist der Vater vom Alois Schoiswohl, der zur SS gewollt hat und mittlerweile auch aufgenommen worden ist."

„Ach so, ich glaub, ich kann mich erinnern. Da ist vor ein paar Monaten eine Anfrage aus Linz gewesen wegen dem Ariernachweis." Ebenbichler hatte mittlerweile seinen Teller beiseitegeschoben, ebenso wie Anna das Taufbuch. Beide schienen einander zu belauern.

„Für die SS braucht man ja den großen Ariernachweis. Wenn da etwas nicht passt bei den Vorfahren, wird's nichts mit der Aufnahme. Da genügt schon ein jüdischer Urgroßvater, und vorbei ist der Traum", erklärte Anna die Hintergründe.

„Ja, die sind da streng. Aber beim Schoiswohl passt's ja, nicht? Zumindest was seine Vorfahren in der Gegend anlangt. Die waren alle nicht-jüdischer Herkunft."

„Scheint so, ja. Aber komischerweise gibt es da diesen Brief, schauen Sie mal." Anna holte aus ihrer Tasche einen der Denunziationsbriefe hervor, die sie und Poldl in der Bremstallerschen Wohnung gefunden hatten.

Ebenbichler nahm das Schreiben zur Hand, und wurde blass. Er schüttelte den Kopf. „Ich weiß nicht recht, woher der Briefschreiber das haben will. Dass diese Frau Schoiswohl mir Geld gegeben haben soll für eine falsche Auskunft aus der Matrik, ist doch Unsinn, Sie haben's doch selber gesehen!"

„Aber woher hätte die Schreiberin des Briefs, es ist nämlich eine Frau gewesen, diese genauen Kenntnisse?"

„Das müssen Sie die Frau schon selber fragen. Ich kann Ihnen da nicht weiterhelfen. Außerdem muss ich jetzt wieder. Grüß Gott." Ebenbichler erhob sich.

„Moment noch!"

„Was ist denn noch?"

„Schauen Sie sich das einmal an: Die Farbe der Tinte beim Namen vom Täufling und der Mutter ist schwarz, die beim Namen des Vaters auch, aber: Es ist nicht das gleiche Schwarz. Die Tinte beim Namen Schmeissner ist dunkler."

„Und? Hat der Pfarrer halt die Feder unterm Schreiben eingetunkt."

„Noch interessanter ist", fuhr Anna ungerührt fort, „dass der Anfangsbuchstabe ‚S' bei Siegfried anders geschrieben ist als bei Jakob Schmeissner. Sehen Sie? Da!" Sie deutete mit dem Zeigefinger auf den Eintrag.

„Schreiben Sie immer gleich?", entgegnete der Pfarrer gereizt.

„In *einer* Zeile ändere ich meine Buchstaben eigentlich nicht. Aber das ist noch nicht alles. Wenn Sie sich die Stelle hier anschauen." Sie deutete mit dem Zeigefinger und auf den Eintrag „kath." beim Namen von Schoiswohls Vater. „Wenn Sie da mit dem Finger drüberfahren, merken Sie, dass das Papier da viel rauer und ein bisserl dünner ist. Da hat wer mit der Rasierklinge einen Eintrag ausradiert." Anna schien den Pfarrer mit ihren Blicken fixieren zu wollen. „Vielleicht ist gar nicht der Jakob Schmeissner der Vater vom Schoiswohl. Vielleicht ist's gar einer, der nicht katholisch gewesen ist?"

„Was wollen Sie damit sagen?"

„Dass die Briefschreiberin möglicherweise gar nicht so falsch gelegen ist."

Ebenbichler setzte sich wieder und starrte die beiden an. „Matriken können aus unterschiedlichen Gründen verändert werden. Weil sich der Pfarrer geirrt hat oder sich verhört hat beispielsweise."

Anna lächelte, Ebenbichler wurde rot. „Hören Sie zu, Herr Pfarrer. Natürlich gibt es das. Aber es gibt auch Fachmänner, die uns sagen können, ob der damalige Pfarrer den Eintrag geändert hat oder möglicherweise Sie. Wir werden also so oder so die Wahrheit ans Licht bringen. Ich werde jetzt dieses Buch mitnehmen und unseren Kollegen von der Gestapo zukommen lassen." Sie erhob sich, nahm den wuchtigen Folianten und setzte ihre Baskenmütze auf.

„Warten Sie!" Der Pfarrer nötigte sie, sich wieder zu setzen. „Sie haben ja recht. Die Frau Schoiswohl hat für ihren Buben wegen Auskünften aus der Pfarrmatrik angefragt. Ich hab mir gleich gedacht, dass es für die SS ist, weil die meisten ja nur wegen dem kleinen Nachweis kommen. Aber beim Vater vom Buben hat's sich schon gespießt. Ein lediger ist der gewesen. Bei den meisten ist gar kein Vater angegeben, und dann gibt's auch keine Schwierigkeit. Aber ausgerechnet bei dem Schoiswohl hat einer die Vaterschaft anerkannt. Paul Löwenstein hat er geheißen, ein Viehhändler mosaischen Glaubens. Das hab ich so der Frau Schoiswohl auch mitgeteilt. Ich bin im Juli einen Tag in Linz gewesen, da hab ich sie besucht. Die ist ganz aus dem Häusl gewesen. Ich hab probiert, dass ich sie tröste, hab ihr gesagt, dass ein jüdischer Großvater dem Burschen schon nicht das Leben verhunzen wird, aber sie hat sich nicht und nicht beruhigt. ‚Aber er *muss* doch zur SS', hat s' geschrien. Und dass er sich das halt gar so arg einbildet. Und irgendwann hat s' mich gfragt, ob ich das nicht ein bisserl ändern könnt." Ebenbichler wischte mit dem Handrücken über die Stirn. „Das geht doch nicht, hab ich ihr gesagt. Ein paar Tage später hab ich einen Brief von ihr gekriegt. Dass sie mir 500 Reichsmark gibt, wenn ich den Großvater vom Lois abändere, hat's geschrieben. Gleich verbrennen hab ich ihn wollen, den Schrieb. Aber dann hab ich an den Pfarrhof gedacht, alles ist so heruntergekommen. Für die Kirche ist auch kein Geld da. Freilich, die Leut spenden, aber das Geld im Klingelbeutel ist auch schon mehr gewesen. Mit dem Geld krieg ich zumindest das Dach dicht."

Poldl war kurz davor, dem Pfarrer aufmunternde Worte zuzusprechen.

„Verstehen Sie", fuhr Ebenbichler fort, „ich hab das Geld ja gar nicht für mich genommen. Die Schmeissners haben auch keinen Schaden davon. Da lebt keiner mehr in der Gegend."

Anna nickte. Wortlos nahm sie den Matrikenband und stand auf.

„Und was wird jetzt?"

„Mich interessiert nur der Mord. Über alles weitere kann ich Ihnen jetzt nichts sagen."

Der Pfarrer stierte auf die Wand und dann auf die beiden. An der grimmig blickenden Pfarrerköchin vorbei, gingen sie zum Auto.

Bei der Rückfahrt war Anna bester Laune, Poldl hingegen starrte schweigend in die Mühlviertler Landschaft. „Was ist denn los mit dir?"

Er schüttelte den Kopf.

„Tut er dir leid, der Pfarrer?"

„Hm."

Sie hielt den Wagen an und drehte sich zu ihm. „Jetzt sag schon!"

„Naja, ich kann's auch nicht so genau sagen. Der Pfarrer ist kein böser Mensch, der Schoiswohl wahrscheinlich auch nicht. Allen beiden ist geholfen mit der Sache, einen wirklichen Schaden gibt's ja nicht. Ehrlich gesagt, glaub ich nicht, dass es einen Unterschied macht, ob der Vater von dem vielleicht einen jüdischen Vater ghabt hat oder nicht. Und außerdem werden wir jetzt wieder die alte Frau Schoiswohl sekkieren, die ja wirklich krank ist und vielleicht gar nichts mit der Sache zu tun hat. Und ..." Er blickte sie hilflos an.

„Ich versteh dich schon, Poldl. Ist manchmal schwer. Aber es ist halt einmal unser Beruf. Auch wenn's uns nicht gerecht vorkommt, aber dass der Pfarrer die Matrik gefälscht hat, ist so oder so nicht rechtens, und dass wahrscheinlich die Schoiswohl die Bremstaller ermordet hat, weil die eine die andere wegen der Sache erpresst hat, schon gar nicht."

„Aber ..." Poldl schien die richtigen Worte nicht zu finden und verstummte wieder.

Anna legte ihre Rechte auf seine Linke. „Weißt was? Ich hab Gusto auf einen Kaffee, jetzt bleiben wir in Grein stehen und gehen ins Café Blumensträußl. Ich lad dich ein!"

27

Freitag, 25. August 1939, 10 Uhr 15

Heumader zupfte nervös an seiner Fliege. Er wurde aus seinem Chef einfach nicht schlau. Eben noch war Steininger hart mit ihm ins Gericht gegangen, weil er irrtümlich dessen Wurstbrot vom Tisch gefegt hatte. Und jetzt grinste ihn der Kommissar geradezu komplizenhaft an und ließ sich über das prächtige Spätsommerwetter aus. Es war nicht leicht, unter einem Vorgesetzten wie Steininger zu arbeiten, aber Heumader hatte sich fest vorgenommen, sich von dessen Launenhaftigkeit und erkennbarer Aversion ihm gegenüber nicht entmutigen zu lassen.

Die Kriminalabteilung war nun seine dritte Station bei der Linzer Polizei. Zunächst hatte er im Kommissariat IIc, dessen Zuständigkeit sich auf die Klärung von Einbrüchen und Diebstählen erstreckte, gearbeitet. Durch Unachtsamkeit hatte er bei der Untersuchung eines Einbruchs in einem Juweliergeschäft die aufgebrochene Kasse angefasst. Die einzigen Fingerabdrücke, die der Täter hinterlassen hatte, waren daraufhin nicht mehr zu verwerten gewesen. Bei seiner zweiten Station, der Asservatenkammer, hatte er ein neues Registratursystem ersonnen, wodurch mehrere Beweisstücke daraufhin unauffindbar waren und ein halbes Dutzend Einbrecher mangels Beweisen straffrei ausgingen. Wenn er nun auch bei der Kriminalabteilung versagte, würde man ihm bestenfalls noch den Posten eines Amtsdieners zutrauen. Seine Mutter mahnte ihn Tag für Tag, nur ja allen Anweisungen Folge zu leisten und keinen Anlass für Tadel zu geben. Er bemühte sich auch, es nur ja allen Recht zu machen, aber just dieses Bemühen schien ein Missgeschick nach dem anderen hervorzurufen.

Gerade eben beispielsweise hatte er sich durch einen Akt gearbeitet, den ihm der Kollege vom Kommissariat für Sittlichkeitsdelikte überlassen hatte. Was darin zu lesen – und vor allem auf den beigefügten Fotos zu sehen – war, trieb Heumader die Schamesröte ins Gesicht. Zu seiner nicht geringen Verwunderung gab es in Linz einzelne Nudistengrüppchen. Regelmäßig hatten sich in den letzten Jahren erwachsene Menschen an der Donau getroffen, um gemeinsam nackt zu baden. Teil des Akts war eine Liste jener Personen, die mehr oder weniger regelmäßig bei diesen Treffen zugegen waren. Zu den überwiegend honorigen Bürgern zählte auch der Bibliothekar Rosenberg aus der Südtirolerstraße. Bereits 1932 war er im Zuge einer polizeilichen Überprüfung aktenkundig geworden. Auch seither war er immer wieder als Nudist registriert worden.

Warum das für den Kommissar von Interesse war, wusste Heumader nicht. Größeres Kopfzerbrechen bereitete ihm das Malheur mit dem Kamillentee, der sich, als er eben den Aktendeckel hatte schließen wollen, auf rätselhafte Weise über den Schreibtisch und den Nudistenakt ergossen hatte. Heumader schielte zum Kommissar. Steininger hatte die Hände hinter dem feisten Genick verschränkt und starrte auf den Plafond. Er schien recht intensiv nachzudenken, sodass Heumader unauffällig die schlimmsten Spuren am Akt beseitigen konnte.

Der Kriminalassistent seufzte. Das war wieder so ein Tag, den er am liebsten streichen würde, wie so viele in letzter Zeit. Abend für Abend legte ihm die Mutter beim Essen die Hand auf den Unterarm und fragte, ob er denn auch alle Aufgaben zur Zufriedenheit des Kommissars erledigt hatte. Was würde er heute sagen können? Am besten würde er auch diesen Abend nur nicken und von den zahlreichen Fehlern, die ihm unterlaufen waren, schweigen. Längst schon konnte er ihr seine Sorgen nicht mehr anvertrauen, zu sehr war sie in Angst, ihr einziges Kind ohne Arbeit und Brot sehen zu müssen. Seit der Vater an Lungensucht verstorben war, hatte sie sich noch mehr an ihren Buben geklammert. Heumader war hin- und hergerissen. Im Grunde genommen konnte er sich nicht beklagen. Es mangelte ihm an nichts, die Mutter führte den Haushalt und hielt ihm die alltäglichen Sorgen vom Leibe. Er konnte sich auch nichts Schöneres vorstellen, als die Sonntagnachmittage mit seiner Mutter bei einer Partie Halma und einer Tasse Kakao zu verbringen. Zugleich aber fehlte ihm etwas in seinem Leben, jemand, mit dem er sich richtig aussprechen konnte. Eine Frau wäre vermutlich die Lösung, nur das war für Heumader eine heikle Angelegenheit.

Da war einmal seine Schwerhörigkeit. Wenn man deutlich mit ihm sprach, verstand er durchaus, was man von ihm wollte. Anna bemühte sich, und Heumader glaubte, gelegentlich ein Erröten auf ihren Wangen zu sehen, wenn sie mit ihm sprach. Nur leider brachte er den Mut nicht auf, sie einzuladen. Wie wunderbar musste es doch sein, wenn sie alle drei, Mutter, Anna und er, gemeinsam Halma spielten! Doch konnte er sich einmal dazu aufraffen, sie anzusprechen, kam ihm der Leopold Keplinger dazwischen. Die beiden schienen einander bereits näher zu sein, als er und Anna es wohl jemals sein würden. Heumader seufzte.

Steininger bemerkte von den Gedankengängen seines Kollegen nichts, selbst wenn er im Allgemeinen am Leben seiner Mitmenschen Anteil nahm. Aber gerade an diesem Morgen war er von komplexen Gedankengängen abgelenkt. Die Mizzi schmollte seit ihrem Besuch bei den Rossmanns. „Bleibst halt bei dem deitschen Trampel, wennst meinst, die ist besser als wie ich", hatte sie ihm an den Kopf geworfen. Er hatte sich ertappt gefühlt. Frau Rossmann mit ihrem fröhlichen Wesen und ihrer gesunden Gesichtsfarbe mochte ihm schon gefallen. Erst allmählich war ihm gedämmert, dass er die Kochkünste der Nachbarin zu sehr gelobt hatte. Da blieb ihm wohl nichts anderes übrig, als bei nächster Gelegenheit daheim neun Schnitzel zu essen! Das stellte ihn allerdings vor ein Problem: Er konnte kaum seiner Frau den Einkauf der Fleischstücke auftragen, schließlich wollte er sie mit einem neuen Rekord überraschen! Das wiederum warf eine Reihe von Fragen auf: War es für einen Mann ohne Gesichtsverlust möglich, einkaufen zu gehen? Konnte man einfach so in einen Fleischerladen gehen und zehn Schnitzel kaufen, neun für ihn, eins für die Mizzi? Und zu welchem Fleischhacker sollte man sich wenden? Er hatte noch nie Lebensmittel eingekauft. Die Mizzi erzählte zwar häufig, wo gutes Fleisch günstig zu bekommen war, aber schon gewohnheitsmäßig hörte er ihr nicht zu. Er sollte zumindest die nächsten Tage ein offenes Ohr haben.

Dieses Problem schien ihm jedenfalls komplexer als die Überführung der Mörderin von Ernestine Bremstaller. Die Nachbarin Schoiswohl stand praktisch als Täterin fest. Sie hatte für die Tatzeit kein brauchbares Alibi und ihre Gicht war offenkundig nicht derart stark ausgeprägt, als dass sie dadurch an einem Mord gehindert worden wäre, noch dazu an einem, der im Affekt und in einem Moment großer Wut verübt worden war. Eine Hausdurchsuchung hatte zwar nichts Brauchbares zutage gefördert, aber was bedeutete das schon. Gerade das Fehlen einschlägiger Spuren machte die Schoiswohl nur noch verdächtiger! Viel bedeutsamer war der Ermittlungserfolg von Rabitsch und Keplinger, die dem Pfarrer von Niederholzkirchen nachweisen hatten können, dass er gegen Geld einen jüdischen Großvater von Lois Schoiswohl verschwinden hatte lassen. Warum die beiden dazu jedoch den ganzen Tag gebraucht hatten, mochte ihm nicht eingehen. Wie auch immer, sein Riecher hatte sich wieder einmal als richtig erwiesen. Jetzt musste nur noch die Schoiswohl weichgeklopft werden, eine Aufgabe, die er Ertl übertragen hatte. Bei der letztlich geglückten Überrumpelung der Alten hatte sich der Kollege recht geschickt angestellt. Steininger selbst wollte sich Rosenberg vorknöpfen. Der Bibliothekar hatte in seiner Zeugenvernehmung angegeben, zum fraglichen Zeitpunkt mit der Schoiswohl im Stiegenhaus ein Gespräch geführt zu haben. Wenn er seine Aussage zurücknahm oder auch nur ein bisschen zurechtrückte, würde es ungemütlich für sie werden. Alles in allem also war der Durchbruch nahe, und damit sah er wieder ruhigere

Zeiten kommen. Mit der Mizzi würde sich wieder alles einrenken, und der Führer würde jetzt hoffentlich auch Ruhe geben, wo er doch den Nichtangriffspakt mit Stalin geschlossen hatte. Der Kommissar gähnte herzhaft. Den Rosenberg würde er sich ordentlich zur Brust nehmen. Er warf mit Fremdwörtern um sich, war ein verkappter Jude und hatte wer weiß was noch auf dem Kerbholz!

„Haben S' was gfunden, Heumader?"

Der Angesprochene registrierte erfreut, dass ihn Steininger mit einem Mal siezte.

„Bitte schön, Herr Kommissar", Heumader schwänzelte mit einem Berg Unterlagen zum Schreibtisch des Chefs. „Also ein Verfahren wegen Namensänderungsvergehen ist beim Herrn Rosenberg nicht möglich, weil nämlich der Herr Rosenberg gar nicht zur Namensänderung verpflichtet gewesen ist."

„Weil er kein Jud ist."

Heumader nickte.

„Was sagen S' denn das so kompliziert, Heumader? Und überhaupt, wo Sie doch eh wissen sollten, dass der Reichsleiter auch Rosenberg heißt und überhaupst gar kein Jude ist."

„Natürlich nicht, Herr Kommissar."

„Haben S' sonst was gfunden?"

„Schon, Momenterl, gleich hab ich's." Der Aktenstoß in Heumaders Hand fiel auf den Boden, wo noch die mittlerweile zertretenen Reste des Wurstbrots lagen.

Steininger schnaufte.

„Bitte!" Der Kriminalassistent hielt Steininger einen Akt hin.

Steininger bemerkte die seltsame Färbung und einen Geruch, der ihn an Krankheit und an seine Kindheit erinnerte. „Was steht drin?"

„Der Herr Rosenberg ist ein Nudist. Das heißt, zumindest gewesen."

„Ja, und? Kann ja ein jeder essen, was er will. ‚Ein jeder nach seiner Fassad', sag ich immer!"

Heumader runzelte verwirrt die Stirn. Hatte er wieder etwas nicht richtig verstanden? Wortlos hielt er seinem Chef ein recht aussagekräftiges Bild hin, auf dem mehrere nackte Männer und Frauen in gymnastischer Verrenkung posierten.

„Was, was ist denn das für eine ausgmachte Sauerei? Lauter Nackerte! Ausgewachsene Leute und das am helllichten Tag!"

Heumader tippte mit dem Finger auf einen Mann, der in martialischer Pose seinen rechten Bizeps anspannte und recht angestrengt in die Kamera blickte. „Schauen S' einmal, Herr Kommissar. Das müsste der Herr Rosenberg sein."

„Ja, wirklich, so als ein Pudelnackerter möcht man ihn gar nicht kennen, aber so vom Gsicht her ..."

„Und außerdem ist er auch auf einer Liste mit Personen, die regelmäßig an solchen Treffen teilnehmen. Ist von der Abteilung für Sittlichkeitsverbrechen vor fünf Jahren erhoben worden."

„Für was müssen sich die dann auch noch treffen? Können die nicht allein daheim nackert sein?"

Heumader zuckte ratlos die Schultern.

„Ah so, Sie meinen, dass die schweinigeln? Mannsbilder und Weiberleut kreuz und quer? Sie sind mir ja auch eine ziemliche Sau, Heumader, dass Sie so denken. Apropos, sind Sie sicher, dass der kein Jud ist? Bei so einer Verlotterung! Na, kein Wunder. Haben S' bei dem daheim die Trikots gsehn? Ich würd mich ja genieren." Fasziniert starrte Steininger wieder auf das Bild. „Alle durcheinander! Na, der wird mich kennenlernen. So ein Invertierter, der dann auch noch die kleinen Buben sekkiert."

„Aber, Herr Kommissar, mir scheint, dass es bei den Nudisten um was anderes geht ..."

„Sind S' schon wieder terrisch, Heumader? Lassen S' mich in Ruh mit Ihre Nudisten, ich habe am Wochenend acht Schnitzel gessen, ich weiß, von was ich red. Viel wichtiger ist, dass der Rosenberg nackert durch Linz rennt. Dem werd ich zeigen, wo der Bartel den Most holt!" Steininger rieb sich die Hände. „Na wart, Bürscherl, am End steckst noch unter einer Decken mit der Schoiswohl!"

28
Freitag, 25. August 1939, 10 Uhr 40

Zwei Türen weiter saß Anna Rabitsch über den Zeugenaussagen zum Fall Bremstaller. Ihr Büro war äußerst beengt. Jahre zuvor, als das Gebäude noch ein Hotel beherbergt hatte, war es wohl als Stubenmädchenkammer genutzt worden. Sie starrte auf die Papiere, die sie selbst getippt hatte, konnte sich aber nicht recht konzentrieren. Das lag zum einen an Konrad. Er hatte sich bei ihr gemeldet, wollte sie sehen. Hatte sie gebeten, wieder nach Wien zurückzukehren. Da ist ihr bewusst geworden, wie sehr sie die Stadt vermisste. Und vielleicht auch Konrad. Aber da war ja noch der Poldl. Sie hatte ihm gleich von Konrads Anruf berichtet, und er hatte sie wieder mit seinen traurigen Hundeaugen angesehen. Mein Gott, was sollte sie nur tun? Der kleine Abstecher nach Grein hatte sich als das schönste Erlebnis seit langem erwiesen. Sie waren durch das Städtchen geschlendert, hatten Kaffee getrunken, sie hatte ein Buch gekauft und Poldl eine Flasche Schnaps für seinen Vater. Beinahe war sie glücklich gewesen.

Der Poldl war nett, sie mochte ihn, sie mochte ihn sogar sehr, aber zugleich schien ihn etwas davon abzuhalten, sich näher mit ihr einzulassen. Und dann seine ständigen Selbstzweifel. Wie er sie manchmal ansah, es war zum Verrücktwerden! Schon wieder ein Mann, der keine Frau, sondern eine Ersatzmutter suchte. Anna stand auf und blickte aus dem Fenster. Eine Straßenbahngarnitur der Linie M hielt quietschend an der Mozartkreuzung. Viele Leute trugen schon Herbstkleidung, so als würden sie dem prächtigen Spätsommer nicht trauen. Nur ein Mann in Breeches genoss sichtlich die Wärme und hatte sein Sportjackett über die Schulter geworfen.

Eigentlich wollte sie nur ihre Arbeit tun. Doch das wurde immer schwieriger, wie ihr schien. Sie hatte Steininger von den Ergebnissen der Recherchen in Niederholzkirchen berichtet. Natürlich war dabei auch der Pfarrer zur Sprache gekommen. Sie hatte Ebenbichler nicht hineinreiten wollen, schon gar nicht nach dem Gespräch mit Poldl, doch hätte sie lügen sollen? Vielleicht. Aber nun war es zu spät. Steininger hatte zur Rolle des Pfarrers kein Wort verloren, ihn hatte einzig die Schoiswohl interessiert. Aber das hatte natürlich nichts zu bedeuten. Der Kommissar hatte auch nicht davor zurückgeschreckt, Ertl zu verhaften. Wenn es ihm passte, würde er die Gestapo auf den Pfarrer hetzen.

Ebenbichler hatte gefasst, fast gleichgültig gewirkt, als sie in Niederholzkirchen wieder ins Auto gestiegen waren. Aber natürlich wusste er, dass die Fälschung von Matriken drakonisch bestraft werden würde, noch dazu, um einen Juden verschwinden zu lassen und damit der SS ein Kuckucksei unterzujubeln. Am schlimmsten musste es wohl für den Pfarrer sein, darauf zu warten, ob etwas passieren würde. Heute, morgen, in einer Woche, am Tag oder in der Nacht konnte ihn die Gestapo verhaften. Anna bereute es, nicht gelogen zu haben.

Das Telefon läutete. Überrascht blickte sie zu dem schwarzen Apparat, der, seit sie in diesem Büro arbeitete, kein einziges Mal geklingelt hatte. Sie nahm den Hörer ab und die Vermittlung stellte, noch bevor sie fragen konnte, ein Gespräch durch.

„Kriminalassistentin Rabitsch."

„Kommissar Sedlak hier, guten Morgen."

Anna war überrascht. Sie hatte Sedlak ein-, zweimal gesehen. Jedes Mal hatte er sie weitgehend ignoriert.

„Fräulein Rabitsch, Sie wundern sich vielleicht, warum ich mich bei Ihnen melde. Aber ich hätte da eine Nachfrage in der Sache Bremstaller. Die Sache ist ja eigentlich abgeschlossen, was uns als Gestapo betrifft zumindest, aber ich wollte dennoch etwas klären."

„Wie kann ich Ihnen helfen?"

„Sagen Sie, Sie haben doch mit dem Berger gesprochen. Wie ist er Ihnen vorgekommen? Ich meine, wirkte er nervös, angespannt ...?"

Anna holte tief Luft. Was sollte das nun wieder bedeuten? „Ihre Frage ... überrascht mich etwas."

„Da haben Sie recht. Nur, sehen Sie, jetzt ist ja der Raders erledigt, und ich möchte mir da die Bremstallersache noch einmal durch den Kopf gehen lassen."

„Naja, Herr Berger wirkte in Bezug auf den Verbleib seiner Tochter angespannt. Im Übrigen hatte ich nicht den Eindruck, dass er etwas zu verbergen hatte ... Aber ich verstehe immer noch nicht ganz."

„Hm, im Grunde genommen frage ich nur, weil man höheren Orts einen ausführlicheren Bericht will als üblich. Sie müssen wissen, der plötzliche Tod von

Berger während der Befragung muss natürlich näher untersucht werden. Da muss schon alles seine Ordnung haben. Gerade beim Kollegen Wögerer ist das ja etwas außergewöhnlich, weil er sonst durchaus das Wohlergehen der Delinquenten im Auge hatte."

Anna verkniff sich eine Bemerkung. Wögerers Qualitäten waren auch ihr schon zu Ohren gekommen.

„Und da ja leider Kollege Wögerer recht plötzlich nach Berlin abbeordert worden ist", fuhr Sedlak fort, „kann ich momentan nicht direkt auf ihn zurückgreifen."

„Verstehe", murmelte sie.

„Charlottenburg. Sie wissen, was ich meine. Einen schnelleren Weg nach oben gibt es nicht. Das ist für uns alle im Hause ein bisschen überraschend gekommen, vor allem, weil es so schnell gegangen ist. Ehrlich gesagt, ein paar Kollegen haben sich sogar zu der Behauptung verstiegen, der Wögerer müsse da einer Persönlichkeit einen besonderen Gefallen getan haben. Aber das sind", fügte er lachend hinzu, „natürlich Hirngespinste. Derlei ist im neuen Deutschland ja mittlerweile abgeschafft. Na, wie auch immer, falls Ihnen noch etwas einfällt, melden Sie sich bitte bei mir. Heil Hitler!"

Anna murmelte einen Gruß und legte zögernd den Hörer auf die Gabel. Was hatte das zu bedeuten? Warum erzählte ihr Sedlak von Wögerers wunderbarer Laufbahn? Um ihr zu zeigen, wie rasch man bei der Gestapo vorwärtskommen konnte? Aber wozu? Sedlak hatte bislang keinerlei Ambitionen gezeigt, sie abzuwerben. Sie vergrub ihr Gesicht in den Händen. Nicht noch etwas, womit sie ihren armen Kopf belasten musste.

Nichts da! Dieses Telefonat wurde fürs Erste als das katalogisiert, was es vermutlich auch war, nämlich als belanglose Merkwürdigkeit. Viel wichtiger war es jetzt, den Wust an Zeugenaussagen in ein überschaubares

Schema zu bringen. Weder Steininger noch die anderen Kollegen aus der Abteilung schienen sich sonderlich intensiv mit den Ergebnissen der Ermittlungen zu beschäftigen. Mittlerweile waren mehrere Ordner gut gefüllt mit dem, was sie zum Fall Bremstaller wussten, aber bislang hatte sich niemand die Zeit genommen, das Material auch systematisch durchzugehen. Dabei hatte sie das Gefühl, als wären sie der Lösung des Falles ein gutes Stück näher, als sie dachten. Sie öffnete den ersten Ordner und las noch einmal das, was man über Ernestine Bremstaller zusammengetragen hatte. Viel war es nicht, aber die Frau schien zumindest eine Weile ein gutes Leben gehabt zu haben. Anna erinnerte sich an die Abbaziafotos, die sie und Poldl in der Wohnung der Toten gefunden hatten. Davon zehrte man wohl ein Leben lang. Dann fiel ihr Blick auf die beigefügten Presseberichte über die Spatenstichfeier bei den Hermann-Göring-Werken im Mai 1938. Damals war das Gerücht aufgekommen, Frau Bremstaller sei eine Tante Görings. Von offizieller Seite war dieses Gerücht nie dementiert worden, wohl in der Hoffnung, die Geschichte dadurch rasch vom Tisch zu bekommen. Aber zumindest hier in Linz schien es sich gehalten zu haben, wie man den Aussagen derjenigen entnehmen konnte, die die Witwe gekannt hatten.

Anna grübelte. Etwas an dieser Sache hatte sich in ihrem Kopf festgehakt. Der dicke Göring, die kleine Frau Bremstaller und – der Schläger Wögerer. Einer Persönlichkeit einen Gefallen getan, hatte doch Sedlak erzählt. Was, wenn an dieser Latrinenparole tatsächlich etwas dran war? Wenn Wögerer einer Persönlichkeit namens Göring einen Gefallen getan und damit seiner Laufbahn nachgeholfen hatte? Der einzig plausible Grund dafür war, dass Frau Bremstaller tatsächlich eine Verwandte des Reichsmarschalls war. Nur, worin genau bestand der Gefallen? Den Kommerzialrat Berger zu töten? Aber wozu? Oder gar die Bremstaller selbst umzubringen? Dann wäre das Verwandtschaftsverhältnis Görings zur Bremstaller tatsächlich nicht mehr als ein Gerücht. Aber möglicherweise ein Gerücht, das bis nach Carinhall gedrungen war und das endgültig aus der Welt geschafft werden sollte. Aber warum jetzt und nicht schon vor einem Jahr?

Anna fühlte körperlich, wie ihr Kopf rauchte. Sie nahm ihre Jacke und ihre Baskenmütze und ging hinaus. Sie brauchte Luft. Und ein Eis.

29
Freitag, 25. August 1939, 10 Uhr 45

Es klopfte und Heinrich Rosenberg trat ein. Steininger hatte nach den Mitteilungen Heumaders Mühe, ruhig zu bleiben, riss sich aber zusammen. Er reichte dem Bibliothekar nachlässig die Hand und deutete auf einen Sessel.

„Herr Kommissar, bevor Sie mit der Befragung beginnen, habe ich Ihnen etwas mitzuteilen!“

Steininger grunzte. Rosenberg stand immer noch und schien etwas Bedeutungsvolles mitteilen zu wollen.

„Herr Kommissar, der Grund für eine weitere Befragung in der Causa Bremstaller ist mir noch nicht bekannt. Gewiss werde ich selbigen sogleich erfahren. Ich habe keinen Anlass, daran zu zweifeln, dass der einzige Grund dazu im Umstand zu sehen ist, dass die Behörde vollkommenes Vertrauen in mein Pflichtgefühl als Deutscher hat und mich als ehernen Gewährsmann der Vorgänge im Hause betrachtet. Tatsächlich paaren sich in meiner Brust staatsbürgerliches Ehrgefühl und deutsche Tugend. Das Bestreben, volksschädliche Elemente unschädlich zu machen, eint mich und die Behörde. Verfügen Sie über mich! Heil Hitler!“

Rosenberg deutete eine Verbeugung an und, mit etwas eckig wirkenden Bewegungen, setzte er sich. Der Kommissar nahm keine Notiz von Rosenberg. Er schien in den vor ihm liegenden Akt vertieft zu sein.

„Herr Rosenberg, es geht um ihre Zeugenaussage, und zwar“, Steininger feuchtete die Kuppe des Zeigefingers an und blätterte im Akt, „geht es um die korrekte zeitliche Einordnung der Vorgänge. Sie haben ja ausgesagt, dass Sie um knapp vor zehn Uhr am Abend heimgekommen sind.“

„Jawohl, Herr Kommissar, das Tor ist noch nicht verschlossen gewesen. Ich bin extra zeitig weg vom Parkfest in Auhof. Obwohl sich die Kameraden aus St. Magdalena bei ihrer Feier ins Zeug gelegt haben, wenn ich das mal so salopp sagen darf ...“

„Kameraden?“, unterbrach Steininger.

„Jawohl, Turnerbund, Gruppe St. Magdalena.“

Steininger zündete sich eine Zigarette an und blies den Rauch in Rosenbergs Richtung. Der Bibliothekar bemühte sich, ein Husten zu unterdrücken.

„Na gut, Sie sind also um knapp vor 22 Uhr ins Haus in der Südtirolerstraße gegangen. Allein?“

„Jawohl, allein, Herr Kommissar, ich bin ja, wie Sie wissen, ein alter Hagestolz, wenn Sie mir diesen kleinen Scherz erlauben.“ Rosenberg stieß ein meckerndes Lachen hervor, in das Steininger aber nicht miteinstimmte.

„Und dann?“

Rosenbergs Lachen war in ein Husten übergegangen. „Dann bin ich hinauf in meine Wohnung, das heißt, ich wollte in meine Wohnung, aber leider hat mich wieder einmal die unselige Frau Schoiswohl ins Gespräch verwickelt."

„Ist Ihnen im Stiegenhaus wer begegnet?"

„Nein, wie ich schon gesagt habe. Ich habe dann nur gehört, wie das Haustor verschlossen wurde. Die Frau Schoiswohl ist am Stiegenabsatz vor der Wohnung gestanden, zusammen mit der armen Frau Bremstaller."

„Worüber haben die zwei geredet?"

„‚Die, die nichts zu sagen haben, reden viel', sagt der Dichter, nicht wahr, Herr Kommissar?"

„Ein Dichter ist auch dabei gwesen? Name? Wo wohnt der Mann?"

„Aber nein, Herr Kommissar! Ich wollte damit nur sagen, dass in erster Linie die Frau Schoiswohl ihr Mundwerk betätigt hat. Ich glaube, es ist um eine Radiosendung gegangen, ein Unterhaltungskonzert, das die Schoiswohl wohl eben gehört hatte. Wenn Sie mich fragen, ist ein Radioapparat nur eine Vergeudung von Elektrizität, das reinste Groschengrab."

„Und die Frau Bremstaller hat nichts gsagt?"

„Sie hat nur kurz von einem Kinobesuch erzählt. Sie ging dann auch gleich in ihre Wohnung. Vorgeblich, weil sie so müde war, aber ich vermute, sie hat die Gunst der Stunde genutzt, denn die Schoiswohl hat umgehend mich als Opfer ihrer Quatschsucht auserkoren."

„Wann ist das gwesen?"

„Wir sind nur ein paar kurze Momente beieinander gestanden. Wenn ich geahnt hätte, dass kurz danach die arme Frau Bremstaller von der eisernen Faust des Schicksals getroffen wird."

„Ein Messer ist's gwesen."

„Wie bitte?" Rosenberg wirkte verwirrt.

„Mit einem Messer ist sie umbracht worden, nicht erschlagen."

„Äh ja, gewiss, ich neige wohl gelegentlich dazu, in Metaphern zu sprechen. Sie haben völlig Recht, Herr Kommissar, der Deutsche spricht klar oder er spricht nicht."

„Und wie ist es dann weitergegangen?"

„Genauso wie ich Ihnen das kürzlich auseinandergesetzt habe, Herr Kommissar. Die Frau Schoiswohl hat mich in Beschlag genommen. Hat mir ihren Radiounsinn vorgeschwärmt, den sie kurz davor auch der Frau Bremstaller mitgeteilt hat. Ein Konzert mit einem gewissen Max Schönherr. Mir sagen diese Namen naturgemäß nichts, wie Sie sich denken können."

„Sind Sie da die ganze Zeit im Stiegenhaus gestanden?"

„Jawohl, Herr Kommissar, am Treppenabsatz. Ich werde mir doch nicht dieses Waschweib in die Wohnung holen!" Rosenberg war entrüstet.

„Und wie lang hat das gedauert?"

„Eine Ewigkeit, Herr Kommissar. Mir schien, ich käme gar nicht mehr ins Bett."

„Geht's genauer?"

„Es muss so gegen 23 Uhr gewesen sein. Kurz zuvor ist ja diese Frau durchs Treppenhaus geschlichen."

„Was für eine Frau?" Steininger riss die Augen auf.

„Na, jene Frau, die offenkundig auf der Suche nach ihrem Mann gewesen ist. Sie hat auch bei der Frau Bremstaller geklopft. Dann war ja doch dieses Durcheinander."

Steininger explodierte. „Kruzitürken, noch einmal! Was erzählen S' denn das erst jetzt?"

Rosenberg errötete. „Aber, ich habe Ihnen das doch bereits alles mitgeteilt."

„Nix haben S'! Nix! Da, schauen S'!" Steininger knallte den Akt mit dem Protokoll der ersten Befragung von Rosenberg auf den Tisch. Der Bibliothekar blätterte irritiert.

„Tatsächlich, hier steht nichts. Aber ich habe doch ganz gewiss ...“ Er hob hilflos die Schultern und blickte hilfesuchend zu Heumader.

„Herr Kommissar?“ Heumaders Gesicht glühte. „Mir scheint, mir ist da ein kleines Malheur passiert. Wie wir bei dem Herrn Rosenberg gewesen sind, hab ich ja mitgeschrieben. Und einmal hab ich ein Momenterl lang schlecht verstanden, was der Herr Rosenberg ausgesagt hat. Von der Straße her ist auf einmal so ein Lärm gwesen. Ich weiß gar nimmer, ist’s ein Lastkraftwagen gwesen oder waren’s Kinder?“

„Es sind gewiss Kinder gewesen. Die Goetheschule verbreitet gelegentlich einen Lärm. Zum Glück habe ich mein Studierzimmer nicht straßenseitig.“

„Meine Mama hat’s auch so eingerichtet, dass ihr Schlafzimmer hofseitig ist. Sie hat einen recht leichten Schlaf.“

„Da könnte ich Ihrer Frau Mutter schon etwas raten. Wenn Sie abends ein Schlückchen Kamillentee ...“

„Fix noch einmal! Wir sind nicht zum Plauschen da! Also, was ist jetzt? Warum steht da nix im Protokoll?“ Steiningers Gesicht glühte, hektisch zündete er sich die nächste Zigarette an.

„Wie gesagt, Herr Kommissar, der Lärm auf der Straße, ich hab also ein kurzes Momenterl nichts verstanden und da ...“, Heumader zuckte mit den Achseln. „Ich hab mir vorgenommen, das dann nachher noch einmal nachzufragen, aber mir scheint, das hab ich vergessen.“ Er starrte mit großen Kinderaugen auf Steininger, der seinerseits die Augen geschlossen hatte und tief ein- und ausatmete.

„Also“, fuhr Rosenberg zögernd fort, „das war so: Ich bin mit Frau Schoiswohl am Treppenabsatz gestanden und plötzlich kam eine jüngere Dame die Treppe herauf. Sie schien recht aufgeregt und erkundigte sich nach einem gewissen Herrn Karl, ihrem Verlobten, wenn ich richtig verstanden habe. Ich war, ehrlich gesagt, entrüstet. Was hat eine junge Dame zu nachtschlafener Zeit in wildfremden Häusern zu suchen? Da habe ich dann auf meine Armbanduhr geblickt und die hat 22 Uhr 45 angezeigt. Zur selben Zeit ist übrigens der Herr Kommerzialrat die Treppe heraufgekommen. Die Frau war auch nicht davon abzuhalten, noch bei der Frau Bremstaller zu klopfen. Die hat ihr dann tatsächlich geöffnet, die Frau hat auf sie eingesprochen, bis die Bremstaller sie eingelassen hat. Nach wenigen Momenten hat sie die Wohnung wieder verlassen."

„Und dann?" Steininger schien sich wieder zu fangen.

„Dann hat sie auch noch Einlass in die Wohnung von mir und von der Frau Schoiswohl erbeten. Oder ist das bereits zuvor gewesen? Na, gleichgültig. Ich kann Sie übrigens vollkommen beruhigen, Herr Kommissar, ich habe das Ansinnen dieser Dame rundweg abgelehnt! Ein sittliches Empfinden schien dieser Dame vollkommen fremd. Nur meine gute Kinderstube gebietet es mir, dieses Subjekt als Dame zu bezeichnen."

„Und dann?"

„Ja also, sie ist noch hinauf zum Kommerzialrat Berger. Mehr ist mir nicht bekannt, weil ich dann in meine Wohnung gegangen bin. Unerhört!"

„Dringeblieben bei der Frau Bremstaller ist die junge Frau also nicht?"

„Nein, nein, sie hat gewiss die Wohnung wieder verlassen. Freilich vermag ich nicht auszuschließen, dass sie dann wieder zurückgekehrt ist und die arme Frau Bremstaller gemeuchelt hat. Die Dame war derart erregt!"

„Und die Frau Schoiswohl?"

„Die ist auch in ihre Wohnung zurückgekehrt. Ich muss gestehen, ich habe noch einmal aus meiner Wohnung geblickt, denn die Schoiswohl pflegt gelegentlich an anderen Wohnungstüren zu lauschen. Sie war allerdings nicht mehr am Treppenabsatz."

„Aber ob s' in der Wohnung gewesen ist, können S' dann eigentlich nicht sagen?"

„Na, ich nehme doch an. Wollen Sie damit vielleicht andeuten, die Frau Schoiswohl könnte ...?" In Rosenbergs Gesicht mischten sich Entsetzen und freudige Erregtheit. „Das wäre doch ..." Er ließ den Satz unvollendet.

„Und was haben Sie dann getan?", fuhr Steininger ungerührt weiter.

„Ich bin zu Bett. Beim Parkfest am Nachmittag habe ich mich von meinen Kameraden zu einem Glas Most überreden lassen. Ich bin ja den Alkohol nicht gewöhnt. Enthaltsam wie der Führer, das ist mein Leitspruch! Ich war jedenfalls todmüde. Das heißt, wie ich schon gesagt habe, wollte ich zu Bett. Leider hat die Schoiswohl noch einmal bei mir geklopft."

„Wann genau ist das gewesen?"

„Ich habe erneut auf die Uhr geblickt, ich war empört. Zuerst die junge Dame und dann auch noch die Schoiswohl. Wollen denn alle Dämme brechen, habe ich mich gefragt? Es war genau 23 Uhr 5. Ich habe der Frau Schoiswohl die Leviten gelesen ... verzeihen Sie ... ihr in klaren Worten mein Missbehagen ausgedrückt. Die Schoiswohl hat dann herumgegreint, es war widerlich."

„Wie lange hat das gedauert?"

„Ewig. Nein, natürlich nicht ewig. Um 23 Uhr 30 habe ich ihr die Türe vor der Nase zugeschlagen. Ein eherner Grundsatz von mir ist, vor Mitternacht zu Bett zu gehen, diesem Grundsatz halte ich immerdar die Treue."

„Das heißt also, Sie halten an Ihrer Aussage fest, die Sie am Tag nach dem Tod der Bremstaller getätigt haben: Die Frau Schoiswohl ist um elf Uhr in ihre

Wohnung gegangen, fünf Minuten später ist sie wieder bei Ihnen gewesen und dann erst um halb zwölf verschwunden."

„In der Tat, leider nicht früher."

Steininger brummte unzufrieden. „Ein Irrtum ist ausgeschlossen?"

„Herr Kommissar!" Rosenberg war empört, er erhob sich von seinem Sessel. „Ich sammle für das Winterhilfswerk und achte den Eintopfsonntag! Ich kenne meine Pflicht als deutscher Volksgenosse!"

„Apropos, Sie haben uns verschwiegen, dass Sie aktenkundig sind!" Steininger holte das Nudistenfoto aus dem Akt und schob es Rosenberg hin. „Dass Sie ein Nudist sind, ist das eine. Aber, dass Sie am helllichten Tag nackert draußen herumrennen, ist ja die größte Sauerei! Sie wissen schon, was mit Leuten Ihres Schlags passiert?"

„Wie bitte, ich ..." Wie vom Schlag gerührt, sank Rosenberg in seinem Sessel zusammen.

30
Freitag, 25. August 1939, 11 Uhr 15

Ertl warf einen genervten Blick zur Verbindungstür. Aus Steiningers Büro flackerte immer wieder Gebrüll auf. Er hasste die Schreierei des Kommissars. Sein aufgeblasenes Getue. Seine himmelschreiende Borniertheit. Seine Feigheit, die sein ganzes Gehabe nur noch lächerlicher machte. Am liebsten würde er diesem dummen Kerl den ganzen Krempel vor die Füße werfen. Aber was konnte er tun? Sich versetzen lassen? Wohin?

„Also, was wollen S' jetzt noch von mir?"

Er starrte Johanna Schoiswohl an. Da saß sie, die Hauptverdächtige im Fall Bremstaller. Kopftuch, Stock, ein viel zu warmer Mantel, den sie nicht ablegen wollte, und Wollsocken. Mit selbstgerechter Miene hockte sie da und schien gar nicht zu bemerken, worum es hier ging. Dachte wohl nur daran, was sie heute ihrem Buben kochen würde.

„Frau Schoiswohl, verstehen Sie überhaupt, warum Sie da sind? Sie stehen im Verdacht, Ihre Nachbarin, die Frau Bremstaller, umgebracht zu haben."

„Ich? Aber warum soll ich denn die Tini umbringen? Grad ham S' noch was von einem Pfarrer gredet."

Ertl seufzte. Er mochte diese Frau nicht. Sie erinnerte ihn an Kommissar Steininger. „Ich werd's Ihnen noch einmal auseinandersetzen."

„Für blöd brauchen S' mich nicht anzuschauen! Ich hab schon verstanden, was Sie gsagt haben."

„Also Frau Schoiswohl, wir haben in der Wohnung der ermordeten Frau Bremstaller die Abschriften von etlichen Briefen gefunden, in denen hauptsächlich Personen aus dem Haus angezeigt worden sind."

„Ich scher mich nicht um wen andern", unterbrach ihn die Frau. „Ich schau nur auf meinen Loisl und auf mich."

„Frau Schoiswohl, unterbrechen S' mich jetzt nicht. Wir haben die Originalanzeigen, die bei der Gestapo eingelangt sind, verglichen mit Schriftproben, die wir in Ihrer Wohnung gefunden haben ..."

Frau Schoiswohl nickte bekümmert. „So eine Wirtschaft habts gmacht bei mir! Ausgschaut hat's wie in einem Negerdorf! Den ganzen Tag hab ich braucht, bis ich wieder alles schön ordentlich ghabt hab."

Ertl schnaufte. „Jedenfalls wissen wir dadurch, dass diese Briefe von Ihnen stammen."

„Ja, irgendwer muss ja auf den Führer schauen!"

„Wie bitte?" Ertl runzelte irritiert die Stirn.

„Überall geht's zu als wie. Sodom und Gomorrha im ganzen Haus! Wenn das überhandnimmt! Da muss doch was gschehn! Grad jetzt, wo s' uns Danzig wegnehmen wollen. Da darf man dem Führer doch ned in den Rücken fallen!“

„Natürlich.“ Ertl war zwar überzeugt, dass das Schicksal des Dritten Reichs nicht in der Südtirolerstraße entschieden werden würde, doch wollte er sich nicht auf Diskussionen einlassen. „Frau Schoiswohl, worauf ich eigentlich hinauswill: Es haben sich in der Wohnung der Frau Bremstaller zahlreiche Abschriften von Briefen gefunden. Offenbar hat die Frau Bremstaller Ihre Post besorgt. Ein Brief ...“

„Ja, die Tini ist mir immer um die Post gangen. Oft ist's mir auch einkaufen gangen, wenn's gar einmal zu arg worden ist mit meiner Gicht. Da hat's dann klopft, die Tini, schauen S', so.“ Frau Schoiswohl hämmerte mit dem Stock den Rhythmus des ‚Radetzky-Marschs' auf den Boden. „Und dann hab ich gwusst, es ist die Tini. Man kann ja gar nicht genug aufpassen, so viel Gsindel ist heutzutag unterwegs, seid s' da das Werk bauen in St. Peter. Behm, Katzelmacher, alles da!“

Ertl räusperte sich.

„Und dann hat s' mich gfragt, die Tini: Brauchst was? Soll ich dir eine Knackwurst mitnehmen vom Fleischhacker? Oder braucht der Loisl was? So eine guate Haut! Und jetzt ist sie unter der Erd!“ Die Frau schluchzte, holte umständlich ein Sacktuch aus der Manteltasche und putzte sich ausgiebig die Nase. „Jetzt hat's mich ganz allein lassen, die Tini!“

Ertl betrachtete die Schoiswohl. Spielte die Alte hier nur Theater? War sie tatsächlich eine derart abgebrühte Person? Er stellte jedenfalls fest, dass er allmählich begann, den Faden zu verlieren. Sollte der Auftritt der Schoiswohl Taktik sein, so war die Frau raffinierter, als alle dachten. „Frau Schoiswohl, bitte unterbrechen S' mich nicht dauernd. Sonst kommen wir nicht weiter."

„Sie, gell, ich kann nicht den ganzen Tag dableiben und mich mit Ihnen unterhalten. Ich hab was zu tun auch noch."

„Das werden S' schon sehen, Frau Schoiswohl. Wer weiß, ob Sie überhaupt noch einmal heimkommen." Befriedigt nahm Ertl zur Kenntnis, dass ihn die Schoiswohl mit offenem Mund anstarrte. Eine Reihe ungepflegter Zähne kam zum Vorschein.

„Ja, das geht doch nicht. Das ist ja ... die Wohnung! Und der Loisl! Und wer soll sonst auf den Führer aufpassen?"

Ertl wusste nicht, worüber er mehr irritiert sein sollte: die übergroße Sorge um Hitler oder den Umstand, dass Frau Schoiswohl eine allfällige Verhaftung nicht einmal hinterfragte. „Frau Schoiswohl, bei der Frau Bremstaller haben wir auch einen Brief gefunden, in dem der Pfarrer von Niederholzkirchen beschuldigt wird, eine Eintragung in einer Matrik zugunsten Ihres Sohnes gefälscht zu haben."

Die Frau nestelte an ihrem Taschentuch. „Es wird so viel gredet heutzutag. Ich würd nicht viel drauf geben."

„Der Pfarrer hat bestätigt, einen jüdischen Vorfahren ersetzt zu haben durch einen arischen. Damit Ihr Sohn Alois in die SS aufgenommen werden kann, haben Sie ihm Geld gegeben."

„Aber geh, was Sie daherreden!"

„Frau Schoiswohl, woher haben Sie die 500 Reichsmark, die Sie dem Pfarrer gegeben haben?"

„Na hören S'! Wo hätt ich denn das viele Geld her? Von meinem Mann selig ist mir nix blieben als wie die Briefmarkensammlung."

„Frau Schoiswohl, der Pfarrer hat bestätigt, dass Sie ihn bestochen haben."

Ihr Blick blieb auf das Taschentuch in ihren Händen gerichtet. Mit einem Mal beugte sie sich vor. Ihr Gesichtsausdruck war plötzlich voll Verachtung. „Als ob ein einzelner Jud einen Unterschied macht. Mein Bub, der Loisl, ist ein richtiger Nazi und ein guter SSler. Ich bin schon auf die vierzig zugangen, wie ich ihn gekriegt hab, den Loisl. Mein Mann und ich haben gar nimmer glaubt, dass wir noch was zusammenbringen. Passts auf, haben d' Leut gsagt. So spät ein Kind und dann auch noch das Erste. Den werden s' verziehen, haben s' gsagt. Ein Nestscheißerl wird's werden! Und akkurat hab ich ihn von der Kittelfalten weggejagt. Akkurat haben wir gschaut, dass er abgehärtet ist. Im Winter hab ich ihn in der kurzen Hosen rausgjagt. Nix hat's ihm geschadet! Der größte Wunsch von meinem Mann ist gwesen, dass der Bub ein Soldat wird. Und jetzt ist er sogar bei der SS. Wenn alles gutgeht, kommt er zur Leibstandarte. Dann passen wir alle zwei auf den Führer auf!"

Ertl lehnte sich zurück und bemühte sich, nicht auf das schadhafte Gebiss der Schoiswohl zu starren. „Was Sie gemacht haben, ist strafbar."

„Ja, bitte, sperrts mich halt ein. Ich werd nicht lang im Gefängnis bleiben. Bitteschön, ich kenn den Gauleiter. Und dem Führer werd ich auch schreiben!"

„Frau Schoiswohl, das mit der Bestechung des Pfarrers ist ja nicht das Einzige, was wir Ihnen vorwerfen, nicht einmal das Schwerwiegendste. Wir glauben, dass Sie herausgefunden haben, dass die Frau Bremstaller von Ihrer Tat gewusst hat. Oder, dass die Frau Bremstaller Sie mit diesem Wissen erpresst hat. Am fraglichen Abend sind Sie zu Ihrer Nachbarin in die

Wohnung. Frau Bremstaller hat Sie gut gekannt, für Argwohn ist deshalb kein Anlass gewesen. Sie haben Schnaps getrunken und eine Mehlspeise gegessen ...“

„Ja, die Tini hat gern backen. Sogar unter der Woche hat's eine Mehlspeise bei ihr ...“

„Frau Schoiswohl! Bitte! Sie haben also Schnaps getrunken, Mehlspeise gegessen. Sie haben miteinander geredet. Sie haben verlangt, dass die Frau Bremstaller den Mund hält. Die hat sich aber nicht beeindrucken lassen, vielleicht hat sie Geld dafür gewollt, dass sie nichts sagt. Sie haben gestritten, und irgendwann haben Sie das Kuchenmesser gepackt und die Frau Bremstaller erstochen. Ihre Gicht hat Sie daran nicht gehindert!“

„Aber wegen so was werd ich doch die Tini nicht umbringen. Die hätt mich doch nie angezeigt! Außerdem hat die ja Geld genug ghabt! Hat ja geerbt.“

„Von dem Geld ist nichts mehr aufgetaucht. Außerdem sind schon Leute für weniger umgebracht worden.“

„Das Gefängnis schreckt mich nicht. Ich weiß, ich hab das alles für den Loisl gemacht, für den Loisl und für den Führer. Ob ich mich jetzt daheim nimmer rühren kann oder anderswo, macht für mich keinen großen Unterschied.“

„Das heißt, Sie gestehen also.“

„Gestehen, was denn? Das mit dem Pfarrer wissts ja jetzt eh, brauchts ja nicht so einen Wirbel machen wegen so was.“

„Frau Schoiswohl, es geht mir hier um den Mord!“

„Ich werd doch die Tini ned abstechen, die hätt ich ja noch braucht! Wer geht mir denn sonst einkaufen? Und außerdem, wann hätt ich das denn machen sollen? Hab ja zuerst Radio gehört und dann mit dem Herrn Rosenberg geplauscht.“

Ertl schloss die Augen und rieb sich die Nasenwurzel. „Na gut, gehen wir den Abend noch einmal durch, Frau Schoiswohl."

31

Freitag, 25. August 1939, 12 Uhr 10

Anna Rabitsch hatte mittlerweile das Telefon vom Tisch auf den Boden gestellt. Auf dem kleinen Schreibtisch brauchte sie jedes Fleckchen, um ihre Notizen auflegen zu können. Die frische Luft und das Eis hatten ihr gut getan. Sie fühlte sich wieder frischer. Die Gedanken an Konrad und Wien waren verflogen und noch auf der Straße hatte sie im Geist begonnen, die Zeugenaussagen durchzugehen.

Die Durchsicht der ersten Protokolle entmutigte sie zunächst wieder. Wie sollte sie Ordnung in diesen Wust an Auskünften schaffen? Zunächst einmal entschied sie sich dafür, die Aussagen zur Person der Frau Bremstaller selbst zusammenzustellen. Es war ein gutes Stück Arbeit und es lohnte sich nicht, wie sie enttäuscht feststellen musste: Alle Nachbarn beschrieben die Witwe einhellig als ruhige, aber etwas hochnäsige Erscheinung, die sich im Glanz längst vergangener Tage sonnte. Anna erinnerte sich an die Erzählungen Ertls von der geradezu ehrfürchtigen Verehrung der Witwe für ihren verstorbenen Mann.

Nachdem sich hieraus keinerlei neue Perspektiven für die Lösung des Falles ergeben hatten, beschloss sie, den Abend, an dem Bremstaller ermordet worden war, in seinem zeitlichen Ablauf durchzudenken. Sie holte ein Lineal aus der Lade und erstellte eine Tabelle. Jedem Bewohner und jeder Bewohnerin des Hauses wurde eine Spalte zugewiesen. Die Zeilen standen jeweils für eine Viertelstunde, beginnend um 20 Uhr und endend um 24 Uhr. Dann begann sie, die Aussagen noch einmal hinsichtlich ihrer Zeitangaben zu studieren.

Heumader steckte den Kopf zur Tür herein. „Fräulein Rabitsch, ich hol für den Herrn Kommissar Bier. Kann ich Ihnen auch etwas mitnehmen?"

Sie war kurz verleitet, sich ebenfalls ein Bier holen zu lassen, schüttelte aber schließlich dankend den Kopf. Zur Mittagszeit am Amt Bier zu trinken passte zu Steininger, aber nicht zu ihr. Sie beugte sich wieder über die Protokolle.

Heumader räusperte sich. „Spielen Sie eigentlich Halma?"

„Wie bitte?" Sie glaubte, sich verhört zu haben.

„Ach, nichts." Er schloss die Tür.

Anna arbeitete konzentriert weiter. Irgendwann erinnerte sie ihr Magen, dass es nun schon später Mittag war und ein Zitroneneis sie keineswegs über den Tag bringen würde.

Die Tür wurde aufgerissen und Steininger stapfte schnaufend herein, eine Flasche Bier in der Hand. „Was tun denn Sie da eigentlich, Fräulein Rabitsch?" Er sank ächzend auf einen Sessel.

Möglichst unauffällig rückte sie ihren Sessel etwas nach hinten. Sie hasste den Geruch, der vom biertrinkenden Steininger ausging. „Ich sehe die Protokolle durch und versuche, den Verlauf des Abends für die einzelnen Hausbewohner durchzugehen."

„Wofür?", fragte er belustigt.

„Ich gehe davon aus, dass es jemand aus dem Haus gewesen ist. Also schaue ich mir die Aussagen der Leute durch, wer wann wo gewesen ist."

Steininger lächelte milde. „Das können S' sich sparen. Den Ablauf von dem Abend kann ich Ihnen ganz genau sagen. Die Schoiswohl hat im Stiegenhaus mit dem Rosenberg geplauscht. Dann ist sie zur Bremstallerin hinein, die zwei haben was gegessen, was getrunken, haben zum Streiten angefangen, und dann hat die Schoiswohl zugestochen. Ganz einfach." Steininger nahm einen herzhaften Schluck Bier und grinste.

Anna schüttelte sich. Wie musste es sein, mit so einem Mann verheiratet zu sein?

„Jetzt muss nur noch der Rosenberg zugeben, dass er und die Schoiswohl gar nicht so lang miteinander geredet haben, wie er zuerst angegeben hat. Dann kommt's von der Zeit auch hin. Aber der wird schon noch weich werden. Den versauten Hund hab ich jetzt einmal einsperren lassen."

Anna blickte ihn fragend an.

„Haben sie gar ned gwusst, dass der Nudist ist, und noch dazu so einer, der vor anderen Leuten nackert herumrennt?"

„Wie bitte?"

„Jaja, so Leut kennt man ja, die tun mit Buben ja auch ... na, Sie wissen schon. Jedenfalls wird er jetzt sicher weich, der Kerl. Er windet sich noch. Erzählt was von einer Frau, die zur Tatzeit im Haus herumgegangen ist. Angeblich hat s' einen Karl gesucht. Aber das sind nur Ausflüchte, das hilft ihm auch nichts mehr. Und dann werden wir die Schoiswohl knacken! Der Ertl ist schon auf einem guten Weg!"

„Welche Frau?"

„Weiß ich nicht. Ich bild mir ein, dass die Schoiswohl auch was von einer Frau geredet hat, aber vermutlich stecken die alle unter einer Decke. Der Heumader hat jedenfalls die Personsbeschreibung protokolliert. Diese

Schlafhaube hat übrigens wieder nur geschlampt! Gott sei Dank hat das keinen größeren Schaden verursacht. So!" Er ließ die Faust auf den Tisch sausen. „Jetzt muss ich aber wieder. Ich kann ja nicht den ganzen Tag mit Ihnen verplauschen!" Steininger schlurfte zur Tür. „Also, sparen Sie sich das mit den Aussagen. Schauen S' lieber, dass Sie den Bericht an den Plakolm schon einmal vorbereiten. Wird nimmer lang dauern und das Geständnis ist auch da! Und dann ist endlich wieder einmal eine Ruh!"

Anna blickte ihrem Chef ratlos nach. Mit welcher Gewissheit er von der Schoiswohl als Täterin ausging. Umso mehr ein Grund, sich in die Protokolle zu vertiefen. Eine Zeile um die andere, füllte sie die Tabelle. Als sie fertig war, war sie ratloser als zuvor. Beschränkte man sich auf den Tatzeitpunkt, also auf 23 Uhr, so war niemand im Hause ohne Alibi: Rosenberg war knapp vor 22 Uhr nach Hause gekommen und anschließend in ein Gespräch mit Frau Schoiswohl vertieft worden. Gegen 23 Uhr waren beide in ihre Wohnungen gegangen, aber nur für ein paar Momente, dann war die Schoiswohl vor der Wohnungstür ihres Nachbarn aufgetaucht. Zur selben Zeit hatte Frau Berger mit einer Freundin telefoniert, während Herr Berger, nachdem er um 22 Uhr 45 nach Hause gekommen war, sich von der Haushälterin eine kalte Platte hatte aufwarten lassen. Der Hausmeister Hennerbichler war um diese Zeit noch gar nicht zuhause gewesen, er war erst knapp nach halb zwölf Uhr von einer Zechtour zurückgekommen. Seine Frau wiederum hatte um 22 Uhr das Tor versperrt und war anschließend in ihrer Wohnung bei den Kindern gewesen.

Jedes Alibi war durch die Aussage eines anderen Hausbewohners gedeckt. Dem zufolge musste der Täter also doch von außerhalb gekommen sein. Aber wie? Es hatte, abgesehen von Kommerzialrat Berger, niemand das Sperrsechserl bezahlt, es war also offenbar niemand nach 22 Uhr ins Haus gekommen.

Anna starrte auf die dicht befüllte Tabelle. Blieben mehrere Möglichkeiten: Jemand war unbemerkt vor 22 Uhr ins Haus gekommen und hatte sich im Haus versteckt, war dann zu Frau Bremstaller, hatte sie ermordet und anschließend unbemerkt das Haus wieder verlassen. Höchst unwahrscheinlich, befand sie. Wo hätte sich der oder die Unbekannte verstecken sollen? Das Stiegenhaus war ein denkbar ungeeigneter Ort. Es gab keine Nischen, Kellerabgang und Dachboden waren versperrt. Zweite Möglichkeit: Frau Hennerbichler log, und es war nach 22 Uhr noch jemand ins Haus gekommen. Sie hatte auch von allen Personen im Haus das schwächste Alibi. Die Bestätigung ihrer Tochter, dass sie tatsächlich in der Wohnung gewesen war, konnte kaum als hieb- und stichfest gelten. Angenommen, sie hatte tatsächlich die Witwe ermordet, dann dürfte wohl der Grund darin zu suchen sein, dass sie von der Bremstaller mit ihrem Wissen über die Affären der Hausmeisterin erpresst worden war. Aber warum sollte die Bremstaller die Hausmeisterin erpressen? Geld wäre von den in schwierigen Verhältnissen lebenden Hennerbichlers nicht zu erwarten gewesen. Die andere Möglichkeit war natürlich, dass die Hausmeisterin nicht selbst den Mord begangen hatte, sondern – aus welchen Gründen auch immer – dem Mörder das Haustor geöffnet hatte. Wem aber wäre sie derart verpflichtet, dass sie für diese Person in einem Mordfall log? Und hätte diese Person dann nicht von der Schoiswohl und dem Rosenberg im Stiegenhaus bemerkt werden müssen? Anna seufzte. Ihre Sehnsucht nach einer Flasche Bier stieg.

Rosenberg wollte doch eine ihm unbekannte Frau im Stiegenhaus bemerkt haben. Anna holte sich die, freilich recht magere, Personsbeschreibung, die man sich von Rosenberg und Schoiswohl geben hatte lassen. Derzufolge dürfte es sich um eine jüngere, dunkelhaarige Person gehandelt haben. Das war natürlich zu wenig, um die Frau ausfindig machen zu können. Der einzige, der sie sonst noch bemerkt haben könnte, war Kommerzialrat Berger, als er nach Hause gekommen war. Aber der war ja tot.

Anna dachte kurz nach und eilte in das Büro ihrer Kollegen. Steininger war mittlerweile mit der Lektüre des ‚Völkischen Beobachters' beschäftigt. „Herr Heumader? Wann hat der Herr Rosenberg die unbekannte Frau im Stiegenhaus bemerkt?"

Heumader strahlte sie an und begann, umständlich in den Papieren auf seinem Tisch zu blättern. Steininger mischte sich ein. „Glauben S' wirklich den Blödsinn, den der da erzählt hat? Dem geht's ja nur drum, dass er ablenken tut von seine Schweinereien."

„Ich glaub schon, dass man das ernst nehmen muss. Warum sollte er lügen?"

„Wissen S' was? Wenn Sie immer so leichtgläubig sind bei den Männern, dann gute Nacht!"

Anna wandte sich rot vor Wut vom lachenden Steininger ab. Dieser versoffene Kretin!

„22 Uhr 45."

Verwirrt starrte sie Heumader an.

„Um 22 Uhr 45 hat der Herr Rosenberg die Dame gesehen."

Die Frau war also eine Dreiviertelstunde nach Sperrstunde im ersten Stock gewesen! Das konnte nur bedeuten, dass sie nach der Sperrstunde ins Haus gekommen war oder sich mindestens eine dreiviertel

Stunde im Parterre aufgehalten haben musste. In jedem Fall also ein Grund, noch einmal ausführlich mit Frau Hennerbichler zu plaudern. An dem immer noch kichernden Kommissar vorbei, stürmte sie nach draußen.

32

Freitag, 25. August 1939, 17 Uhr 20

Als Anna Rabitsch in die Südtirolerstraße einbog, schien die Fahrbahn ganz den Kindern zu gehören. Im sonst so geschäftigen Milchhof herrschte Ruhe, kein Auto und kaum ein Radfahrer störten das Spiel. Zwei Kinder bildeten mit ihren Armen die Brücke, sieben, acht andere stellten sich an, um sich darunter durchzudrängen. Anna erkannte auch die beiden älteren Hennerbichlerkinder in der Schlange, das kleinste saß mit zwei Mädchen am Gehsteigrand und sah den großen zu. Die Kinder zappelten vor Aufregung, wen würde es diesmal erwischen? „... durch die goldne Bruckn. Die Bruckn, die is brochen, mir wollen s' wieder flicken. Mit was denn? Mit was denn? Mit lauter Gold und Edelstein!“, tönte der Chor. „Der Letzte wird gefangen sein“, ergänzte Anna in das Kreischen, als die Arme der beiden Kinder niedersausten und einen pausbäckigen Buben gefangen nahmen.

In der Wohnung der Hennerbichlers war es ruhiger als vermutet. Das Geschrei der Kinder auf der Straße war nicht mehr als ein Hintergrundgeräusch. Das Bett der beiden älteren war nicht gemacht, einzelne schmuddelige Kleidungsstücke hingen über einer Sessellehne. Frau Hennerbichler saß am Küchentisch, eine Schürze umgebunden. Vor sich ein Topf Erdäpfel, der wohl darauf wartete, geschält zu werden. Doch die

Frau machte keinerlei Anstalten, sich der Hausarbeit zu widmen. Stattdessen rauchte sie eine Zigarette und starrte auf das kleine Fenster, das ins Stiegenhaus hinausging. Aus dem Nebenraum war ein Schnarchen zu hören. „Ich kann Ihnen nicht mehr sagen, als was ich eh schon gesagt hab. Ich bin da gwesen, den ganzen Abend. Und mein Alter“, sie deutete mit dem Daumen in jene Richtung, aus der das Schnarchen zu hören war, „ist saufen gwesen, der ist erst gegen halb zwölf heimkommen.“

Anna seufzte. In dieser Wohnung schien alles trübe und abgenutzt zu sein: Die Möbel, das Geschirr, die Menschen. Sie hätte jetzt gerne Poldl dabei gehabt, aber der hatte sich krank gemeldet. „Frau Hennerbichler, ich bin nicht wegen Ihrem Mann da. Im Haus ist um 22 Uhr 45 eine Frau gesehen worden, die nicht hier wohnt. Wenn Sie, wie Sie behauptet haben, um 22 Uhr das Tor verschlossen und niemandem mehr aufgesperrt haben, dann kann da etwas nicht stimmen.“

„Aber schauen S'!“, entgegnete die Hausmeisterin. „Da!“ Sie holte ein abgegriffenes Heft aus der Schürzentasche und hielt es Anna hin. „Da ist das Sperrgeld notiert, das wir einheben.“ Aufgeregt blätterte sie. „Schauen S', da: 12. August. Viertel vor elf hat einer bezahlt. Das ist der Kommerzialrat Berger gwesen.“ Sie hielt Anna die aufgeschlagene Seite mit dem Eintrag hin.

Anna nahm das Heft näher in Augenschein. Abend für Abend wurde notiert, wann Sperrgeld kassiert wurde sowie die Höhe der Einnahmen daraus. Doch nicht jeder Eintrag war in derselben Schrift verfasst. Tatsächlich konnte sie drei Schriftarten erkennen: die krakelige, feste Schrift eines vermutlich kräftigen Menschen, der selten zu schreiben hatte, dann eine etwas rundere, geübtere Schrift und schließlich einzelne Einträge, bei denen jede Ziffer steil und ordentlich ausgeführt war. In dieser Schrift war auch der Eintrag vom 12. August gehalten.

„Frau Hennerbichler, das haben gar nicht Sie geschrieben."

„Was?!" Die Hausmeisterin starrte sie an. „Wie kommen S' da drauf?"

„Hat man gar keine Ruh? Immer das Schnattern von denen Weibern." Herr Hennerbichler war aufgewacht und schlurfte mit herabhängenden Hosenträgern in die Wohnküche. Die Anwesenheit Annas schien ihn nicht weiter zu verwundern, oder sie war ihm gleichgültig. Kurz hielt er inne und kratzte sich an der Brust, als müsse er sich erst über sein nächstes Vorhaben klar werden. Geräuschvoll öffnete er die Türen des Kastens und der Kredenz.

„Brauchst gar nicht zum Suchen anfangen. Zum Saufen is nix da!", fuhr ihn seine Frau an.

Er brummte missbilligend und setzte sich an den Küchentisch. Ohne seine Frau weiter zu beachten, nahm er eine Zigarette aus ihrer Packung und ließ ein Zündholz aufflammen. „Was wollen denn Sie schon wieder da?"

„Ich hab mir Ihrer Frau noch etwas zu besprechen."

„Und was wär das?"

„Das sag ich schon Ihrer Frau."

Er brummte etwas Unverständliches, gähnte herzhaft und stierte auf die gegenüberliegende Wand.

„Also, Frau Hennerbichler, wer hat das geschrieben?"

Die Hausmeisterin warf abwechselnd Anna und ihrem Mann einen nachdenklichen Blick zu und dämpfte dann mit raschen Bewegungen den Zigarettenstummel aus.

„Die Elisabeth."

„Ihre Tochter?“ Sie nickte. Der Hausmeister schien von all dem keine Notiz zu nehmen.

„Ich will mit ihr reden.“

Frau Hennerbichler zögerte kurz, erhob sich dann und öffnete das straßenseitige Fenster über dem Kopfende des Kinderbetts. „Lisi! Komm her!“

Nur wenige Augenblicke später stand das Mädchen in der Wohnküche. Ihre Zöpfe hatten sich gelöst und ein Haarbüschel hing ihr ins gerötete Gesicht.

„Du bist die Elisabeth, gell? Schau einmal“, Anna zeigte ihr den Eintrag im Notizheft. „Hast du das geschrieben?“

Elisabeth blickte zu ihrer Mutter, diese nickte. „Ja. Aber das Geld hab ich der Mama gegeben!“

„Das glaub ich dir gerne. Sag, wie lange hast du da aufs Haustor aufgepasst?“

Wieder ein unsicherer Blick Elisabeths zu ihrer Mutter. „Nicht recht lang, eine halbe Stunde, ein bisserl länger vielleicht.“ Erstmals kam etwas Leben in den Hausmeister, er blickte seine Frau ausdruckslos an.

„Und wer ist das gewesen, von dem du das Sperrgeld kassiert hast?“

„Der Herr Berger vom zweiten Stock. Der kommt öfter spät heim.“

„Gut. Und ist dann noch wer gekommen?“

Elisabeth senkte ihren Blick.

„Es ist sehr wichtig, dass du jetzt die Wahrheit sagst.“

„Kumm, red schon!“, brüllte mit einem Mal Elisabeths Vater los. „Bevor ich dir das Kreuz abhau!“

Elisabeth zuckte zusammen und begann leise zu weinen.

Anna warf dem Mann einen bösen Blick zu. „Dir passiert nichts, Elisabeth. Sag einfach, wie es gewesen ist.“

Das Kind fuhr sich mit dem Handrücken über die Augen. „Da ist noch wer gekommen. Eine Frau."

„Wie hat die denn ausgeschaut?"

„Weiß ich nicht."

„Denk nach, Elisabeth, bitte, das ist jetzt sehr wichtig. Ist sie älter oder jünger gewesen als die Mama?"

„Jünger."

„Und die Haare? Sind die hell oder dunkel gewesen?"

„Dunkel. Und nicht recht lang. Nur so ungefähr." Sie deutete mit der Hand auf ihre Schulter.

„Und was hat die Frau angehabt?" Elisabeth zuckte die Schultern. Sie begann wieder leise zu weinen.

„Hat sie irgendwas zu dir gesagt?"

„Red schon!", fuhr sie Herr Hennerbichler an.

Elisabeth riss sich sichtlich zusammen. „Sie hat gesagt, sie sucht wen. Einen Freund. Und der hat Karl geheißen."

„Und warum hast du das nicht in das Heft hineingeschrieben?"

Ein Schluchzen durchfuhr das Kind. „Ich, ich hab ... das Geld behalten wollen."

„Was?!", der Hausmeister fuhr auf und wollte sich auf das Kind stürzen. „Ich schind mich wie ein Viech und du mistiges Mensch stiehlst mir das Geld aus der Taschen, damits Zuckerln kaufen kannst! Na wart, ich ..."

„Herr Hennerbichler!" Anna hatte sich zwischen ihn und Elisabeth gestellt. „Lassen Sie das Kind in Ruhe! Sie wird das Geld zurückzahlen, sobald sie kann."

Er sank wieder auf einen Sessel und atmete schwer.

„Ist sonst noch jemand ins Haus gekommen?"

Elisabeth schüttelte mit Bestimmtheit den Kopf.

„Auch kein Mann, den du nicht kennst?"

Wieder ein bestimmtes Kopfschütteln.

„Kriegst du gefälligst die Pappen auf, wenn wer mit dir redt?“, fuhr sie der Vater an.

„Herr Hennerbichler, halten S’ jetzt gefälligst selbst Ihren Mund, sonst lass ich Sie gleich mitnehmen!“

Er brummte etwas Unverständliches.

„Elisabeth, du kannst jetzt wieder hinausgehen. Du hast mir sehr geholfen, danke.“

Das Kind wischte sich erneut über die Augen und lief hinaus. Frau Hennerbichler hatte kurz die Hand ausgestreckt, wie um ihre Tochter zu streicheln, ließ sie aber wieder sinken.

„Frau Hennerbichler, wo sind Sie während der Zeit gewesen?“

Die Frau zündete sich eine neue Zigarette an und streifte ihren Mann mit einem geradezu verächtlichen Blick, wie Anna fand. „Im Keller bin ich gwesen.“

„Wie lange?“

„So wie sie gsagt hat. Eine gute halbe Stunde ungefähr.“

„Wann genau ist das gewesen?“

„Auf die Uhr hab ich nicht geschaut. Aber eine halbe Stunde hab ich das Tor wohl schon zugesperrt ghabt.“

„Das heißt um zirka 22 Uhr 30?“

Die Frau nickte.

„Und wann sind Sie wieder in Ihrer Wohnung gewesen?“

„Heroben bin ich wieder um Viertel nach elf gewesen. Weil so eine gute Viertelstunde später ist er heimkommen.“ Sie deutete mit dem Daumen auf ihren Mann. „Und da hab ich auf die Uhr geschaut, da ist’s gut halb zwölf gewesen.“

„Und während dieser Zeit hat Elisabeth auf das Haustor geschaut?“

Frau Hennerbichler nickte erneut.

„Was haben Sie im Keller so lange gemacht? Eine dreiviertel Stunde immerhin."

Die Hausmeisterin wandte sich um zu Herrn Hennerbichler. „Mit einem Mann bin ich unten gwesen. Nicht zum ersten Mal."

Anna glaubte, so etwas wie Genugtuung in ihrer Stimme zu hören. Sie fürchtete einen neuerlichen Wutausbruch des Hausmeisters. Aber nichts geschah. Der Mann schien sich unter den Worten und dem immer noch herausfordernd auf ihm liegenden Blick seiner Frau zu ducken. Er stand auf, ging zur Kredenz und begann wieder, in den Schubladen zu kramen. Dabei murmelte er etwas Unverständliches vor sich hin. In einer der Laden stieß er auf ein paar Münzen, er steckte sie in die Tasche und schlurfte zur Tür hinaus.

„Jetzt hat er wieder einen Grund zum Saufen", stieß die Hennerbichler mit Verachtung hervor.

„Wie heißt der Mann?" Anna sah wenig Grund, jetzt Rücksicht auf die Frau zu nehmen.

„Karl. Kremser Karl."

Anna starrte sie an. Einen Karl Kremser hatten sie erst am Freitag verhört. Er war in einem Brief aus der Bremstallerschen Wohnung beschuldigt worden, mit Jüdinnen zu verkehren. Sie hatten auch schon mit ihm gesprochen und waren nicht draufgekommen, dass er ein Verhältnis mit der Hennerbichler hatte.

„Und die Frau, die das Sperrgeld bezahlt hat, war seine Freundin?"

„Naja." Frau Hennerbichler zuckte verächtlich die Schultern. „Freundin. Sie bildet sich halt ein, der Karl würd sie heiraten."

„Wie heißt die Frau?"

„Gusti heißt s'. Den Nachnamen weiß ich nicht. Aber ihre Leute haben eine Trafik bei der Wasserkasern."

Anna begann der Kopf zu schwirren. Der Mann war zur Tatzeit im Haus gewesen und er hatte ein Motiv. Gleichzeitig war zur Tatzeit die Freundin des Kremser im Haus gesehen worden. Wie passte das alles zusammen? Warum sollte Kremser die Bremstaller umbringen, wenn zur gleichen Zeit seine Freundin auf der Suche nach ihrem untreuen Geliebten durchs Haus geisterte? Spielte jetzt eigentlich Wögerer noch eine Rolle? Wie auch immer, es war höchste Zeit, Kremsers Freundin in Augenschein zu nehmen.

33
Samstag, 26. August 1939, 10 Uhr 20

Johann Stingl hatte im bereits gesetzteren Alter den Weltkrieg als Landsturmmann im Hinterland mitgemacht. Am 29. Mai 1917 war ihm die Ungerechtigkeit widerfahren, in Attnang-Puchheim im Rahmen seines Wachdienstes bei der Verrichtung seiner Notdurft ein Bein zu verlieren. Auf dem Gleis, neben dem sich Stingl erleichtert hatte, war ein nach Görz bestimmter Munitionswaggon gestanden, der aus purer Schlampigkeit des Bahnpersonals explodiert war. Nach dem Krieg hatte die österreichische Republik dem Johann Stingl sein Bein durch die Berechtigung, eine Trafik zu führen, abgegolten. Ein Bein gegen eine Trafik, kein schlechter Tausch, fand Johann Stingl, der Tag für Tag mit seiner Tochter, der Gusti, in der Trafik bediente. Nur samstags konnte er es sich erlauben, seinen Beinstumpf daheim auf ein Polster zu betten und Kreuzworträtsel zu lösen, weil ausgerechnet an diesem Wochentag die Tabak-Trafik Stingl kaum frequentiert war und das Geschäft folglich der Gusti alleine überlassen werden konnte.

Der Gusti war das nur recht. Unter der Woche rannte ihnen die Kundschaft die Türe ein. Arbeiter waren es zumeist, die nach den preisgünstigen Zigaretten zu zwei, drei Pfennigen das Stück verlangten. Samstags aber war die Gusti praktisch allein im Laden und konnte folglich ungestört in Mode- und Filmjournalen blättern und gelegentlich eine parfumierte Damenzigarette rauchen. Auch heute saß sie ganz alleine unter all den Rauchwaren auf einem Drehschemel hinter der Theke. Die Zeitschriften ließ sie heute unbeachtet, denn sie hatte Wichtigeres zu tun. Über ein Blatt Papier gebeugt, kaute sie an einem Bleistiftende und sann darüber nach, wie die Annonce in der ‚Tages-Post' zu formulieren sei. „Fräulein aus gutem Hause ..."? oder doch lieber „3000 RM bringt ein Fräulein aus gutem Hause ..."

Die Gusti war gewillt, ein für alle Mal das leidige Thema des Heiratens anzugehen. Die Eltern, ihr Vater zumal, waren der Meinung, die Gusti mache etwas her und brauche sich daher nicht dem Erstbesten vor die Füße zu schmeißen. Immerhin würde sie 3000 Reichsmark mitbringen, da galt sie nach landläufiger Meinung als anständige Partie, nach der sich mancher die Finger abschlecken mochte. Da musste man nicht einen dahergelaufenen Arbeiter nehmen, sondern man konnte durchaus noch auf einen anständigen Mann mit einem soliden Geschäft warten. Immerhin, die Gusti verstand sich auch selbst auf das Geschäftliche, sie führte die Bücher, und eine brauchbare hauswirtschaftliche Erziehung hatte sie bei der Mutter auch genossen. Was konnte ein Mann also mehr verlangen?

Die Gusti wiederum sah die Sache ein wenig anders. Immerhin war sie schon Ende zwanzig. Alle Freundinnen waren längst unter der Haube und schoben Kinderwägen über die Landstraße. Unter den jungen Frauen der Gegend galt sie schon als vertrocknete Jungfrau, zumindest glaubte das die Gusti. Ums Heiraten ging es ihr im Grunde genommen gar nicht. Versorgen konnte sie sich selbst, und davon abgesehen machte ein Mann doch hauptsächlich Arbeit. Ein Kind allerdings wäre ihr schon recht, und dazu brauchte es einen Mann. Und weil die Gusti doch etwas auf das alte Herkommen hielt, stand auch bei ihr am Weg zur Mutterschaft die Heirat. Den Mann würde sie gewissermaßen in Kauf nehmen, aber natürlich nicht irgendeinen, und natürlich müsste er einigermaßen schnell bei der Hand sein, weil jünger würde sie ja auch nicht mehr werden. So gesehen wäre der Karl schon der Richtige gewesen. Ein arbeitsamer Mensch, ansehnlich, soweit sich das von einem Mann verlangen ließ, und kräftig war er obendrein, was nie schaden konnte, zumal wenn man, wie die Gusti, auf einen Hausbau reflektierte. Im richtigen Alter war er, Kinder mochte er, und gewissermaßen hatten sie ja auch schon eine Liaison. Das Kreuz war halt zweierlei: Der Karl mochte den Eltern nicht recht passen. Ein Bierkutscher war er nur, das war niemand, dem sie die 3000 Mark samt Tochter anvertrauen wollten. Immerhin, er hatte sich verbessert, im letzten Jahr noch war er ein einfacher Arbeiter im Milchhof gewesen, da war so ein Kutschbock doch etwas Ordentliches. Und ein Bierdeputat sprang natürlich auch heraus, der Mann würde also sein Geld nicht im Wirtshaus lassen. Aber direkt ein solider Geschäftsmann war er halt doch nicht, der Karl. Und so trieb die tiefgehende Sorge um das Auskommen des Kindes die Eltern zur Annahme, der Karl wolle sich erheiraten, was er sich nicht zu erarbeiten gedenke.

Das zweite Kreuz wog momentan für die Gusti schwerer, und deshalb verbrachte sie diesen Samstag gebeugt über einem Blatt Papier. Der Karl hatte noch etwas mit einer anderen. Eine Verheiratete zwar nur und älter obendrein, aber doch eine andere. Eher per Zufall hatte die Gusti das erfahren, und weil das Haus, in dem diese Frau, eine Hebamme, wohnte, gleich beim Milchhof stand, wo der Karl bis vor ein paar Monaten gearbeitet hatte, lag halt der Verdacht nahe, dass die Geschichte schon ein Weilchen so ging. Unlängst war die Gusti entschlossen gewesen, die Flucht nach vorne anzutreten. Richtiggehend aufgeputzt hatte sie sich, als sie sich zum Kino verabredet hatten. Direkt zwingen wollte sie diesmal den Karl, dass er um ihre Hand anhielt. Tatsächlich war der Karl aber gar nicht gekommen, weil er nämlich die Verabredung vergessen hatte. An sich hätte das die Gusti gewurmt, aber nicht direkt gekränkt, dieses Mal hatte sie allerdings das Gefühl gehabt, dass der Karl bei der anderen war. Je länger sie vor dem Kino gewartet hatte, desto stärker war die Überzeugung geworden. Ein für alle Mal hatte sie Klarheit schaffen wollen. Sie war dann vom Kolosseum-Kino zu dem Haus marschiert und hatte das Sperrgeld bezahlt, um hineinzukommen. Einmal drin, hatte sie nicht recht gewusst, wie weiter. Die Hausmeisterin war nicht daheim gewesen. Schließlich hatte sie bei den einzelnen Parteien geklopft, ganz närrisch war sie gewesen, weil sie auf einmal eine derartige Wut auf die Rivalin verspürt hatte. Die hätte sich ja eigentlich gar nicht mehr umschauen dürfen nach einem Mann. Obwohl Gusti das Haus vom Parterre bis zum zweiten Stock absuchte, hatte sie ihn nicht gefunden, den Karl. Seither hatte er sich auch nicht mehr gerührt. Und so hatte sie sich für diesen Samstag vorgenommen, sich nach einem anderen umzuschauen. Womöglich gab's ja einen, der ordentlicher war als der Karl, einen, der den Eltern passen würde und obendrein die Gusti samt ihren 3000 Reichsmark zu schätzen wusste.

Nur leider, wie es halt so war im Geschäftsleben: Wenn man gerade etwas vorhatte, kam auch schon etwas dazwischen. Gerade heute stand wieder der sekkante dicke Kerl im Geschäft, der in letzter Zeit schon gelegentlich aufgetaucht war. Normalerweise blieben die Kundschaften ja nicht lange in der Trafik. Alle hatten's eilig und keiner blieb auf einen Plausch. Aber akkurat der verschwitzte Mann mit dem schlecht ausrasierten Hitlerbart wollte schier den halben Tag im Geschäft bleiben. Und das alles wegen eines Kinderkrams!

Die Sache war nämlich folgende: Der Dicke war eines Tages gekommen und hatte ein Päckchen ‚Korso' gekauft. Gleich im Laden hatte er es mit einer Gier aufgemacht, dass man glauben konnte, es ginge um Leben und Tod. Dabei war es ihm nur um die Sammelbilder gewesen. Kurz angeschaut hatte er das Bild und gleich wieder weggeschmissen. Eine andere Packung hatte er dann haben wollen, im Tausch gegen die aufgerissene, was natürlich nicht mit den Geschäftssitten des Rauchwarenverschleißes zu vereinbaren gewesen war. Zuerst war eine Streiterei mit dem Vater herausgekommen. Dann aber war man sich einig geworden: Die Stingls hoben die leeren ‚Korso'-Schachteln auf, die gelegentlich vom Publikum zurückgelassen wurden. In einigen fand sich noch ein Sammelbild, weil viele Raucher nicht solche Kindsköpfe waren wie der Dicke. Der Dicke wiederum kaufte seine Zigaretten nur mehr bei den Stingls und schaute gelegentlich die leeren Zigarettenpackungen durch.

So war es auch diesen Samstag, und die Gusti musste schnaufen, wie sich der Dicke durch die schmale Tür zwängte. Sie holte die leeren Zigarettenschachteln, er breitete mit seinen Wurstfingern die Bilder auf der Theke aus und verglich sie mit den Sammelbildern, die er bereits besaß. Dass er dafür zwei Stunden oder noch länger brauchte, war der Gusti gar nicht recht. Ein bisserl hatte sie sich schon gefürchtet, dass der Kerl, der obendrein noch viel zu alt für sie gewesen wäre, auf sie reflektierte. Das schien aber dann doch nicht der Fall zu sein, zumal er nur Augen für die Bildchen hatte und dabei auch redlich fluchte.

„Das sind schon rechte Halsabschneider, meinen S' nicht, Fräulein? Da schauen S' her! Bei den letzten zwölf Packerln, die ich gekauft hab, sind in acht dieselben Bilderl drin gwesen: ‚Der Führer gedenkt der Helden der Bewegung'. Dafür kein einziges Mal: ‚Des Führers Blick auf den Bergspitzen Oberbayerns'. Oder meinen S', dass jede Trafik eine andere Tranche kriegt?"

Gusti zuckte mit den Schultern. Ihr waren die albernen Bildchen egal. Sie war noch nicht weitergekommen bei der Frage, ob es zielführender wäre, die Annonce mit ihren 3000 Reichsmark oder ihrer Anständigkeit einzuleiten, als erneut die Türglocke klingelte und ein jüngeres Paar hereinkam. Ja, dachte die Gusti, das wär schon das Rechte. Wenn man schon heiraten musste, dann einen Mann, mit dem sich etwas unternehmen ließ. Die Frau mit der merkwürdigen Baskenmütze allerdings schien irritiert von dem über die Theke gebeugten Dicken. Sie stieß ihren Mann an und deutete auf den Kerl.

„Herr Kommissar, was machen denn Sie da? Ich hab gedacht, Sie sind in der Südtirolerstraße."

Dem Dicken schien das recht unangenehm, von den beiden hier gesehen zu werden. Sofort schob er die Bildchen zu Seite, sodass ein paar zu Boden fielen. „Ich?

Ja, freilich, da bin ich ja schon gewesen. Hab nur noch schnell Zigaretten holen wollen. Was tun denn Sie da?“

„Es geht um die Einvernahme. Das haben wir dir ja gesagt vorhin.“ Der junge Mann schien genervt.

Die Gusti war sich nicht mehr so sicher, dass es sich hier wirklich um ein Paar handelte. Und noch bevor sie darüber nachdenken wollte, was mit Einvernahme gemeint sein konnte, wandte sich die junge Frau schon an sie.

„Fräulein Augustine Stingl? Ich bin Kriminalassistentin Rabitsch, das ist mein Kollege Ertl. Bitte kommen Sie mit in die Polizeidirektion!“

34
Samstag, 26. August 1939, 11 Uhr 30

„Frau Stingl, Sie ...“

„Fräulein, bitte. Ich bin erst verlobt.“

„Nun gut, Fräulein Stingl. Sie sind liiert mit einem gewissen Karl Kremser?“

„Das ist mein Verlobter, ja.“

„Herr Kremser und weitere Zeugen haben uns gegenüber bestätigt, dass Sie am Samstag, den 12. August, abends im Haus Südtirolerstraße 8 waren.“

„12. August, sagen S’? Vor zwei Wochen. Das ist schon so lang her. Das weiß ich beim besten Willen nimmer.“

„Fräulein Stingl, Sie können ziemlich schlecht lügen. Was haben Sie in diesem Haus zu suchen gehabt?“

„Na gut. Der Karl hat mir gsagt, dass ich ihn dort von einer Bekannten abholen soll.“

„Wie heißt die Bekannte?“

„...“

„Fräulein Stingl, dann sag ich Ihnen jetzt einmal, wie sich das wahrscheinlich zugetragen hat. Sie sind Ihrem Freund gefolgt oder haben bereits gewusst, dass er bei seiner Geliebten ist. Sie sind gegen 22 Uhr 45 ins Haus, haben das Sperrgeld bezahlt und haben im Haus nach ihm gesucht."

„Wenn S' eh schon alles wissen, warum fragen S' denn dann noch?"

„Zu dem Zeitpunkt, als Sie im Haus gewesen sind, ist dort die Frau Bremstaller ermordet worden. Ein Zeuge hat Sie dabei beobachtet, wie Sie zur Frau Bremstaller in die Wohnung sind. Was haben Sie dort gewollt?"

„Aber, ich hab doch ... die hab ich doch gar nicht gekannt. Ich hab einfach geklopft, bei allen hab ich geklopft, ich bin ja so eifersüchtig gewesen wegen dem Karl, das müssen S' mir glauben, Fräulein ... Wieso werde ich denn eigentlich von einer Frau befragt?"

„Weil es nun mal so ist. Mein Name ist, wie gesagt, Rabitsch und ich bin Kriminalassistentin."

„Sie müssen mir das glauben mit dem Karl! Sie wissen ja, wenn eine Frau wirklich tief fühlt, dann ..."

„Fräulein Stingl, beruhigen Sie sich bitte wieder. Da, nehmen S' das Taschentuch. Möchten S' ein Glas Wasser? Nein? Nun gut. Jetzt erzählen S' einmal, wie das gewesen ist im Haus."

„Später dann hab ich mich geniert dafür. Ich bin ja kein Backfisch mehr. Einfach so nachrennen."

„Fräulein Stingl. Ihr Liebesleben interessiert mich nicht ... Bitte, so war das jetzt nicht gemeint, fangen S' jetzt nicht wieder mit dem Weinen an ... Ich habe gemeint, dass ich das Verbrechen an der Frau Bremstaller aufklären will. Und Sie sind zur Tatzeit im Haus gewesen."

„Entschuldigung. Ja, also, ich hab das Sperrgeld gezahlt, es ist ja schon nach zehn gewesen."

„Bei wem haben Sie bezahlt?“

„Ein junges Dirndl ist’s gewesen.“

„Gut. Weiter?“

„Ich hab das Dirndl gfragt, ob’s leicht die Tochter vom Hausmeister ist. Sie hat gesagt, ja, aber der Vater ist nicht daheim und die Mutter kann grad nicht. Sie hat aber nicht sagen wollen, wo die ist. Ich hab sie angeschrien. Ich bin halt durch die Untreue vom Karl direkt nervenleidend geworden. Das müssen S’ verstehen. Na, jedenfalls hat s’ zum Weinen angefangen und gesagt, die Mutter wär oben. Mehr hab ich nicht rauskriegt aus ihr.“

„Und dann?“

„Dann hab ich mir gedacht, die sind in einer Wohnung. Warum ich mir das gedacht hab, weiß ich nicht. Zuerst hab ich im Hochparterre geklopft, aber da hat niemand aufgemacht.“

„Das ist die Wohnung vom Herrn Ramhartinger. Der ist aber vor ein paar Monaten verstorben.“

„Ja und dann bin ich hinauf. Da hab ich im ersten Stock eine ältere Frau und einen Mann stehen sehen. Ich wollt sie fragen, ob sie den Karl gesehn hätten, aber die Alte hat mich nur ausfragen wollen. Dann hab ich halt bei der einzigen Wohnungstür geklopft, wo zugewesen ist. Da hat dann eine ältere Frau aufgmacht.“

„Die Frau Bremstaller.“

„Wie sie geheißen hat, weiß ich nicht. Sie hat zuerst gsagt, dass bei ihr keiner ist. Aber ich hab irgendwie gemerkt, dass da noch wer ist. Ich glaub, ich hab einen Sessel gehört. Da hab ich dann mit der Alten zu streiten angefangen. Ich weiß auch nicht mehr, was mich da geritten hat. Ich hab nur mehr gedacht: Den Karl muss ich finden, der ist da irgendwo. Und dann bin ich vorbei an der Alten und in die Küche hinein. Da ist einer gesessen, aber der Karl ist’s nicht gewesen.“

„Wie hat der ausgesehen?“

„Mein Gott, das weiß ich nicht mehr so genau. Jung ist er gewesen, weil ich mir noch gedacht hab, der Mann von der Alten ist das aber nicht.“

„War er groß oder klein, schlank oder dick? Was hat er angehabt?“

„Das hab ich nicht so genau gesehn. Er ist ja gsessen und recht hell ist's auch nicht gewesen in der Küche. Schlank ist er jedenfalls gewesen. Mich hat halt nur der Karl interessiert ...“

„Fräulein Stingl, es ist jetzt sehr wichtig, dass Sie sich an den Mann erinnern. Möglicherweise hat der die Frau Bremstaller umgebracht, nachdem sie dort gewesen sind.“

„Meinen S' wirklich? Aber dann hätt mich der ja am End auch ...“

„Fräulein Stingl, bitte! Da, das Taschentuch. Also, wie ist das jetzt gewesen mit dem Mann?“

„Ein Cousin zu ihr ist er, hat sie gesagt.“

„Und war er groß oder klein, hell oder dunkel?“

„Er ist ja gsessen! Ich mein halt, eher größer, aber eigentlich ist ja ein jeder Mann größer, also verstehen S' mich richtig. Ganz normal groß, scheint mir, ist er gwesen. Und nicht ganz dunkel. Direkt blond aber auch nicht.“

„Das heißt, braune Haare?“

„Ja, schon, aber ob's eher ins Brünette oder ins Kastanienbraune gegangen ist, bitte, das könnt ich nicht beschwören, weil es ja ein bisserl finster gwesen ist.“

„Hat der Mann was gesagt?“

„Nein, das heißt, ‚Grüß Gott‘ hat er halt gesagt, wie sich das gehört.“

„Und Sie?“

„Ich? Ja, ich hab auch ‚Grüß Gott' gesagt. Ich weiß ja auch, was sich gehört. Meine Güte, wenn ich mir denk, dass mich der beinah ..."

„Fräulein Stingl, das ist ja jetzt nicht passiert, oder? Ermordet worden ist Gott sei Dank nur die Frau Bremstaller. Sie leben ja noch, stimmt's? Also kein Grund, sich so aufzuregen."

„Na, hören S'! Sie möcht ich sehen, wenn S' Ihrem Mörder Aug in Aug gegenüberstehn!"

„Frau Stingl ..."

„Fräulein!"

„Himmel, ja, Fräulein Stingl, der Mann in der Küche der Frau Bremstaller ist also jung gewesen, schlank, von normaler Größe und braunhaarig, habe ich das so richtig zusammengefasst?"

„Ich glaub schon."

„Was heißt, Sie glauben schon?"

„Es ist ja finster gewesen und ..."

„Ist gut. Haben Sie das Gefühl gehabt, der Mann und die Frau Bremstaller haben einander gekannt?"

„Wenn's doch ihr Cousin gewesen ist. Man wird doch seinen Cousin kennen, noch dazu, wo der ja bei ihr so spät noch in der Küche gsessen ist. Also einen Wildfremden würd ich ja nicht ..."

„Ich möchte nur herausfinden, ob die beiden einander wirklich gekannt haben oder ob die zwei vielleicht nur so getan haben, verstehen Sie Fräulein Stingl? Ist Ihnen sonst noch etwas an dem Mann aufgefallen? Auffällige Kleidung, Brille?"

„Nein, gar nichts. Brille hat er keine gehabt und angezogen ist er ganz normal gwesen. Helles Hemd, Hose, Sakko."

„Was haben Sie dann gemacht?"

„Wann?"

„Na, nachdem Sie den Mann gegrüßt haben!"

„Gegangen bin ich. Der Mann hat mich ja gar nicht interessiert, den Karl hab ich gsucht. Ich bin dann noch in den zweiten Stock hinauf, im Stiegenhaus hab ich einen Herrn getroffen, der auch grad hinauf hat wollen. Das ist der gewesen, der droben gewohnt hat. Sehr noblig muss ich sagen. Mir ist das dann eh schon ein bisserl peinlich gwesen, was hätt denn auch der Karl bei so feine Herrschaften gmacht? Jedenfalls ist der Karl in der Wohnung auch nicht gwesen. Nette Leute sind das gwesen, die Bedienerin hat mir in der Küche noch ein Glas Wasser gegeben, weil ich ihr gar so erbarmt hab."

„Was haben Sie gesprochen?"

„Eigentlich gar nichts, der Herr Berger ist ja gleich in der Tür gestanden und hat was wollen von ihr."

„Was genau?"

„Na, einen Hunger hat er ghabt, der Berger, und er hat sie gefragt, wie ihr Geburtstagsausflug ins Salzkammergut gewesen ist. Sie war an dem Tag weg gewesen, mit ihrem Neffen, hat sie gesagt. Und dass er eh erst gegangen ist."

„Wer?"

„Der Neffe. Über den brauchen S' mich gar nicht erst ausfragen, weil außer, dass er Leo heißt, weiß ich nämlich gar nichts!"

„Schon gut. Und dann?"

„Dann bin ich wieder runter."

„Wann genau ist das gewesen?"

„Weiß ich nicht. Glauben Sie, wenn man grad einem Mörder begegnet ist, hat man die Nerven, dass man auf die Uhr schaut? Sie möcht ich mir anschauen ... Na, jetzt schnaufen S' nicht gar so!"

„Ist Ihnen beim Runtergehen im Stiegenhaus noch etwas aufgefallen?"

„Da ist keiner mehr gewesen. Ganz ruhig war's. Nur eins ist mir komisch vorkommen: Im Keller hat ein Licht gebrannt. Unter der Tür hat man's durchscheinen sehen. Da hab ich mir dacht, schaust halt im Keller auch noch nach. Aber die Tür ist zugesperrt gwesen. Hat wer's Licht brennen lassen, hab ich mir denkt."

„Und dann?"

„Dann bin ich gangen. Draußen vor dem Haus ist mir noch ein Rauschiger begegnet. Der hat ins Haus reinwollen, wie ich grad hinaus bin. Einen Schlüssel hat er ghabt, aber er ist so angsoffen gwesen, dass er nicht ins Loch hineingefunden hat."

„Der Hausmeister Hennerbichler, ja, das deckt sich mit den anderen Aussagen."

„Ich hab mir eh dacht, dass das der Hausmeister gwesen ist. Da hab ich mir wieder dacht, na, wenn ich so einen grauslichen Mann hätt, dann würd ich mich vielleicht auch um einen andern umschauen. Sehen S'? So bin ich fast wieder versöhnt gewesen."

„Na gut, Fräulein Stingl, danke. Sie unterschreiben dann noch das Protokoll und halten sich zu unserer Verfügung."

„Sie wissen ja, wo Sie mich finden können."

„Übrigens, Fräulein Stingl ..."

„Ja?"

„Der Herr Kremser ist die ganze Zeit im Keller gewesen."

35
Montag, 28. August 1939, 13 Uhr

Anna Rabitsch zögerte. Was, wenn es tatsächlich so war, wie sie befürchtete? Noch hing ihre Vermutung nur an ein paar losen Fäden. Sie hatte in den letzten Tagen angestrengt recherchiert, hatte mit Leuten gesprochen, im Melde- und im Standesamt nach Hinweisen gesucht. Gewissheit konnte ihr aber nur ein Gespräch bringen. Noch bevor sie sich entschied, ob sie klopfen sollte oder nicht, wurde ihr die Tür geöffnet. Eine ältere, freundlich dreinblickende Frau mit einem Topf in der Hand blickte sie überrascht an.

„Oh, wollen Sie zu uns? Ach, ich weiß schon, Sie sind das Fräulein Rabitsch, nicht?"

„Woher wissen Sie ...?"

Die Frau deutete auf die violette Baskenmütze auf Annas Kopf. „Der Poldl hat viel von Ihnen erzählt. Gehen S' nur rein. Die letzte Türe rechts ist sein Zimmer. Ich geh nur eben die Hasen füttern."

Poldl lag mit blassem Gesicht im Bett seines schmalen Zimmers und drehte am Knopf eines kleinen Radiogeräts, das neben ihm auf einem Sessel stand. Ohne auch nur ihren Kopf zu bewegen, konnte Anna das ganze Zimmer überblicken: ein Bett, zwei Sessel, ein schmaler Tisch, darüber ein Bord mit wenigen Büchern und zwei gerahmten Familienfotos, die sie kurz musterte, ein schmales Fenster zum Hof.

Der dünne Strich wanderte die Skala des Radios langsam hinauf, aber die einzelnen Sendestationen schienen um diese Zeit weitgehend dasselbe Programm zu bieten: Regimentskapellen, die abwechselnd Märsche und fröhliche Melodien zum Besten gaben, dazwischen mit knarzenden Stimmen vorgetragene Meldungen über neue polnische Gräueltaten an den Volksdeutschen. Es dauerte eine Weile, bis er sie bemerkte, aber er schien nicht überrascht, sie hier zu sehen.

Poldl deutete Anna, Platz zu nehmen, und schaltete den Radioapparat aus. Sie nahm eine Hose von der Rückenlehne des Sessels und legte sie vorsichtig auf den Tisch. Er bemerkte, wie sie die Hose mit einer flinken Handbewegung glattstrich, bevor sie sich setzte, und musste beinahe lächeln.

„Deine Mutter hat mich hereingelassen. Sie ist übrigens nett."

„Sie ist der netteste Mensch, den's gibt. Kann aber auch recht streng sein."

Sie deutete auf das Radio. „Glaubst du, es wird Krieg geben?"

Er zuckte mit den Schultern. „Mit Polen wahrscheinlich. Was die Russen, die Engländer und die Franzosen dann tun ..." Es schien ihn aber nicht weiter zu bekümmern. Er wirkte nicht nur erschöpft, sondern auch traurig.

„Hast du Fieber?"

„Nicht mehr. Hier kann man sowieso nicht lange krank sein. Bei der Pflege ..." Er versuchte erneut zu lächeln. Wie auf ein Stichwort klopfte es leise, Frau Keplinger kam herein, zwei dampfende Tassen in der Hand.

„Ich hab mir gedacht, Sie möchten vielleicht einen Tee trinken?"

Anna lächelte ihr dankend zu.

„Wie geht's dir mit dem Steininger?", fragte Poldl, nachdem seine Mutter wieder gegangen war. Anna hatte das Gefühl, dass beide wussten, warum sie hier war, es aber niemand wagte, den wahren Grund ihres Besuchs anzusprechen.

Sie machte eine wegwerfende Handbewegung. „Schlecht, aber egal. Er ist sehr nervös wegen dem Plakolm. Der ist quasi schon unterwegs nach Nürnberg zum Parteitag und möchte vorher den Bericht zum Fall Bremstaller."

Poldl nickte nachdenklich. Er schob den Polster an die Kopflehne des Bettes und setzte sich auf.

Rabitsch begann zu erzählen. „Bisher sind wir davon ausgegangen, dass es jemand aus dem Haus gewesen sein muss. Abgesehen vom Kremser und seiner Freundin wissen wir von keinem Fremden im Haus. Die beiden fallen als Täter aber aus. Die ehemaligen Untermieter von der Frau Bremstaller fallen auch weg. Die Briefe haben uns ein bisschen in die Irre geführt. Wir sind davon ausgegangen, dass sie das Motiv für den Mord bilden. Jetzt ist aber klar, dass die Schoiswohl die Anzeigen geschrieben und die Bremstaller sie nur abgetippt hat. Der Berger hat von diesen Anzeigen gewusst, vermutlich ist er deshalb in die Wohnung eingebrochen. Er ist davon ausgegangen, in der Wohnung der Bremstaller belastendes Material zu finden. Mit der merkwürdigen Einladung zum Bridge wollte man sie vermutlich kaufen. Sowohl der Berger als auch die Schoiswohl hätten ein Motiv: Berger, weil er offenbar von der Bremstaller als Briefschreiberin ausgegangen ist, und die Schoiswohl, wenn sie von der Bremstaller erpresst worden ist. Die beiden haben aber ein wasserdichtes Alibi. Und ob die anderen Nachbarn überhaupt von den Anzeigen wussten, wissen wir nicht. Es gibt zumindest keine Hinweise darauf. Unabhängig davon haben aber alle Nachbarn ein Alibi. Irgendwie war jeder zur Tatzeit entweder mit einem anderen aus dem Haus im Gespräch oder ist sonst wie beobachtet worden oder war gar nicht im Haus wie der Hennerbichler. Einen Hinweis, dass vielleicht zwei gemeinsame Sache gemacht und sich gegenseitig ein Alibi gegeben haben, gibt's auch nicht. Ich habe mir schon gedacht, ob's vielleicht sogar Selbstmord gewesen ist, aber das ist natürlich Unsinn."

„Anna“, sagte Poldl, aber sie bedeutete ihm, sie nicht zu unterbrechen.

„Wir haben aber vergessen, dass die Briefe nur *ein* Motiv sind. Da wäre auch zum Beispiel die behauptete Verwandtschaft zu Göring. Ich kann mir vorstellen, dass da wirklich alle möglichen Leute zu ihr gekommen sind und alles Mögliche von ihr gewollt haben. Aber dass das ein Motiv für einen Mord ergeben sollte, kann ich mir nicht vorstellen. Warum würde man zu einer Verwandten vom Göring gehen? Weil man es sich richten möchte, eine Wohnung haben will, einen besseren Posten vielleicht. Aber ziemlich bald muss ja allen klar gewesen sein, dass sie nichts bewirken kann. Da dürften also bald keine Leute mehr gekommen sein. Es wäre nur mehr eine Frage der Zeit gewesen sein, bis sich das Gerücht in Luft aufgelöst hätte.“

Poldl nickte.

„Was wir als mögliches Motiv aber kaum beachtet haben, ist das Geld. Die Bremstaller hat ja offenbar damit kokettiert, im Mittelpunkt zu stehen, auch wenn es mehr Schein als Sein war. Kein Wunder, dass die Leute gekommen sind, um Geld von ihr zu bekommen. Die Auszahlungsbelege, die der Heumader gefunden hat, beweisen, dass von dem Sparkonto mit der Erbschaft immer wieder kleinere und mittlere Summen abgehoben worden sind. Ich glaube, die Bremstaller hat damit ihre Bittsteller befriedigt. Und sich damit Anerkennung erkauft. Am Anfang hat das Geld ja noch gereicht. Aber es sind immer mehr Bittsteller gekommen, und die Erbschaft war bei weitem nicht so groß, wie wohl manche Leute geglaubt haben. Sie hat immer weniger Geld hergeben können, bis schließlich im Juni ihre gesamte Erbschaft weg war. Da könnte schon sein, dass jemand böse geworden ist. Wenn die scheinbar reiche

Frau über Monate großzügig Geld hergibt und plötzlich nicht mehr. Und wenn dann die Frau Bremstaller vielleicht auch noch die letzte Hoffnung auf Geld gewesen ist. Es muss aber nicht zwingend jemand aus dem Haus gewesen sein."

Poldl setzte erneut an zu sprechen, als Anna fortfuhr.

„Es war niemand aus dem Haus, es war aber auch kein Fremder. Es war jemand, der einen Hausbewohner so gut kennt, dass er bei ihm Unterschlupf findet, von der Erbschaft weiß und in einem unbeobachteten Moment bei der Bremstaller klopft. Die verhinderte Braut von Karl Kremser hat in ihrer Befragung von einem jungen Mann erzählt, der bei der Bremstaller gesessen ist. Und sie hat einen Neffen von der Pauline Rossbacher erwähnt, der um 22 Uhr im Haus gewesen sein muss. Sie hat sich sogar noch an seinen Vornamen erinnert: Leo. Leo wie Leonhard. Leonhard Wögerer, habe ich zuerst gedacht. Aber dann bin ich zum Standesamt gegangen und habe die Familie der Pauline Rossbacher recherchiert. Sie hat eine Schwester, die geheiratet und drei Buben gekriegt hat. Seit ihrer Heirat heißt sie Keplinger."

Poldl senkte den Blick: „Gott sei Dank, jetzt ist es raus."

„Du hast die Frau umgebracht."

Er nickte.

Beide kämpften mit den Tränen.

„Ich hätt es nie sagen können. Aber ich hab gehofft, dass du es herausfindest. Gehofft und gewartet hab ich auf dich." Er verbarg sein Gesicht in den Händen. Anna wusste nicht, was sie tun sollte. Da saß ein Mörder in seinem Bett. Ein weinender Mörder, den sie sehr mochte. Zögernd legte sie ihre Hand auf seine Schulter, zog sie aber gleich wieder weg, weil ihr die Geste dumm und unpassend erschien.

„Leo wie Leopold. Ein paar Sachen sind mir vorher schon aufgefallen. Die Flasche Schnaps auf dem Tisch von der Frau Bremstaller. Wacholderschnaps. Wie der, den du deinem Vater aus Grein mitgenommen hast. War das nicht auch Wacholder? Und dann die Mappe mit den Zeitungsausschnitten vom Spatenstich bei den Göring-Werken, die wir in der Wohnung von der Bremstaller gefunden haben. Ich hab sie mir noch einmal näher angesehen. Auf einem der Fotos in den Zeitungen bist auch du drauf, neben ihr. Du hast sie gekannt. Leo wie Leopold ... Erzählst mir, was war?“

36
Samstag, 12. August 1939, 21 Uhr 20

Als er die Bremstaller am Haustor sah, erinnerte er sich wieder an sie. Leopold Keplinger war eben mit seiner Tante Pauline von einem Ausflug aus dem Salzkammergut zurückgekommen, zu dem er sie eingeladen hatte. Verschwitzt war er gewesen und die Tante hatte ihm angeboten, sich bei ihr in der Küche frischzumachen. Die Hitze hatte sich zwar in Grenzen gehalten, aber sie waren doch seit der Früh unterwegs gewesen. Schon am Vormittag waren sie in Bad Ischl gewesen, anschließend war es weitergegangen nach Strobl und St. Gilgen, teils mit dem Postbus, teils zu Fuß. Am späten Vormittag hatten sich die Seepromenaden mit den Sommerfrischlern aus Wien und dem Altreich gefüllt. Nur einmal hatten sie am Wolfgangsee Rast gemacht und die von der Tante eingepackten Brote und den kalten Milchkaffee verzehrt. Einmal hatte sie geglaubt,

Emil Jannings vorbeiflanieren zu sehen, doch sie hatte es nicht gewagt, den Schauspieler um ein Autogramm zu bitten. Ein schöner Tag, hatten beide befunden, als sie am frühen Abend wieder in den Zug gestiegen waren. Nur zu teuer, hatte die Tante geschimpft, halb im Spaß, halb im Ernst. Sie hatte versucht, ihm ein paar Reichsmark zuzustecken, doch da hatte er zu schimpfen begonnen. Schließlich war es der Geburtstag seiner Lieblingstante, da komme es auf ein paar Reichsmark nicht an. Noch dazu habe sie ihn ohnedies kaum etwas bezahlen lassen. Die geplante Schifffahrt auf dem See hatte sie abgelehnt. Da würde ihr rasch übel, hatte sie gemeint. Auch den Bohnenkaffee hatte sie ausgeschlagen, den vertrage sie schlecht. Alles Schwindeleien, um die strapazierte Geldbörse des Neffen zu schonen, aber er hatte es auf sich beruhen lassen. Zu oft schon waren wegen des leidigen Gelds Streitereien entstanden.

„Schau Leo, da ist ja die Frau Bremstaller", sagte Tante Pauline, als sie sich dem Haus in der Südtirolerstraße näherten. „Die kommt auch erst jetzt heim."

Obwohl es schon dunkel war, erkannte er sie beim Anblick des abgetragenen Mantels sofort.

„Kannst dich aber schon noch erinnern, oder?"

Er nickte, machte aber keine Anstalten, seine Schritte zu beschleunigen, um die Frau, die eben das Haustor öffnete, einzuholen.

„Magst noch mit hinauf? Kriegst ein kaltes Bier. Da kannst dir dann auch gleich den elektrischen Kühlschrank anschauen!"

Er folgte ihr durch das menschenleere Stiegenhaus in den zweiten Stock. Von der neuesten Anschaffung der Bergers, dem elektrischen Kühlschrank, hatte sie ihm schon bei der morgendlichen Zugfahrt ausführlich erzählt. Natürlich sei er praktisch, hatte die Tante gemeint, aber der Eiskasten sei ihr halt doch sympathischer gewesen. „Schon allein wegen des feschen Eismanns“, hatte sie lachend erzählt. Nachdem er ausgiebig das Gerät inspiziert und mit ihr die Vor- und Nachteile besprochen hatte, kam sie wieder auf die Bremstaller zu sprechen. Dass ihr der Göring Glück gebracht habe, erzählte die Tante. Alle Welt habe sie für eine Verwandte des Feldmarschalls gehalten. Wildfremde Leute, denen sie im Wochenschaubericht aufgefallen war, hätten sie angesprochen. Anfangs sei es der Frau Bremstaller ein bisschen unangenehm gewesen, dann aber habe sie sich in dem unverhofften Ruhm gesonnt, der merkwürdigerweise nie ganz verebbt sei. Kurz nach der Göringsache habe sie auch noch geerbt. Ein stattliches Sümmchen soll es gewesen sein. „Die hatte Geld wie Heu“, war die Tante überzeugt. Ihr Neffe gab sich uninteressiert, fragte kaum nach und trank sein Bier. Er ließ sich auch noch zu einer kleinen Jause überreden, im Hause sei genug, meinte die Tante, und es treffe keinen Armen. Jeder müsse schauen, wo er bleibe, und tatsächlich war es dieser Satz, der sich in ihm festhakte. Nebenbei erfragte er, in welcher Wohnung die Bremstaller wohnte, und schließlich, es mochte Viertel nach zehn, halb elf gewesen sein, gähnte er demonstrativ und verabschiedete sich von der Tante. Sie werde ohnedies dem Kommerzialrat noch etwas zu essen richten müssen, seufzte sie.

Im Stiegenhaus hörte er Stimmen. Wenn mir auf dem Weg nach unten Leute begegnen, gehe ich nach Hause, schwor er sich. Doch als er im ersten Stock anlangte, waren die Stimmen verstummt, eine Wohnungstür war angelehnt und man konnte Unterhaltungsmusik aus einem Radio hören. Ohne recht zu wissen, wie er die Sache angehen sollte, klopfte er an der

Wohnungstür der Bremstaller. Das Haustor quietschte, eine tiefe Männerstimme und ein gedämpftes Kichern waren zu hören. Wenn sie jetzt nicht aufmachte, würde er weitergehen, beschloss er. Die Stimmen verstummten erneut. Auf einmal ging die Wohnungstür der Bremstaller auf, und die Frau blickte ihn erstaunt an. Erst nach einem kurzen Moment schien sie sich wieder an ihn zu erinnern.

„Sie sind doch ..."

Er nickte, und halb bat sie ihn, halb schob er sie in die Wohnung.

Er gab ihr den Schnaps, den er im Salzkammergut gekauft hatte. Wer so spät störte, musste zumindest ein Mitbringsel dabeihaben, dachte er. Sie zögerte kurz, bot ihm aber schließlich Platz an und stellte Kuchen und Gläser auf den Tisch.

„Was verschafft mir denn die Ehre Ihres Besuchs? Und noch dazu um diese Zeit?" Es wurde erneut an der Tür geklopft. Sie runzelte die Stirn.

„Noch wer so spät bei der Nacht?"

Sie stand auf, um zu öffnen. Poldl hörte sie mit einer offensichtlich erregten Person sprechen. Eine Frau um die dreißig schaute in die Küche herein. Sie wirkte erschöpft und aufgewühlt.

„Wenn ich's Ihnen doch schon sag", keppelte die Bremstaller hinter ihr her. „Hier ist er nicht, ihr Karl. Der da", sie deutete auf Poldl, „ist ein Cousin zu mir."

Die Frau blickte an ihm vorbei, schien mit ihren Augen jede Lade, jeden Kasten abtasten zu wollen und ging wieder.

„Ein bisserl gschwindelt hab ich. Muss ja nicht ein jeder wissen, dass wir nicht verwandt sind. Es wird so auch schon so viel getratscht, müssen S' wissen. Aber jetzt sagen S' rasch, warum S' da sind."

Er beschloss, ihr nichts von seiner Tante zu erzählen. Die Bremstaller musste nicht alles wissen und die Tante Pauline schon gar nicht. Er redete gar nicht lange um den heißen Brei herum. Zu oft hatte er sich schon demütigen lassen müssen, ohne greifbaren Erfolg. Er bat sie ohne große Einleitung darum, ihm Geld zu borgen. Das Geld, mit dem er seinem Bruder und seiner Familie alle Schwierigkeiten vom Halse schaffen konnte. 800 Reichsmark waren sehr viel für jemanden wie Willi, der als Maurer bei den Göring-Werken arbeitete. Natürlich hätte er nicht gleich heiraten müssen. Nicht mit 23! Aber irgendwie konnte er seinen Bruder auch verstehen. Hatte man die Richtige bei der Hand, durfte man sie nicht mehr loslassen. An Sparen war in den Jahren zuvor nicht zu denken gewesen, aber eine ordentliche Wohnung sollte jetzt dennoch her. Das Ehestandsdarlehen reichte hinten und vorne nicht, und dann war da noch der Unfall. Ausgerechnet beim Pfuschen hatte sich der Willi das Knie ruiniert. Lange musste er liegen, die Greti war mit dem ersten Kind schwanger, und das bisschen Geld, das hereinkam, reichte hinten und vorne nicht, um Miete und Essen bezahlen zu können. Beim Bäcker und beim Kramer konnten sie nicht mehr anschreiben lassen. Da erinnerte sich Willi an einen Freund von früher, dessen Vater gut gestellt war und der drauf und dran war, es selbst zu etwas zu bringen. Anstandslos borgte ihm der Freund 500 Reichsmark, mit denen die Schulden, die Miete und die erste Ausstattung für den Kleinen bezahlt werden konnten. Pro forma, sagte der Freund, müsse ein Schuldschein gefertigt werden. Wirklich nur pro forma. Und der Willi unterschrieb und steckte die Scheine in die Tasche. Nach ein, zwei Monaten, klopfte es an der Tür, der Freund stand da. Ohne große Umschweife forderte er Willi auf, das Geld bald zurückzuzahlen, den Betrag von 600 Reichsmark, so viel Geld könne auch er nicht unbegrenzt vorstrecken. Wucherzinsen nannte man das, allerdings nur, wenn sie von Juden verlangt wurden, aber Willis Freund war kein Jude, sondern SA-Unterscharführer. Und als SA-Unterscharführer nahm man keine Wucherzinsen, das, so machte der Freund dem Willi klar, würden notfalls ein paar Kameraden deutlich machen. Willi kratzte alles Geld zusammen, ein paar der schmucken, neuen Möbel verkaufte er wieder und arbeitete, was er konnte und was sein lädiertes Knie zuließ. Die Greti sah sich nach Näharbeiten um, mit denen sie etwas beisteuern konnte, und schließlich überwanden sie auch ihre Scham und fragten ihre Eltern um Geld. Auch da kamen ein paar Scheine zusammen. Auf 400 Reichsmark waren die Schulden gesunken. Doch es ging erneut bergab. Ein zweites Kind war unterwegs, die Greti musste die Näharbeiten aufgeben. Willi hatte Mühe, mit seinem lädierten Bein bei der Baufirma bleiben zu können. Man behielt ihn zwar, weil man alle Hände gebrauchen konnte, aber der Lohn wurde ihm gekürzt, und am Samstag war er derart erschöpft, dass an Pfuschen nicht mehr zu denken war. Immer häufiger und immer bedrohlicher stand der Freund vor der Tür, und die letzten beiden Male hatte er seine Kameraden bei sich. Das erste Mal, um zu drohen, das zweite Mal, um zu schlagen. Natürlich gab auch Poldl seinem Bruder alles Geld, das er erübrigen konnte, aber die Einnahmen hielten mit den Zinsen nicht Schritt. An eine Klage wegen Wuchers war nicht zu denken, und Willi redete schon davon, ein für alle Mal Schluss zu machen.

All das erzählte er der Frau Bremstaller nur ansatzweise. Jedenfalls dachte er, 800 Reichsmark, so hoch standen die Schulden mittlerweile, wären für die ältere Frau mit der großen Erbschaft leicht zu bewältigen. Er bot ihr an, Zinsen zu zahlen, 1 %, 2 %, seinetwegen auch 3 oder 4 %, alles besser als die Wucherzinsen des SA-Freundes. Sie hätte noch ein Geschäft gemacht mit der Not der jungen Leute. Aber kaum war das erste Mal das Wort „Geld“ gefallen, schüttelte Frau Bremstaller bereits den Kopf.

„Ich hab nix zum Herborgen!“, rief sie, und er redete weiter, so als bemerkte er ihr Weigern nicht, ihre nur mühsam bewahrte Höflichkeit dem Bittsteller gegenüber. „Das können S’ mir ruhig glauben. Schippelweis sind die Leut zu mir kommen um ein Geld. Alle haben s’ geglaubt, dass ich einen Batzen hab und außerdem noch vom Göring die Tante bin. Mit Geschichten sind s’ daherkommen! Die einen haben gsagt, sie sind Abbrändler aus dem Mühlviertel, die andern haben gsagt, sie müssen auswandern, und bei den dritten hat’s gheißen, durch die Göring-Werke sind s’ heimatlos geworden. Am Anfang bin ich noch so blöd gewesen und hab Geld hergeborgt, aber irgendwann ist’s aus gewesen. Jetzt ist nix mehr da.“

Er redete weiter auf sie ein, sprach von einer wirklichen Notsituation, bat sie, sich bei seinem Bruder vom Wahrheitsgehalt des Gesagten zu überzeugen. Aber sie winkte erneut ab.

„Gehen S’ jetzt, ich hab nix, und wenn ich was hätt, dann gäb ich’s gewiss nicht so einem wie Ihnen. Einem Polizisten, der hilflose Frauen mitten bei der Nacht um Geld angeht! Lang genug hab ich mir das Gejammere anghört, gehen S’ jetzt!“

Zögernd erhob er sich, er dachte daran, dass der nächste Tag ein Sonntag war, er würde die Eltern besuchen, der Willi und seine Familie würden auch da sein, und es würde wieder nichts sein mit der Hilfe für den kleinen Bruder. Und da hatte eine alte Frau Geld, konnte ohnedies nichts damit anfangen, nur darauf sitzen und auf den Tod warten. Poldl fiel wieder ein, wie sie freudestrahlend Göring umarmt hatte, während er am Boden gelegen war. Ausgenutzt kam er sich vor, manche konnten es sich richten, auch heute noch, gerade heute vielleicht. Und mit einem Mal hatte er eine unendliche Wut auf die greinende Witwe, die da vor ihm stand, den Korken in die Schnapsflasche drückte und die Guglhupfbrösel vom Tisch pickte. Mit einem Mal hatte er das Kuchenmesser in der Hand, sie streckte die Hand danach aus, „Geben S' das her!", so als ob er ihr das Messer aus Gefälligkeit reichen würde. So, als ob es ganz normal war, Leute ins Unglück zu stoßen und von ihnen Gefälligkeiten zu fordern. Mit einem Ruck rammte er ihr das Messer in den Bauch. Sie hob ihren Blick. Gerade noch hatte sie die Tischplatte nach Kuchenbröseln abgesucht, jetzt starrte sie ihren Mörder an. Er zog das Messer aus ihrem Körper, sie presste ihre Hände auf den blutigen Leib und sank auf den Küchensessel. Sie krümmte sich, und er wunderte sich, warum alles so ruhig war. Eine Weile blickte er sie an, vielleicht war sie noch gar nicht tot.

Aus dem Stiegenhaus war wieder Lärm zu hören. Er schreckte hoch, wusste nicht, wie lange er schon so gestanden war. Eilig machte er sich daran, das Geld zu finden, nur wo? Die ganze Wohnung zu durchsuchen, würde Stunden dauern. Er öffnete eine Lade, den Kasten, gab es aber bald auf. Womöglich hatte sie gar nicht gelogen. Er verdrängte den Gedanken, einen Menschen getötet zu haben und kein Geld dafür zu finden. Der schäbigste Raubmörder wäre ein besserer Mensch als er, da sein Töten zumindest einen Zweck verfolgte. Er schlich zur Wohnungstür und blickte durch den Spion. Unten ging die Haustüre. Nun kam die junge Frau, die eben noch hier in der Küche gestanden war, die Stiege herunter. Am Stiegenabsatz blieb sie stehen. Sie schien in Richtung der Bremstallerschen Wohnung, ihm direkt ins Auge, zu starren. Erschrocken drehte er sich zur Seite. Er musste hier weg!

Rasch, aber gründlich reinigte er den Griff des Messers. Fieberhaft ließ er die letzte halbe Stunde Revue passieren. Hatte er noch etwas in die Hand genommen? Etwas, das ihn verraten könnte? Türklinke und Spion waren zu reinigen. Im Stiegenhaus war es wieder ruhig, niemand zu sehen. Er wollte eben hinaus, da fielen ihm die Schnapsgläser ein. Noch einmal in die Küche und vorbei am Körper der Bremstaller. In der Eile fiel ihm nicht mehr ein, welches der Gläser seines gewesen war, er wischte beide ab und stellte sie zurück in die Kredenz, darauf achtend, keine Fingerabdrücke zu hinterlassen. Das Haustor war nicht abgesperrt, ein Wunder. Und ein Zeichen. Das hier war nicht passiert. Das hier würde nie jemand erfahren.

37
Montag, 28. August 1939, 16 Uhr 40

„Na endlich, da sind S' ja, Fräulein Rabitsch. Schnell, kommen S' in mein Büro. Das Papier hab ich schon selber eingespannt."

„Bitte?"

„Ja, da, setzen S' sich hin. Mir scheint, Sie sind ganz derselbe umständliche Mensch als wie der Heumader … So, was nehmen S' denn nicht die Haube ab? Ist Ihnen am End kalt? Dabei ist's eh so warm herinnen …"

„Herr Kommissar, ich verstehe nicht, was Sie von mir wollen."

„Ich? Gar nichts will ich von Ihnen, der Plakolm wartet schon auf den Endbericht zum Fall Göring, also ich mein Bremstaller. Der ist praktisch schon auf dem Weg zum Zug nach Nürnberg."

„Aber ..."

„Da gibt's kein Aber. Das Bürofräulein ist akkurat heut nicht da, ich möcht wissen, warum die jungen Dirndln immer im Sommer krank werden, wenn's das schönste Wetter hat. Also schreiben S', mit drei Durchschlägen, gell?"

„Herr Kommissar, ich verstehe überhaupt nichts, wir sind knapp davor, die Ermittlungen abzuschließen ..."

„Nix und! Soll ich Ihnen was sagen? Mir reicht's mit dem ganzen Schmarrn da. Ich hab mir mit dieser vermaledeiten Gschicht schon einen Haufen Schiefern eingezogen. Auch, weil sie ein paarmal in den Dreck gelangt haben. Ein anderer hätt schon längst den Hut draufgehaut. Die Gestapo hat herausgefunden, dass es der Berger gewesen ist. Ein unterschriebenes Geständnis haben wir auch. Der Kerl hat die Bremstallerin umgebracht, weil sie ihn angezeigt hat. Aber ich Trottel bin wieder einmal der Übereifrige und sag: ‚Nein, Leutln, das ist keine gmahde Wiesen. So schnell schießen die Preußen nicht. Noch ist Polen nicht verloren.' Und was hab ich davon? Von einer Malaise in die andere schickt's mich. Ist was rausgekommen dabei? Ein Schmarrn ist rausgekommen! Einen nach dem andern aus diesem vermaledeiten Haus nehmen wir uns vor, ein jeder hat einen Grund, dass er die Bremstallerin umbringt, und ein jeder hat ein Alibi. Und kaum, dass man glaubt, jetzt haben wir den Mörder, taucht von irgendwo noch wer auf, der im Haus gewesen ist. Ich alter Depp plag mich, muss euch wieder den Karren aus dem Dreck holen. Da muss ich mich noch herumfretten mit dem terrischen Heumader, mit dem Rosenberg, dem nackerten Nudisten, der nicht und nicht heruntersteigt von seiner Aussage, und Sie sind auch nicht grad eine Hilfe gewesen. Und jetzt reicht's mir! Ich mag nimmer! Der Berger ist's gewesen, Schluss! Wir schreiben jetzt den Bericht!"

Er nötigte Anna, sich an die Schreibmaschine zu setzen und begann, in ihrem Rücken auf und ab zu wandern.

„Also ... Das brauchen S' nicht zu schreiben, das ‚Also' mein ich ... Zuerst schreiben wir die Zusammenfassung. Der Plakolm liest nicht gern was Längeres. Schreiben S': ‚Die Ermittlungen im Fall Bremstaller seitens der Kriminalpolizei Linz, Abteilung römisch zwei A' ... wissen S', was römisch heißt? Was schauen S' denn so giftig? So was! ... Also: ‚römisch zwei A hat im Wesentlichen die Ermittlungsergebnisse der Geheimen Staatspolizei Linz bestätigt. Als Mörder der am 12. August dieses Jahres' ... das können S' abkürzen, ‚d. J.' können S' da schreiben ... Mein Gott, wie Sie bös schauen können! Ihr Mann möcht ich einmal nicht sein! Weiter, halten S' mich nicht inständig auf, sonst sitzen wir morgen noch da ... ‚Als Mörder der am 12. August dieses Jahres ermordeten Ernestine Bremstaller, Postratswitwe, wohnhaft Südtirolerstraße 8, konnte der mittlerweile verstorbene Kommerzialrat Alfred Berger namhaft gemacht werden.' ... Schreiben S' in Klammer: ‚Nationale anbei' ... Und oben besser: ‚Die durch Kriminalkommissar Steininger unermüdlich und gründlich gepflegten Erhebungen haben den bisherigen Ermittlungsstand der Geheimen Staatspolizei bestätigt' ..."

Eine knappe Stunde später war der Bericht fertig. Da Steininger Anna ohnehin nicht zu Wort kommen ließ, begnügte sie sich mit Stirnrunzeln und Kopfschütteln. Sie bemühte sich nicht recht, die Satzungetüme ihres Vorgesetzten geradezubiegen. Aber vermutlich war es so, wie Steininger gemeint hatte: Wesentlich war die Zusammenfassung und hier vor allem der Passus, der die Täterschaft Bergers bestätigte. Der Rest des Berichts würde vermutlich nie gelesen werden.

Anna dachte an Poldl. Schweigend waren sie eine halbe Stunde beieinander gesessen. Am liebsten hätte sie ihn in den Arm genommen und sich selbst gleich dazu. Er war sichtlich erleichtert gewesen, die Karten auf den Tisch zu legen. Sie hätte ihn gleich mitnehmen oder nach einer Streife telefonieren müssen. Aber zum ersten Mal, seit sie bei der Polizei arbeitete, hatte sie gezweifelt. Poldl drohte entweder eine lange Zuchthausstrafe oder sogar die Hinrichtung. Sie wusste nur, dass sie das nicht wollte. All das dachte Anna, während sie mechanisch in die Adler-Schreibmaschine hämmerte. Gewiss, Poldl hatte einen Menschen umgebracht und er musste dafür bestraft werden. Aber quälte er sich nicht schon selbst mehr, als viele Mörder dies taten? Wögerer hatte Berger ermordet und *dieser* Mörder würde sogar Karriere machen. In den Akten der Kriminalpolizei als Mörder geführt zu werden, hatte für Berger keinerlei Bedeutung. Und seine Familie musste sich so oder so daran gewöhnen, dass ihnen unter den Nazis ein rauerer Wind ins Gesicht blies. Wenn Anna dagegen an Poldls Familie dachte ...

Als Steininger geendet hatte, lächelte sie. Der Kommissar blickte sie überrascht an.

„Na, grad haben S' noch so dreingeschaut, als ob Sie mich schier fressen möchten, und auf einmal strahlen S' wie ein Weihnachtsengerl? Ist was?“

„Nein, nichts ist, Herr Kommissar. Ich glaub einfach, dass Sie recht haben. Der Berger war's. Schluss aus."

Steininger nickte befriedigt. Sein Weitblick fand nun offenbar allgemeine Anerkennung in der Abteilung. Er verzichtete darauf, den Bericht noch einmal durchzulesen und schickte Heumader damit zum Polizeipräsidenten. In Steininger machte sich die Ruhe und Zufriedenheit desjenigen breit, der ein hartes Stück Arbeit abgeschlossen hatte. Ohne seine Zielstrebigkeit und seine präzise Vorgangsweise hätte wieder einmal kein Ende herausgeschaut bei den Ermittlungen! Eigentlich wären Gratulationen angebracht gewesen, aber Heumader war kommentarlos mit dem Bericht losgetrottet, die Rabitsch war gleich auf und davon, und auch der Ertl war irgendwo unterwegs.

Eigentlich besser so, dachte er. So konnte er endlich das tun, was er sich schon seit ein paar Tagen vorgenommen hatte. Ein Blick auf die Armbanduhr bedeutete ihm, sich zu beeilen. Steininger verzichtete auf die übliche Zigarette, wenn er das Präsidium verließ, und marschierte, eiliger als sonst, Richtung Landstraße. Die Mizzi würde Augen machen! Sie beschwerte sich ja immer, dass ihm alles andere wichtiger wäre als sie, aber diesmal würde es anders sein. Er würde ihr eine Freude machen.

In der Bismarckstraße öffnete er die Tür des Ladens, es klingelte, aber Steininger fand kaum Platz im Verkaufslokal. Zahlreiche Menschen, überwiegend Frauen mit Einkaufstaschen, drängten sich vor der Theke und riefen durcheinander. Sie waren empört, gestikulierten und schimpften. Hinter der Theke rang ein korpulenter Mann mit weißer Schürze und Käppchen die Hände und rief beschwörende Worte in das allgemeine Klagen und Murren.

„Eine Krakauer nur hätt ich wollen. Glauben S', der hätt mir eine geben? Dabei bin ich nie was schuldig blieben."

„Was?! Krakauer? Sie! Das ist Verrat an den Volksgenossen in Danzig! Kaufen S' eine deutsche Wurscht, gefälligst!"

Das allgemeine Rumoren drohte, in einen Tumult überzugehen. Der Fleischhauer ruderte mit den Armen.

„Bittschön die Damen, es wird sich alles einrenken! Bittschön, das hat ja gar nix zu bedeuten! Eine jede, die wo eine Karten hat, kriegt ja eh alles, was sie will, halt vielleicht ein bisserl weniger als sonst."

„Schweinerei!"

„Betrug!"

„Dem Führer müsste man schreiben!"

„Verstehts mich doch Leutln, ich kann nix dafür. So sind halt die Bestimmungen. Nur ned aufregen! Morgen kann's schon wieder anders sein. Es ist halt, wie's ist!"

Steininger rempelte sich durch die Menschenmenge, bis er an der Theke angelangte.

„Geht's da immer so zu bei Ihnen?"

„Aber wo, grad heut, haben S' denn heut noch kein Blattl gelesen?"

„Also fürs Zeitunglesen hab ich als Beamter keine Zeit."

„Die helle Aufregung ist wegen der Karten. Dabei ist's doch grad dasselbe wie dazumal im Krieg. Nur halt, dass es diesmal anders ist, weil wir noch keinen Krieg nicht haben."

„Ja, wer dazumal nicht dabei gewesen ist, kann gar nix reden. Ich hab bei Ihnen zehn Schnitzel bestellt."

„Ja, haben S' nix verstanden? Ohne Lebensmittelkarten kriegen S' nix. Ned amoi an Wurschtzipfel kann ich Ihnen geben!"

„Das muss ein Irrtum sein. Ich hab bestellt. Zahlen tu ich auch gleich."

„Wie oft soll ich das denn noch sagen? Ohne Karten keine War!"

„Was? Aber ich bin Beamter!"

Allmählich verstummten die Gespräche ringsum. Interessiert betrachtete man die Auseinandersetzung.

„Mein Herr! Beamter hin, Beamter her! Zehn Schnitzel wollen S' von mir! Da müssten S' ja direkt Schwerstarbeiterkarten haben, dass Sie das kriegen. Und selbst dann nicht einmal auf einen Sitz. Und da kommt er daher und meint, er ist ein Beamter! Da könnt ja ein jeder kommen!"

Zustimmendes Gemurmel. Der Fleischhacker spürte erstmals Rückenwind.

„Die Zeiten, wo ein jeder einfach kaufen kann, was er mag, sind vorbei!"

„Ganz genau!"

„Wo samma denn, wenn ein jeder einfach kaufen würd, was er wollen tät!"

„So ist es!"

„Extrawürschtel gibt's nimmer. Wir sind jetzt eine Volksgemeinschaft nämlich! Sogar Sie!"

„Jawohl!"

„Ein jeder!"

„Keine Ausnahm!"

„Aber!", versuchte Steininger einen Einwand.

„Nix aber! Keine Karten, keine Schnitzel. So schaut's aus! Der Nächste bitte!"

Allgemeiner Applaus. Der Fleischhacker sonnte sich im errungenen Ruhm. Steininger schleppte sich, nach Luft schnappend, durch die Menge, die ihm bereitwillig Platz machte. Einzelne hämische Kommentare begleiteten ihn. Der Kommissar wankte aus dem Laden. Er war bleich, auf seiner Stirn stand kalter Schweiß. Er musste sich mit der Hand an einer Hausmauer abstützen.

„Ist Ihnen was?“ Eine junge Frau mit einem kleinen Mädchen an der Hand musterte ihn besorgt.

„Keine Schnitzel“, stieß er keuchend hervor. „Alles rationiert. Das ist, das ist ... der Untergang!“

38
Freitag, 1. September 1939, 11 Uhr 40

Mit einem Mal war das Stiegenhaus der Polizeidirektion menschenleer. Alle, die sich eben noch auf den Gängen getummelt hatten, hingen in Trauben um die wenigen Radios, die es im Hause gab, um den ersten Wehrmachtsbericht zu hören. Bereits am Morgen hatten die meisten vom Beginn des Krieges gegen Polen gewusst. Eine zuversichtliche, aber nicht begeisterte Stimmung hatte sich breitgemacht. Nun waren die Gespräche verstummt. Eben hörte man Fanfarenklänge aus den Radioapparaten, die von einer schnarrenden Stimme mit den neuesten Meldungen abgelöst wurden.

Die Gänge des Hauses waren wie leergefegt. Nur vor den Büros der Abteilung IIa standen Anna und Poldl. Der Amtsdiener hatte das Plakat mit der Ankündigung des Nürnberger Parteitags noch nicht abgenommen. ‚Parteitag des Friedens‘ hätte er heißen sollen. Dafür war nun kein Bedarf mehr. Der Parteitag war abgesagt worden. Anna spürte einen kühlen Lufthauch auf ihrem erhitzten Gesicht, der von wer weiß woher kam. In einem verwaisten Büro läutete ein Telefon.

Poldl war gekommen, um öffentlich ein Geständnis abzulegen. Die letzten Tage hatte er auf seine Verhaftung gewartet, doch nichts war passiert. Vielleicht wollte Anna ihm die Möglichkeit geben, seine Position zu verbessern, hatte er überlegt. Aber ihm hatte der Mut gefehlt. Doch diesen Morgen war sein Stellungsbefehl gekommen, er würde in den Krieg ziehen müssen. Aus einem Mörder würde möglicherweise ein Held werden. Undenkbar für Poldl, und so beschloss er doch, sich zu stellen, auch wenn ihn das den Kopf kosten konnte. In der Polizeidirektion war er am Gang ausgerechnet Anna über den Weg gelaufen. Auch sie hatte viel nachgedacht. Darüber, wie es gekommen sein mochte, dass Poldl zum Mörder geworden war. Sehr schnell aber waren ihre Gedanken erneut bei der einzigen Frage gelandet, die sie wirklich interessierte: ob sie wollte, dass Poldl bestraft wurde. Ja, er hatte einen Menschen getötet. Aber wurden in einem Krieg, wie er gedroht und nun tatsächlich begonnen hatte, nicht auch Menschen getötet? Ganz legal, folgenlos und für viel abstraktere Gründe als Geld? Führte das nicht das gesamte Recht ad absurdum? Die gesamte Gesellschaft hing doch davon ab, dass man sagen konnte, was richtig und was falsch war. Das Falsche musste bestraft werden. Aber wurde, wenn Poldl lebenslang hinter Gittern verschwand, nicht auch seine Familie bestraft? Und außerdem: Stellte sie sich all diese Fragen nur, weil sie Poldl mehr mochte, als sie sich bisher eingestanden hatte? „Du musst gehen!“

„Ich möchte mich stellen. Ich muss!“

„Der Fall ist abgeschlossen. Ganz offiziell. Der Mörder steht fest!“

„Bitte, Anna. Du hast es selbst herausgefunden, wie es wirklich gewesen ist.“

„Das zählt jetzt nicht. Du tust niemandem einen Gefallen, wenn du dich stellst. Dem Steininger nicht, mir nicht und deiner Familie schon gar nicht.“

„Und mir?“

„Geh jetzt. Bitte!“ Ihr Ton wurde flehentlich.

„Ich weiß nicht, ob ich das kann.“ Er hielt ihr seinen Stellungsbefehl hin. „Ich muss einrücken.“

„Dann ist meinetwegen das deine Strafe. Du musst in einen Krieg ziehen. Aber jetzt musst du gehen, schnell!“ Sie griff nach seinem Unterarm. Halb hielt sie ihn, halb schob sie ihn. Er zögerte.

„Warum machst du das?“ Sie schüttelte den Kopf, deutete ihm vielmehr, sich zu beeilen. Langsam ging er die Stiege hinunter. Beim Absatz drehte er sich zu ihr um, blickte ihr lange in die Augen und ging dann rasch weiter.

Die Flügeltür schwang noch zweimal, schwächer werdend, nach. „Komm wieder!“

Ihre Worte verloren sich in einem Fanfarenstoß aus den Radios.

Glossar

Adolf-Hitler-Platz der Linzer Hauptplatz, das Zentrum der Stadt, wurde 1873 in Franz-Josephs-Platz umbenannt; 1918 wurde der Name zur Feier der Ausrufung der Republik in Platz des 12. Novembers geändert; während des Ständestaates 1934 bis 1938 hieß der Platz wieder Franz-Joseph-Platz; nach dem Anschluss 1938 erfolgte die Umbenennung in Adolf-Hitler-Platz; 1945 kehrte man zur Bezeichnung Hauptplatz zurück

Alaun ein Mineral, das in Form eines Stifts zur Blutstillung bei kleineren Wunden verwendet wurde bzw. wird

Altreich landläufige Bezeichnung für die zu Deutschland in den Grenzen von 1937 gehörigen Gebiete

angehen jemanden um etwas angehen = jemanden (eindringlich) um etwas bitten

Ariernachweis der im nationalsozialistischen Deutschland für die Ausübung zahlreicher Berufe nötige Nachweis der ‚arischen' Abstammung – der ‚kleine' Ariernachweis, den etwa Beamte benötigten, erfasste die Vorfahren der betreffenden Person bis zu deren Großeltern zurück, der ‚große' Nachweis, der für die Aufnahme in die SS nötig war, erfasste die Vorfahren bis zumindest 1800

Backfisch Mädchen im jugendlichen Alter

Ballawatsch Schlamassel, Durcheinander

Bandlkramer hier: Kurzwarenhändler

Barras Militär

Beuschel Ragout aus Innereien, traditionelles Gericht der österreichischen Küche

Blockwart am unteren Ende der Hierarchie stehender Funktionsträger der NSDAP, der für die Einhaltung nationalsozialistischer Grundsätze in mehreren Häusern oder Hausblöcken zuständig war

Breeches Kniebundhose

Budlhupferin	Verkäuferin
Buzerl	Baby
Dirndl	Mädchen
Dollfuß	Dr. Engelbert Dollfuß (1892–1934), 1932 bis 1934 österreichischer Bundeskanzler, der 1933 Parlament und Verfassungsgerichtshof ausschaltete und fortan diktatorisch regierte; im Juli 1934 im Rahmen des sog. Juliputsches von Nationalsozialisten ermordet
Ehestands-darlehen	in NS-Deutschland eingeführtes unverzinsliches Darlehen für Frischvermählte, das in Form von sog. Bedarfsdeckungsscheinen für in Deutschland produzierte Waren (v. a. Hausrat) galt; diese Darlehen konnten nur jene Paare beantragen, die ‚arisch' waren, und unter der Voraussetzung, dass die Frau keiner Erwerbsarbeit nachging; mit jedem Kind aus dieser Ehe reduzierte sich der rückzahlbare Betrag
Erdäpfel	Kartoffel
Fetzentandler	hier: abwertende Bezeichnung für einen Kleidungshändler, eigentlich: Wanderhändler, der mit alten Textilien handelt
Fleischhacker, Fleischhauer	Metzger
Flitscherl	Frau mit liederlichem Lebenswandel (Flittchen)
Genierer	keinen Genierer haben = die eigenen Taten nicht an dem orientieren, was andere darüber denken
Geschirrhangerl	Geschirrtuch
Gfrasta	hier: nervige Kinder
Göring-Werke	Reichswerke Hermann Göring (RGW), einer der größten Konzerne in NS-Deutschland; 1938 wurde im Süden von Linz ein bedeutendes RGW zur Eisen- und Stahlproduktion gegründet
Graffel	Gerümpel, Zeug
granteln	schlecht gelaunt bzw. muffelig sein
grauslich	eklig
Hagestolz	eingefleischter Junggeselle

Hallodri	ein Mensch mit lockerer Moral
Häusl	Toilette
Israel	Jüdinnen und Juden wurden in Deutschland ab 1939 dazu gezwungen, zusätzlich zu ihrem Namen einen als ‚typisch' jüdisch geltenden Vornamen anzunehmen; für Männer war dies der Name Israel, für Frauen der Name Sara
Itzig	abwertende Bezeichnung für einen Juden
Jessas!	Ausruf der Verwunderung oder des Entsetzens, wörtlich: Jesus!
Jogltisch	vorwiegend im ländlichen Raum verbreiteter, massiver Holztisch
Judenbinkel	umgangssprachliches antisemitisches Schimpfwort; Binkel bedeutet sowohl Bündel als auch Beule bzw. Pickel
Katzelmacher	abwertende Bezeichnung für Italiener
Krickerl	Geweih des Rehbocks
Kruzitürken	Ausruf heftigen Unmuts, geht auf die Türkenkriege zurück
Lackl	Kerl
Lamperl	Lämmchen
Leibstandarte	Leibstandarte SS Adolf Hitler; auf Hitler persönlich vereidigte Leibwache bzw. Eliteeinheit der SS
Matriken	Verzeichnisse über Taufen, Eheschließungen und Sterbefälle, die in Österreich bis 1938 von den Kirchen geführt wurden; diese hatten an der Erstellung der Ariernachweise mitzuwirken
Matschkerei	Nörgeln, Schimpfen, Maulen
das Mensch	abwertend für: das Mädchen
Mitgliedsnummer	wichtiges Kennzeichen des sozialen Status in NS-Deutschland; Nationalsozialisten, die aufgrund ihres frühen Parteieintritts eine niedrige Mitgliedsnummer besaßen, wurden im Dritten Reich privilegiert; eine niedrige Nummer zu haben, war gleichbedeutend mit Bevorzugung in allen Bereichen sozialen und wirtschaftlichen Lebens und dementsprechend begehrt

narrisch	verrückt
Nestscheißerl	Nesthäkchen
ondulieren	mit einer Brennschere Locken oder Wellen in das Haar einbringen
Österreichische Legion	eine 1933 aufgestellte, paramilitärische Einheit, die sich aus österreichischen Nationalsozialisten, die aus dem Land geflohen waren, rekrutierte
Pappen	Mund (vulgärsprachlich)
Parteianwärter	die NSDAP führte immer wieder Mitgliedersperren ein, um den Zustrom von Personen, die nur um des persönlichen Vorteils willen der Partei beitreten wollten, zu verringern; als Ausgleich wurde 1937 die Kategorie des Parteianwärters geschaffen, der die wesentlichen Pflichten eines Mitglieds besaß, ohne jedoch formell eines zu sein
picken	kleben
pressieren	eilig haben, dringend erledigen müssen
Protektorat	nationalsozialistische Bezeichnung für die staatsrechtliche Stellung der – nach Abtretung u. a. des Sudetenlandes – verbliebenen Gebiete der Tschechoslowakei ab 1939; formal autonom, waren diese Gebiete Teil des Einflussgebietes des Dritten Reichs
pumperlgesund	kerngesund
Sacktuch	Taschentuch
Saubeitl	Schimpfwort, bezeichnet eigentlich die Geschlechtsorgane des männlichen Schweins
Schiefer	einen Schiefer einziehen = sich Unannehmlichkeiten aufhalsen
Schippel	Haufen; mit dem Schippel rennen = der Mehrheit folgen
Schlamastik	Schlamassel, eine verfahrene Situation
Schnapsen	traditionelles, in Österreich weit verbreitetes Kartenspiel
Schupo (Schutzpolizist)	Angehöriger der uniformierten Polizei; diese Bezeichnung wurde nach dem Anschluss 1938 auch auf die österreichische Polizei ausgedehnt

Schuschnigg	Dr. Kurt Schuschnigg (1897–1977), als österreichischer Bundeskanzler 1934 bis 1938 Nachfolger von Engelbert Dollfuß; er führte dessen autoritären Kurs fort
schweinigeln	sich unanständig benehmen
Seidel	Flüssigkeitsmaß (0,33 Liter)
sekkant	penetrant bzw. aufdringlich sein
sekkieren	piesacken, quälen
Sperrgeld/ Sperrsechserl	in Zinshäusern übliche Gebühr für das Öffnen des (zumindest nachts) versperrten Haustors; in der Monarchie betrug diese Gebühr häufig sechs Kreuzer, woraus die Bezeichnung Sperrsechserl entstand
Spieß	Unteroffizier mit hervorgehobener Stellung, der häufig auch als ‚Mutter der Kompanie' bezeichnet wurde
stad (sein)	ruhig (sein)
sudern	jammern
Tachinierer	jemand, der eine Krankheit simuliert, um einer Arbeit zu entgehen
terrisch	schwerhörig
Tschako	charakteristische Kopfbedeckung der deutschen uniformierten Polizei, die nach dem Anschluss auch in Österreich eingeführt wurde
tummeln	sich beeilen
wampert	dick
z' Fleiß	jemandem etwas z' Fleiß tun = jemandem bewusst schaden

Dank

Dem Haymon Verlag, insbesondere Nina Gruber und Verena Zankl, ein großes „Danke“ für die Mühe mit diesem Buch. Christina und Paula ein großes „Danke“ für die Mühe mit dem Autor.